A PROPOS DE L'AUTEUR

Dans ses romans, Michelle Styles nous fait découvrir sa passion pour l'Histoire grâce à des récits qui mêlent avec art véracité historique et souffle romanesque. *Le retour du Viking* est son neuvième roman publié dans la collection Les Historiques.

Le retour du Viking

MICHELLE STYLES

Le retour du Viking

Les Historiques

HARLEQUIN

Collection : LES HISTORIQUES

Titre original : RETURN OF THE VIKING WARRIOR

Traduction française de PHILIPPE BARBIER

HARLEQUIN

83-85, boulevard Vincent-Auriol, 75646 PARIS CEDEX 13.
Service Lectrices — Tél. : 01 45 82 47 47

www.harlequin.fr

ISBN 978-2-2803-4757-0 — ISSN 1159-5981

Pour mon fils aîné, William

Chapitre 1

Automne 793 à Sand, capitale du royaume de la Raumerike au sud-est de la Norvège

Cela faisait sept ans qu'Ash Hringson n'avait plus mis les pieds à Sand, et il ignorait combien de milliers de milles marins il avait parcourus pendant tout ce temps. Il aurait aimé pouvoir se rendre directement sur ses terres, mais il avait le devoir d'informer d'abord le roi de son retour, de l'instruire de ses voyages et de lui exposer ses projets d'avenir.

Machinalement, il passa la main sur son menton qui portait une petite cicatrice en croissant de lune. Il avait vu plus de trente batailles et escarmouches depuis son départ. Si son visage avait échappé aux coups les plus cruels, sa démarche avait été affectée par un combat livré trois ans plus tôt, et qui avait aggravé une blessure reçue précédemment en France.

Il savait qu'il n'était plus le jeune guerrier insouciant qui avait quitté le rivage de la Raumerike avec une soif immense d'aventures et la certitude d'un avenir glorieux. Cependant, il restait convaincu que rien n'avait changé en Raumerike, et qu'il y retrouverait tout tel qu'il l'avait laissé.

Une émotion inattendue s'empara de lui quand il

débarqua de son drakkar. Il foulait la terre de ses ancêtres, celle qui l'avait vu naître. Enfin, il ne serait plus un étranger…

Il serait chez lui. Il en avait fait assez, sans doute, pour mériter de nouveau le respect de son père. Il ne serait plus condamné à marcher tête basse ni à rechercher l'ombre plutôt que de s'exposer au grand jour. Il était devenu un chef, lui, le couard qui s'était échappé d'un navire en feu alors que ses compagnons y mouraient.

La ville avait connu des changements en sept ans mais, en dépit du développement de sa prospérité apparente et de ses activités, elle gardait le même plan. Ses rues, bordées des mêmes boutiques, restaient semblables à ce qu'elles étaient avant son départ. La forge où il avait acheté sa première épée occupait toujours la même place, mais le forgeron avait été remplacé par son fils.

Au cœur de la cité, la forteresse royale dressait toujours ses hauts murs hérissés de tours. Le long des quais, le marché s'était vu ajouter une nouvelle rangée d'étals où se négociaient fourrures et tissus. Les marchands de poisson occupaient toujours le même coin où ils hélaient les chalands en leur proposant du hareng frais et de la morue salée.

Plusieurs commerçants lui lancèrent des regards en biais, pâlirent et fermèrent les volets de leurs boutiques. Instinctivement, Ash referma la main sur la poignée de son épée. Puis il s'efforça de se détendre.

L'avaient-ils reconnu ? Gardaient-ils le souvenir de la honte dont il avait éclaboussé son père et son pays ? Sans doute avaient-ils toujours à l'esprit le souvenir des frères, cousins et amis qu'il avait entraînés dans la mort, en cette nuit fatale, à cause de son imprudence.

Peut-être était-ce pour cette raison qu'ils le regardaient comme s'il venait de surgir de sa tombe pour marcher au milieu des vivants. Ou, s'ils ne l'avaient pas reconnu, ils lui témoignaient sans doute la méfiance caractéristique de la Raumerike à l'égard des étrangers.

Il avait beau porter le vêtement traditionnel des habitants du Viken, le royaume voisin, son cœur battait toujours pour sa patrie. A aucun moment, au cours de ces sept années qui venaient de s'écouler, il n'avait oublié d'où il était issu. Il était revenu à Sand pour faire la paix avec son père, si c'était possible, et, en témoignant des souffrances qu'il avait endurées, éviter aux jeunes guerriers de la Raumerike de trouver la mort sur des mers hostiles.

Il avait envie de crier à la face de ceux qui le regardaient avec une curiosité mêlée de doute et de méfiance que la honte et la lâcheté n'étaient plus inscrites sur son front. Le jeune inconscient qui, à bord de son drakkar, avait bravé la foudre parce qu'il était trop impatient de s'emparer des richesses d'autrui, avait tiré une leçon de sa mésaventure. Il savait, aujourd'hui, que la vie d'un homme comptait plus que l'or et les pierres précieuses.

La main serrée sur la poignée de son épée, il se contraignit cependant à rester coi et poursuivit son chemin en silence.

L'air déterminé, il prit la direction du donjon royal. Il devait rencontrer d'abord le souverain, puis son père et, enfin, sa femme. Maintenant, il reconnaissait ses priorités, et ses devoirs.

Kara comprendrait la nécessité et la légitimité de ses priorités. S'il n'avait plus vraiment en mémoire le ton de sa voix ni la nuance particulière de ses cheveux blonds, il se souvenait au moins de sa sagesse.

Depuis le jour où, dans leur enfance, elle avait soigné et bandé l'aile brisée de son faucon, elle n'avait jamais cessé de le soutenir. La dernière image qu'il gardait d'elle la montrait le menton orgueilleusement relevé alors que, les yeux embués de larmes, elle lui avait souhaité de revenir en héros.

Il écarta momentanément cette pensée, comme il le faisait chaque jour depuis son départ, pour ne plus se concentrer que sur son devoir. Bientôt, très bientôt, il pourrait donner libre cours aux souvenirs…

— Pourquoi reviens-tu nous hanter, fantôme ? lança une vieille femme derrière un étal où s'alignaient des pots de terre remplis de poissons.

En entendant cette voix, il sursauta et fit un faux pas, mettant tout son poids sur sa mauvaise jambe. Il grimaça de douleur. Entre tous ceux qui auraient pu être là pour l'accueillir, il fallait que cette femme soit la première à lui adresser la parole.

Il se représenta le visage de ses deux fils morts par sa faute avant de lui répondre. L'aîné s'était noyé lors du naufrage, alors que le second avait été emmené en captivité avec lui. Il n'avait pu retenir ses larmes lorsque le dernier de ses amis était mort. Pendant un jour et une nuit, il avait eu son corps sans vie auprès de lui dans ce cachot infernal. Puis le garde qui leur apportait de l'eau et du pain sec s'étant laissé surprendre, il avait réussi à s'échapper en empruntant un égout étroit et puant.

Six mois après son évasion, il lui était encore impossible de dormir dans un lieu clos ou de descendre dans une cave.

Pour la première fois depuis qu'il avait entrepris ce funeste voyage, la chance lui avait souri. En s'extrayant de son égout, il avait aperçu la voile d'un drakkar qui mouillait dans le port. Il était parvenu à se hisser à bord et avait eu la chance de signer un engagement auprès du capitaine. De ce jour, une nouvelle vie de mercenaire avait commencé pour lui.

— Tu n'as pas un fantôme en face de toi, Hildi, répondit-il. Je suis bien vivant, et je suis venu te payer un tribut pour la mort de tes vaillants fils. Ils prennent part, à présent, au banquet d'Odin. Tiens, touche ma main ! Tu verras qu'elle est faite de chair et d'os…

Elle pressa un doigt osseux contre sa paume.

— C'est bien toi, Ash Hringson, avec la langue toujours aussi bien pendue ! Espérons qu'il y a, cette fois, un peu de vrai dans tes paroles. Alors tu es en vie… Tu ne t'es pas noyé comme les autres.

— J'ai survécu au naufrage et, maintenant, je vais racheter la mort de mes compagnons. Je l'avais promis à tous ceux qui m'ont fait confiance et qui sont partis avec moi.

Il regarda Hildi dans les yeux.

— Tes fils sont au Walhalla. Ils n'iront jamais partager le sort des damnés auprès de Ran. Que pourrais-tu demander de mieux pour eux ?

— Je n'ai jamais douté qu'ils soient au Walhalla.

Elle lança un ordre et sortit de derrière son étal.

Bien qu'un peu plus courbée et ridée, elle était toujours la femme qui avait pleuré en disant adieu à ses fils. Ils étaient partis à l'aventure pour qu'elle ne soit plus obligée de vendre du poisson au marché.

Ash sentit sa gorge se serrer quand il salua Hildi en inclinant la tête. Combien de fois n'avait-il pas regretté de n'être pas mort à la place de ses fils ?

En son for intérieur, il ajouta à la somme qu'il avait eu l'intention de lui donner. L'argent ne ferait pas revenir ses garçons, mais il lui rendrait la vie plus facile.

— Nous avons toujours le même roi ? demanda-t-il.

— Oui, Eystienn s'accroche à son trône. Sa vue baisse et son bras n'est plus aussi fort que par le passé, mais il garde tous ses esprits. Reste à voir s'il mourra dans son lit ou l'épée à la main…

— C'est à lui d'entendre le récit de mes aventures avant que je paie mon tribut à ceux qui ont perdu un proche dans l'expédition. Je veux que tout soit transparent. Est-ce qu'il est à la chasse, aujourd'hui, ou est-ce qu'il reçoit ses sujets ?

Hildi lui lança un regard étonné avant de répondre en gloussant :

— Ni l'un ni l'autre. Il est de mariage !

— Qui est-ce qui se marie ?

Elle resserra son châle autour de ses épaules.

— Ta femme ! Elle se remarie en présence de toute la cour.

— Mais Kara est déjà ma femme ! s'exclama Ash. Nous n'avons jamais divorcé et nous ne divorcerons jamais[1]. Elle est mienne. Et ce qui est à moi le reste. C'est la devise de mon père, et donc la mienne.

— Alors tu ferais bien de te dépêcher, répondit Hildi avec un sourire sans dents. La prochaine fois, reviens plus tôt, si tu veux garder ce qui est à toi.

Une sensation de malaise s'empara de Kara Olofdottar. Elle regrettait déjà d'avoir cédé à la demande de Valdar qui avait insisté pour que la cérémonie de mariage ait lieu à Sand en présence de la cour.

C'eût été beaucoup plus simple s'ils s'étaient mariés dans le fief de Jaarlshiem, sous les branches du grand chêne qui veillait sur le destin de la famille. Elle avait fini par s'attacher à l'arbre vénérable qui assurait la prospérité des siens.

A l'exemple de feu son beau-père, d'ailleurs, elle lui confiait toutes les questions importantes ayant trait à sa vie. Son mari avait omis de déposer au pied du chêne son projet d'expédition, et il n'en était pas revenu. Elle aimait à croire que, en se confiant à l'arbre, elle infléchissait le cours du destin en sa faveur.

Elle comprenait, certes, que Valdar tienne à ce que

1. Chez les Vikings, les femmes pouvaient demander le divorce ou la séparation, ce qui constitue un cas unique parmi les peuples de l'Europe médiévale (NdE).

toute la cour soit témoin de leur mariage, mais elle aurait préféré une cérémonie en petit comité, à la campagne. Elle n'aimait pas la foule.

— Ça va, Kara ? demanda Auda, sa plus proche amie.

Elles avaient fait connaissance quand Auda était arrivée à la cour, après le départ d'Ash. L'aîné des enfants d'Auda était presque du même âge que Rurik, le fils de Kara, et son mari était mort peu après le beau-père de Kara. La similitude de leurs conditions les avait rapprochées.

— Tu as l'air perdue dans tes pensées, reprit Auda. Si tu es toujours préoccupée par le cheval que mon oncle t'a demandé d'examiner dès ton arrivée, ne te fais pas de souci à son sujet. Il va se remettre. Chaque fois que tu soignes un cheval, il se rétablit. Tu as un don.

— Ce n'est pas ça, répondit Kara en rejetant derrière son épaule ses longs cheveux blonds.

Il y avait si longtemps qu'elle ne les avait pas laissés ainsi libres qu'elle avait oublié comme il était déplaisant que le vent les lui rabatte sur les yeux ou dans la bouche.

— Mais je vais me remarier devant presque toute la cour, et ça ne me plaît pas.

— Il y aura une assistance considérable à la cérémonie car tout le monde s'intéresse à la belle veuve de Jaarlshiem. Ce qui t'arrive me rend espoir. J'espère moi aussi trouver un jour un autre mari.

Auda la considéra avant de reprendre :

— Tu es si belle dans ta tenue de mariée qu'on ne parlera que de toi jusqu'à Noël. Et si tu crains qu'on ne te critique de te remarier, rassure-toi. Il n'y aura personne pour te faire le moindre reproche.

Kara se passa le bout de la langue sur les lèvres.

— Je ne redoute rien de tel. Nous sommes tous les deux libres de nous marier. A moins que tu ne connaisses quelque objection concernant Valdar ? Tu es bien placée pour le savoir, puisque tu es la veuve de son frère.

— Non, il n'y en a aucune, répondit Auda en riant. Pour autant que je sache, Valdar est resté célibataire jusqu'à aujourd'hui. Ce n'est pas mon beau-frère qui m'inquiète, mais ton oncle par alliance. Mon pauvre mari n'avait aucune confiance en lui ; il ne lui a jamais pardonné de lui avoir vendu des moutons malades.

— Harald Haraldson n'a aucun moyen d'empêcher mon mariage ! D'autant moins que le roi y est favorable. J'espère qu'il confirmera mon fils comme héritier légitime du fief de Jaarlshiem quand il aura compris que Valdar est prêt à défendre les intérêts de Rurik.

— Comment puis-je t'aider à finir de te préparer ? demanda Auda. Ce ne serait pas bien de faire attendre ton nouveau mari. Valdar peut se montrer impatient quand il désire vraiment quelque chose.

En cet instant, tout ce que Kara désirait, c'était rentrer à Jaarlshiem où elle se sentait en sécurité. Cependant, elle ne pouvait rester plus longtemps une veuve sans défense. A vingt-trois ans, elle n'était plus la jeune fille naïve de seize ans qui avait épousé Ash. Elle connaissait la vie, à présent, et mesurait l'importance de ce mariage pour son fils. Célébré à la cour, il serait vite connu de tous. Tout le royaume saurait qu'elle avait choisi un valeureux guerrier pour assurer la protection des terres de Rurik jusqu'à ce qu'il atteigne l'âge d'assumer son rôle.

Tant que son beau-père vivait, Kara n'avait pas été dans l'obligation de se remarier car Hring le Téméraire était respecté et obéi de ses sujets. Maintenant qu'il était mort, elle savait qu'elle ne pouvait plus tenir le fief sans aide. Si elle ne voulait pas perdre tout ce pour quoi elle s'était battue au cours des dernières années, elle n'avait d'autre choix que se remarier.

Au chevet de son beau-père agonisant, elle s'était juré que rien ne se passerait comme il l'avait annoncé avant de rendre l'âme. Les biens qui revenaient à Rurik ne lui seraient pas retirés à cause de la faiblesse de sa mère.

Elle parviendrait à les lui conserver et ferait en sorte que la prédiction de Hring ne se réalise pas.

— Donne-moi la couronne nuptiale de ma mère, dit-elle à Auda. J'aurais dû la sortir hier pour vérifier son état, mais comme elle est toujours restée enveloppée, elle doit briller encore.

— Rien n'est comparable à une ancienne couronne. Je n'en avais pas à mon mariage, et j'ai dû me contenter d'une couronne de fleurs…

Auda frappa dans ses mains avec enthousiasme.

— Dans quelques jours tu te demanderas pourquoi tu as tant hésité avant de te décider. Valdar nous a dit combien de fois il t'a demandée en mariage. N'est-ce pas quinze ou vingt fois ?

— Dix-sept… Mais ne crois pas que j'en aie gardé la trace.

Auda avait raison de lui rappeler avec quelle insistance Valdar l'avait courtisée. Elle ne l'épousait pas sur un coup de tête. Leur union aurait un sens. Valdar était un homme doux et posé en qui elle pouvait avoir confiance. Jamais il n'avait montré d'inclination à partir sur les mers dans un esprit de conquête, ni même pour faire du commerce. Son beau-père, d'ailleurs, avait vanté sa constance et son sérieux, alors qu'il reprochait à Ash son esprit trop aventureux. Patient et attentif, et surtout présent, il serait le père idéal pour Rurik. C'était un homme sur lequel elle pourrait s'appuyer.

— Il est désolant que Rurik n'assiste pas à ton mariage, remarqua Auda en déposant un châle blanc sur les épaules de Kara. Il aurait aimé voir sa maman vêtue comme une princesse. Et ç'aurait été pour lui la première occasion de découvrir la capitale de la Raumerike.

— Il est plus en sécurité à Jaarlshiem ; il y court bien moins de risques. Je suis déjà bien assez nerveuse sans avoir en plus à m'inquiéter pour lui.

Si elle avait eu plus d'assurance, elle aurait dit à Ash qu'elle attendait un enfant et il ne serait pas parti. Il serait resté et aurait fait en sorte d'avoir un héritier solide et en bonne santé.

Elle secoua la tête pour chasser le souvenir de son défunt époux. C'était bien la dernière personne à laquelle elle voulait penser en ce jour où elle allait se remarier.

Une nouvelle vie commençait pour elle et, surtout, pour Rurik qui allait pouvoir grandir sans crainte. Le fief de Jaarlshiem avait été privé d'un chef pendant trop longtemps. Celui qui aurait dû en être le défenseur, Ash Hringson, avait eu le temps de disparaître dans les brumes du passé. Si c'était elle qui était morte et non lui, il se serait trouvé une autre femme pour réchauffer son lit dès que ses cendres auraient été dispersées sous le grand chêne témoin de leurs destinées.

— Quelles sont les dernières bêtises de Rurik ? demanda Auda avec un sourire attendri. A-t-il tiré la leçon de l'incident dont tu m'as parlé où, monté sur un cheval qu'il réussissait à peine à contrôler, il s'est retrouvé sous un orage ?

— Il vaut mieux que tu ne le saches pas, fit Kara en levant les mains au ciel. Heureusement, il aime beaucoup Valdar. J'espère qu'il aura une bonne influence sur lui.

Elle ne voulait pas penser à tous les dangers auxquels, récemment, son fils de six ans s'était exposé. Il avait pris, hélas ! le mauvais pli de la défier à chaque occasion. C'était pourquoi elle avait préféré le laisser sous la garde de Gudrun, la nurse d'Ash, qui avait l'expérience du comportement incontrôlable de ce dernier lorsqu'il était enfant. Ne disait-elle pas souvent, d'ailleurs, à quel point Rurik ressemblait à son père ?

Le nombre de fois où Ash s'était fourré dans des mauvais pas était incalculable. N'avait-elle pas fait sa connaissance après qu'il eut fait une mauvaise chute en essayant de récupérer son faucon ? L'oiseau s'était blessé à l'aile et, au lieu de lui tordre le cou comme son père le lui avait suggéré, Ash l'avait apporté à la mère de Kara.

Guérisseuse au talent unique, elle avait permis à sa fille de bander l'aile du faucon — c'était la première fois qu'elle lui accordait ainsi sa confiance —, tandis qu'elle-même soignait la cheville d'Ash.

Cinq mois plus tard, la mère de Kara avait été tuée dans un accident. Pendant ses funérailles, Ash avait trouvé l'occasion de lui parler et, peu après, comblant tous ses rêves de jeune fille, il l'avait demandée en mariage.

Il était trop tard lorsqu'elle avait compris qu'il n'éprouvait pas pour elle les mêmes sentiments que ceux qu'elle nourrissait pour lui. Elle avait été assez niaise pour croire que son héros était fait de l'étoffe des dieux et non de celle des hommes. Il n'était, en fait, ni plus ni moins égoïste que le commun des mortels.

Un frisson courut le long de son dos... Rurik ressemblait physiquement à Ash, mais elle voulait croire qu'il aurait un autre comportement car c'était elle qui l'élevait. Elle ne voulait pas commettre l'erreur de son beau-père qui avait encensé son fils chaque fois qu'il témoignait de qualités guerrières ou accomplissait un exploit qui le flattait, et avait brillé par son absence lorsqu'il s'était lancé dans une entreprise sans lendemain.

— Tu es bien silencieuse, Kara.

— C'est ma nature, Auda.

— Pas vraiment... J'ai remarqué que tu gardes le silence lorsque tu es en présence de gens que tu ne connais pas ou que tu ne te sens pas bien. Sinon, tu parles tout le temps.

— J'essaie de me farder correctement les yeux. Je me demande d'ailleurs pourquoi je fais cela.

— Il est normal pour une mariée de se faire belle. Ne veux-tu pas recevoir la bénédiction de la déesse Freya pour cette nouvelle union ?

Auda commença à pérorer sur les différentes jeunes femmes dont elle avait été témoin du mariage et qui n'avaient pas toujours fait d'efforts particuliers pour obtenir les faveurs de la déesse, puis s'interrompit :

— Ça ne va pas, sous ton œil... Recommence mais, cette fois, appuie moins fort et souligne, surtout, le coin de l'œil.

Kara s'essuya et reprit tout depuis le début. Cette fois, elle voulait être admirée pour sa beauté et ne pas susciter les rires ou la compassion. Elle fut parcourue d'un frisson en pensant à la façon dont son fard avait coulé le long de sa joue le jour de son mariage. Un sourire indulgent aux lèvres, Ash l'avait essuyé avec son mouchoir.

Auda lui tendit la couronne qui brillait de tous ses feux. La dernière fois, pour plaire à Ash, elle l'avait portée avec fierté jusqu'au moment où les murmures moqueurs étaient parvenus à ses oreilles. Certains, dans l'assistance, lui reprochaient de porter la couronne de la sorcière !

— Tu es d'accord, Kara ?

Elle sursauta et leva les yeux vers son amie.

— Excuse-moi, Auda... Je ne t'ai pas écoutée.

— Je disais seulement que les femmes auraient plusieurs raisons de t'envier, maintenant : une splendide couronne de mariée et un superbe guerrier dans ton lit !

Kara eut un rire forcé.

— Qui pourrait m'envier ? fit-elle.

La pensée de partager le lit de Valdar la laissait froide. Elle ferait son devoir, certes, mais même s'il était bel homme, les baisers que Valdar lui avait volés l'avaient glacée jusqu'aux os. Les choses avaient été très différentes avec Ash. Il suffisait qu'il l'effleure de la main pour que tous ses sens, aussitôt, s'embrasent.

— Tu serais surprise si tu savais ce qu'on dit à son sujet, reprit Auda. Le bruit court que sa compagnie est très recherchée par les femmes. Beaucoup ont essayé de le séduire mais, jusqu'à preuve du contraire, il n'a jamais voulu en épouser qu'une, et c'est toi !

— La rumeur n'est pas venue jusqu'à Jaarlshiem.

Kara savait que Valdar plaisait aux femmes, mais c'était elle qu'il avait choisie. La cour assidue qu'il lui avait faite lui avait également permis de renforcer son amitié naissante avec Rurik. La proximité de leurs domaines et la compatibilité de leurs caractères avaient contribué à leur rapprochement bien plus que les cheveux blond doré de Kara et l'ourlet généreux de sa lèvre inférieure comme ç'avait été le cas avec Ash.

— Quant à ce qu'il se passera dans la chambre..., reprit-elle avec émotion.

— Tu devrais voir ta tête, Kara ! Tu es toute rouge. A te voir comme ça, tout le monde te prendrait pour une jeune fille et non une veuve de vingt-trois ans. Tu n'aimes pas faire l'amour avec Valdar ? Tu ne me feras pas croire que tu n'as pas essayé avant d'accepter de l'épouser !

— Je t'en prie, Auda, arrête de te moquer de moi ! Quand aurais-je eu le temps d'avoir une aventure avec lui ? Je suis mère et je m'occupe du domaine de Jaarlshiem. Valdar et moi n'avons même pas passé une heure ensemble depuis que nous sommes convenus de nous marier.

Elle prit la couronne des mains d'Auda et la posa sur sa tête. Elle avait l'impression de trahir Ash, mais une fois qu'elle serait mariée et ne lui appartiendrait plus d'aucune manière, tout serait différent.

Devant l'expression troublée de son amie, elle crut nécessaire de lui donner une explication :

— Je voudrais que la cérémonie soit déjà passée... Même toute la journée, pour dire la vérité.

— Tu sais que tu es ravissante ? fit Auda en posant doucement la main sur son épaule. Quiconque te verrait, maintenant, comprendrait pourquoi l'un des plus valeureux guerriers du royaume a déposé son cœur à tes pieds. Si tu voyais la façon dont son regard s'éclaire quand il te voit !

— Ma chère Auda..., murmura Kara en lui effleurant la joue d'un baiser. Tu te fais des illusions sur moi. Nous ferions bien d'en finir au plus vite avec cette cérémonie avant que Valdar ne prenne conscience du genre de femme que je suis et ne change d'avis.

— Ça n'arrivera jamais. Quand mon beau-frère a pris une décision, il s'y tient. Il est particulièrement entêté.

— Tu m'as dit qu'il était ferme et résolu, dit Kara en jetant un dernier regard désespéré dans son miroir. Constant et loyal. L'homme parfait pour moi. Après sept ans de mariage dont six en qualité de veuve, j'ai mérité d'avoir un homme dans ma vie.

— Voilà la Kara que je connais et que j'aime.

Rassemblant son courage, Kara entra dans le jardin au milieu duquel se dressait le temple et marqua un temps d'arrêt. Son cœur battait très vite.

L'assistance était si nombreuse que l'édifice ne pouvait contenir tout le monde. Sa présence ayant été remarquée, des acclamations jaillirent de toutes parts et elle eut envie de s'enfuir.

Elle ne s'était pas attendue à ce qu'il y ait une telle foule. Soudain, elle eut l'impression qu'elle était sur le point de faire la plus grosse bêtise de sa vie et ce que sa mère lui avait dit naguère lui revint en mémoire. Elle lui avait maintes fois répété qu'elle ne devait en aucun cas faire un mariage d'intérêt.

Elle raffermit sa volonté, chassa ces pensées, et avança. La plus grande erreur qu'elle avait commise avait été d'épouser Ash dans un élan d'amour irraisonné. Cette union serait différente. Fondée sur le respect mutuel, elle ne s'embarrassait pas de faux prétextes.

Vers le milieu du temple, elle vit Harald Haraldson, l'oncle d'Ash, qui lui fit l'effet d'une araignée installée au centre de sa toile. Toute sa personne irradiait la haine et le mépris hautain. Seuls elle et Rurik l'empêchaient d'hériter des biens de son frère. Les lois de transmission des héritages étaient claires en Raumerike. Si un homme mourait sans héritier, ses biens passaient d'abord à sa mère puis au mari de celle-ci et, ensuite, aux autres parents encore en vie. D'autre part, un titre nobiliaire attaché à un fief ne pouvait être confirmé que si celui appelé à le porter s'en montrait digne.

Harald sentit visiblement son regard et lui adressa un sourire glacial, cette sorte de sourire qui se dessine sur les lèvres du chasseur avant qu'il n'abatte son infortunée proie. Un frisson de terreur courut dans son dos.

Elle s'était tant battue pour maintenir Rurik en vie quand il était un nourrisson qu'elle n'était pas prête à renoncer maintenant à défendre ses intérêts. Et elle n'était pas condamnée à contracter un mariage qui mettrait en péril la vie de Rurik et la sienne. Elle savait que Valdar les protégerait jusqu'à son dernier souffle.

Elle irait jusqu'au bout de cette cérémonie et, dans quelques jours, elle serait de retour à Jaarlshiem. Elle avait promis à Rurik qu'elle reviendrait avec un nouveau père pour lui.

Il lui fut plus aisé de faire les derniers pas jusqu'à l'endroit où se tenait Valdar. En levant les yeux sur lui, elle dut convenir que, comme le lui avait fait remarquer Auda, il était un magnifique guerrier, un adversaire redoutable pour tout ennemi. Avec le temps, elle finirait par trouver sa compagnie agréable au lit. Elle accomplirait scrupuleusement son devoir conjugal.

Etait-il difficile de feindre la passion ? Certains

y excellaient. Ash ne lui avait-il pas fait croire qu'il l'aimait ? Et elle avait été parfaitement dupe.

Elle tendit la main vers Valdar qui la prit délicatement dans la sienne. Ce simple contact contribua à l'apaiser. Elle se sentit mieux tout de suite et fut en état de participer à la cérémonie qui venait de commencer par une invocation aux dieux Freya, Odin et Var afin qu'ils soient témoins de son union avec Valdar.

Ce mariage aurait plus de valeur que le précédent, se promit-elle. Elle serait l'épouse parfaite d'un homme de valeur.

Le prêtre demanda à l'assistance si quelqu'un avait contre ce mariage une objection susceptible d'entraîner le courroux des divinités.

Il se tut et, d'une manière théâtrale, promena son regard sur les membres de la cour venus assister à la cérémonie.

Kara remua les épaules comme pour écarter un danger imminent et fit signe au célébrant de poursuivre afin d'en finir avec cette torture.

Il s'éclaircit la voix puis leva les mains pour prononcer les phrases rituelles.

Au même instant, une voix forte gronda au fond du temple :

— Cette femme n'est pas libre de se marier !

Le prêtre resta figé dans sa position incantatoire alors que Kara retenait son souffle. Elle avait cru reconnaître la voix d'Ash. Mais ce n'était pas possible… Les morts ne parlaient pas !

La mer l'avait englouti avec ses compagnons. S'il avait survécu, elle l'aurait su, depuis que le naufrage avait eu lieu. Elle avait mal entendu. Quelqu'un d'autre avait parlé. Un homme qui avait un timbre de voix proche du sien. Mais comment osait-il perturber la cérémonie du mariage ? Elle le lui ferait payer !

— Arrêtez immédiatement cette mascarade ! reprit

la voix. Je le répète, cette femme n'est pas libre de se marier.

Valdar interrogea du regard Kara qui lui répondit par un petit haussement d'épaules. Les tempes lui battaient, mais elle ne voulait pas se laisser impressionner par cette intervention. C'était quelqu'un qui sans doute se croyait drôle. Elle n'appartenait à aucun homme. Cela faisait déjà six ans qu'elle était veuve.

Elle fixait des yeux le prêtre, attendant qu'il poursuive, mais il ne semblait pas prêt à reprendre la cérémonie tant qu'il n'aurait pas reçu quelque éclaircissement.

Tendue, Kara s'efforça de reprendre sa respiration et de se calmer. Mieux valait régler la question maintenant que d'être exposée ensuite aux sous-entendus ironiques et fausses rumeurs.

— Donnez les raisons de votre objection, ordonna le prêtre. Cette femme prétend être libre. Il vous faut nous apporter la preuve du contraire.

La foule se fendit pour laisser le passage à celui qui avait parlé et qui marchait en boitant. Son manteau taillé dans une riche étoffe volait autour de lui, soulignant la largeur de ses épaules et la finesse de sa taille. D'un bleu profond, il mettait en valeur ses longs cheveux blond-roux.

Ecœurée par l'odeur de l'encens qui brûlait sur l'autel, Kara crut qu'elle allait se trouver mal. Elle fit non de la tête en plantant les ongles dans la paume de sa main comme pour s'éveiller d'un cauchemar.

Ce n'était pas possible… Elle n'en croyait pas ses yeux. Les morts ne ressuscitaient pas !

Ash avait disparu avec le reste de l'équipage. Le rapport était catégorique : il n'y avait eu aucun survivant.

Harald Haraldson avait même rapporté l'étambot arrière, finement sculpté et noirci par le feu, du drakkar et l'avait déposé aux pieds du père d'Ash. La scène était gravée dans la mémoire de Kara. Son beau-père avait laissé échapper un cri de désespoir et s'était littéralement effondré. Elle avait dû s'occuper de lui comme d'un enfant pour lui redonner le goût de vivre alors qu'elle soignait au même moment Rurik qui avait attrapé l'un de ses plus terribles coups de froid. Dans ces circonstances, elle n'avait pas eu le loisir de regretter l'homme qui, un temps, avait tout représenté pour elle.

Pendant quelques jours, la vie de son beau-père et celle de son fils n'avaient tenu qu'à un fil, et c'était le moment qu'avait choisi l'oncle d'Ash pour donner des ordres aux serviteurs et se comporter comme le maître des lieux. Elle avait fini par lui ordonner de s'en aller. Il s'était exécuté de mauvaise grâce, non sans avoir proféré des menaces et juré de se venger.

Etait-elle en train de faire un mauvais rêve comme cela lui était si souvent arrivé alors qu'elle s'endormait au chevet de Rurik en le veillant ?

Etait-elle sujette à une apparition ? Mais elle n'était pas seule à la voir…

Le murmure de l'assistance ne cessait d'enfler à mesure que les uns et les autres reconnaissaient Ash. Il fallait donc croire que c'était vrai… Ash était de retour !

A moins que ce ne soit une invention de Harald Haraldson. Il était capable d'avoir soudoyé un Viking ressemblant à Ash pour faire croire à son retour et empêcher son mariage avec Valdar. Elle lui ferait regretter son outrecuidance mais, pour se défendre contre lui, il fallait d'abord qu'elle se marie avec un valeureux guerrier qui la protégerait, ainsi que ses terres.

Elle ferma un instant les yeux puis les rouvrit. L'homme qui contestait son droit à se remarier se tenait au milieu du temple, à quelques pas d'elle. D'une forte carrure, les cheveux roux doré, richement vêtu, mais davantage à la mode du Viken qu'à celle de la Raumerike…

Il leva les bras pour faire cesser la rumeur qui s'était encore amplifiée. A travers les volutes de l'encens,

Kara essaya de distinguer ses traits. Elle était en proie à des sentiments contradictoires : la peur, la colère et un espoir insensé. Mais, surtout, elle avait l'impression d'assister au déroulement d'événements qui se passaient très loin d'elle.

— Ecoutez-moi bien, tous ! reprit l'étranger. Kara Olofdottar est ma femme !

Il se retourna pour faire face à l'assistance.

— Je mets au défi quiconque de prétendre le contraire et, s'il le faut, je ferai valoir mon droit sur elle avec mon épée. Moi, Ash Hringson, je déclare que Kara Olofdottar est mon épouse légitime !

Chapitre 2

Les paroles de l'étranger résonnaient encore dans le temple et toute l'assistance retenait sa respiration, mais Kara restait figée à sa place. Elle avait beau savoir qu'elle devait réagir d'une manière ou d'une autre, elle était comme paralysée.

Elle fixait l'homme aux riches vêtements qui se prétendait son mari sans parvenir à se convaincre qu'il l'était vraiment. Toute la Raumerike savait qu'il était mort noyé. La complainte que son beau-père avait fait composer pour célébrer la mémoire de son fils unique était chantée chaque année à l'anniversaire de sa mort.

Tout cela ne pouvait être que l'œuvre de Harald Haraldson. L'odieux imposteur…

Elle tourna de nouveau les yeux vers Valdar qui avait le regard rivé sur le prêtre et les traits figés, comme taillés dans la pierre.

Son estomac se noua lorsqu'elle vit son expression. Elle avait cru qu'il comprendrait tout de suite ce qui se passait et serait prêt à la défendre, mais non. Une fois de plus, elle allait devoir se battre seule. Heureusement, elle savait comment s'y prendre.

— Vous dites avoir un droit sur cette femme ? demanda le prêtre sur un ton sceptique.

— C'est le cas, répondit l'homme d'un ton assuré.

Et selon la loi de la Raumerike, toute objection à la célébration d'un mariage doit être examinée avant la poursuite de la cérémonie. A moins que cette même loi, à présent, n'autorise une femme à avoir deux maris ?

— Approchez, répondit le prêtre. Laissez-moi mieux voir votre visage. J'ai la lumière dans les yeux. D'ailleurs, tous les hommes présents dans ce temple devront, eux aussi, vous regarder de près pour s'assurer que vous êtes bien celui que vous prétendez être.

Valdar serra la main de Kara, mais s'écarta d'elle comme si elle avait la peste. En son for intérieur, elle fit le vœu que Harald Haraldson ait à souffrir une lente et cruelle agonie pour le mauvais tour qu'il lui jouait.

— Etes-vous sourd ? fit le prêtre comme l'homme ne bougeait pas. Approchez, que je vous voie mieux !

— Kara me semble bien pâle. Je souhaite m'entretenir en privé avec elle, dit l'étranger. Elle s'est évanouie, savez-vous, le jour de notre mariage. J'ai eu tout juste le temps de la saisir dans mes bras au moment où elle tombait. L'odeur de l'encens lui fait tourner la tête.

Ou cet homme était très bien informé et un exceptionnel comédien ou… Un frisson d'incertitude courut d'abord dans le dos de Kara, puis elle sentit une joie indicible monter en elle.

Plus elle entendait cet homme parler, plus il lui faisait penser à Ash. Elle serra les poings comme pour se rappeler à la réalité. Ne devenait-elle pas aussi rêveuse que Rurik qui croyait aux sagas au lieu de ne les prendre que pour des récits issus de l'imagination des hommes ? Relatées autour d'un feu au cours des longues soirées d'hiver, elles nourrissaient l'imagination de tout un peuple.

— La loi de la Raumerike exige que ces choses soient traitées en public, repartit le prêtre.

— Je voulais seulement épargner à Kara le désagrément d'avoir sa vie ainsi exposée…, poursuivit l'homme, nullement troublé par les centaines de paires d'yeux tournées vers lui. Elle déteste la foule. Un mari connaît les faiblesses de sa femme.

La vérité allait jaillir d'un instant à l'autre, pensa Kara qui gardait le silence. La tromperie savamment orchestrée par Harald Haraldson serait vite réduite à néant. Il lui suffisait de ne rien dire et d'attendre que ce brillant comédien commette la faute qui le trahirait.

— Je dois vous mettre en garde, étranger, dit le prêtre. Le mari de Kara Olofdottar est mort en mer il y a plusieurs années. Tout le monde le sait, ici.

— Je suis Ash Hringson, affirma l'homme d'une voix ferme. Fils de Hring le Téméraire et de Nauma.

Il tendit les bras devant lui et le revers de ses manches se remonta, révélant ses poignets sillonnés de cicatrices. Sur le bras droit, il portait une tache de naissance d'un rouge violacé qui avait la forme d'un serpent enroulé sur lui-même.

— Je suis bien vivant. Ceux qui ont annoncé ma mort se sont trompés. A moins qu'ils ne soient de fieffés menteurs.

Une vive émotion s'empara de Kara. Le puissant guerrier dressé au milieu du temple était bel et bien son mari, le père de son fils. Mais pourquoi avait-elle dû attendre six ans pour apprendre qu'il était encore en vie ?

Une sourde colère se mêlait à son bonheur. N'aurait-on pu lui épargner cette scène humiliante ? Elle s'effaçait, toutefois, devant la joie de savoir qu'elle aurait une seconde chance avec Ash et que Rurik finirait de grandir sous la protection de son père.

Son cœur manqua un battement quand elle prit conscience du fait que les affirmations d'Ash et la certitude qu'elle éprouvait dans son cœur à son sujet ne suffiraient pas à prouver qu'il était bien le fils de Hring le Téméraire. Douze membres du conseil du roi devraient se prononcer sur l'honneur en sa faveur. Et la punition pour celui qui tentait de tromper le conseil était la mort ou le bannissement à vie.

Elle serra les poings en s'efforçant de réfléchir rapidement. Si elle déclarait que cet homme était bien Ash, elle perdrait Valdar, le guerrier qui aurait été le parfait protecteur de Rurik. Il était appelé à être son sauveur et c'était la raison pour laquelle elle avait accepté de l'épouser. Or, à présent, ce n'était plus possible. Il fallait qu'elle prenne la parole et confirme les déclarations de celui qu'elle reconnaissait formellement, maintenant, comme son mari.

— Où étais-tu, Ash Hringson, pendant toutes ces années ? lança-t-elle en croisant les bras sur la poitrine. Nous te croyions mort. Noyé lors d'un naufrage au large des côtes franques. Tu as bien choisi le moment pour revenir dans ma vie !

— En effet, je ne pouvais trouver un meilleur moment, répondit Ash dont le regard d'un bleu d'acier glissa de la couronne nuptiale de Kara à ses mules. J'ai survécu au naufrage de notre vaisseau provoqué par un incendie, puis j'ai réussi à m'enfuir d'une prison franque. Je suis revenu pour payer mes dettes.

— Vraiment ?

— Tu es toujours aussi belle, Kara, dit-il en souriant. Je me souviens de la guirlande de fleurs dont tu avais orné tes cheveux, le lendemain de notre mariage. Dans les premiers rayons du soleil, nous nous sommes juré amour et fidélité. Tes cheveux étaient comme embrasés. On aurait cru de l'or, et tu avais un teint magnifique. Tu étais bien plus belle qu'avec la couronne nuptiale de ta mère. Elle ne m'a pas plu le jour de notre mariage, et elle me plaît encore moins aujourd'hui. Elle ne rehausse en rien la beauté de tes cheveux et de tes yeux.

Sa voix chaude enveloppait Kara. Pourquoi fallait-il qu'il se souvienne de ces détails de leur premier réveil côte à côte ?

Elle fit un effort pour ne pas se laisser charmer par ses paroles. S'il l'aimait tant, pourquoi avait-il attendu sept ans pour le lui dire ?

— Pouvez-vous certifier que cet homme est bien Ash Hringson, Kara ? demanda Valdar en lui posant une lourde main sur l'épaule. Etes-vous prête à risquer votre réputation en prenant son parti devant toute cette assemblée ?

Kara pensa à son petit garçon qui, chaque soir, adressait une prière aux dieux pour que son père revienne. Celui qui lui avait donné cet enfant méritait sa loyauté. En son for intérieur, elle dit adieu à la vie sûre et tranquille que lui aurait offerte Valdar, à cette existence sereine qu'elle n'avait envisagée que depuis si peu de temps et qui déjà s'avérait impossible. Cette prise de conscience était douloureuse, mais son instinct, qui ne l'avait encore jamais trompée, lui disait qu'elle appartenait à Ash.

— Je n'ai aucun doute, Valdar, répondit-elle en dégageant son épaule. Cet homme est bien Ash Hringson. Ceux qui nous ont annoncé sa mort se sont trompés.

Un silence suivit au cours duquel elle attendit que certains membres de l'assistance confirment ce qu'elle venait de dire.

A son grand dam, ce fut Harald Haraldson qui se leva pour prendre la parole :

— Peut-on se fier au témoignage d'une femme ? lança-t-il en frappant le sol du bâton dont il ne se séparait jamais. La loi de la Raumerike ne retient que le témoignage des hommes, en cas de contestation d'identité. Douze d'entre eux doivent se prononcer en faveur de celui qui avait disparu ou était tenu pour mort avant qu'il soit réintroduit dans la communauté. Or, je n'ai pas entendu une seule voix s'élever pour confirmer les dires de ce… Viking !

Un murmure sourd courut à travers le temple. Kara

se figea. L'oncle d'Ash s'était satisfait, évidemment, de sa mort, et son retour ne pouvait que le contrarier.

— Ne vous réjouissez-vous pas de voir que votre cher neveu est encore en vie ? demanda Kara avant que Harald Haraldson n'ait obtenu un soutien dans l'assistance. Voudriez-vous que je renie mon mari ? Quel genre de femme serais-je si je n'étais pas capable de le reconnaître ou si je le rejetais, à présent, pour me marier avec Valdar ?

— Vous n'avez qu'à demander au prêtre de poursuivre la cérémonie et la question sera réglée, ma nièce, répondit Harald Haraldson avec un sourire dédaigneux alors que des rires fusaient ici et là dans la foule.

Kara releva le menton et martela à l'adresse de l'assemblée :

— Cet homme est mon mari. Quiconque vous a annoncé sa mort, vous a trompés. C'était un mensonge !

— Que vaut votre témoignage, Kara Olofdottar ? répliqua l'oncle d'Ash. Mon frère en personne a attesté la mort de mon neveu. Nous avons tous entendu la saga qu'il a fait composer pour célébrer sa mémoire. Croyez-vous que les morts reviennent à la vie ? Je crois plutôt que cet homme est un imposteur qui cherche à profiter d'une vulnérable femme. Mais peut-être est-il le fruit des sortilèges de votre mère ?

— Que je sois saine d'esprit n'a jamais été remis en question ! lança Kara d'une voix ferme bien qu'elle eût l'estomac noué.

Jamais elle n'aurait imaginé que cette journée se déroulerait ainsi.

— L'erreur est humaine, répondit Harald Haraldson en levant les mains dans un geste d'apaisement. Il faut prendre notre temps et nous assurer que vous ne vous trompez pas. Je recommande une investigation calme et sereine loin de l'émotion féminine.

Consciente des intentions de son oncle par alliance,

Kara se raidit. Il retarderait l'enquête et, simultanément, ferait pression sur le roi pour qu'il lui accorde les terres de son défunt frère alors qu'elles revenaient par héritage à Ash et Rurik. Il trouverait même, peut-être, un prétexte pour qu'Ash soit banni à vie, voire exécuté.

Il n'était pas question de le laisser intriguer ainsi. Elle devait trouver un moyen de venir en aide à Ash et de lui permettre de reprendre sa place en Raumerike. Plus tard, elle réfléchirait à sa situation vis-à-vis de lui et à la valeur de leur mariage. Dans l'immédiat, elle devait agir dans l'intérêt de leur fils.

— Une épouse sait reconnaître son mari même après plusieurs années de séparation, dit-elle. Il n'y a pas besoin de preuves supplémentaires quand elle ressent au fond de son âme, comme moi maintenant, que celui qu'elle croyait mort depuis longtemps et qui lui revient est bien l'homme dont elle est la femme. A moins que vous ne soyez devenu sourd et aveugle, mon oncle, vous devez nécessairement le reconnaître !

Harald Haraldson se contenta de répondre par une sorte de grognement.

— Kara Olofdottar est autorisée à donner son avis, annonça le prêtre après un silence embarrassant. Qui saurait mieux connaître un homme que son épouse ? Ses paroles ont du poids.

Encouragée par ces mots, Kara se tourna de nouveau vers l'assistance, cherchant du regard des visages amis.

— Ecoutez-moi bien, vous tous qui êtes rassemblés ici. Vous êtes venus assister à mon mariage avec Valdar, mais il ne peut plus avoir lieu car celui qui se tient debout au milieu de vous et qui se proclame mon mari l'est en vérité. Ouvrez les yeux et confirmez qu'il est bien Ash Hringson. Vous ai-je habitués au mensonge ? N'ai-je pas sauvé de nombreux chevaux ? Combien d'ailes de faucons n'ai-je pas réparées ? Et combien de plaies n'ai-je pas recousues ? Je crois n'avoir jamais manqué à ma parole et m'être toujours acquittée de mes engagements.

Des murmures s'élevèrent dans la foule.

— Cet homme est bien Ash Hringson, celui que j'ai épousé à l'âge de seize ans, poursuivit-elle avec fermeté, sachant que tout le monde l'écoutait, y compris Ash. C'est mon mari.

Sa voix ne lui ferait pas défaut comme cela lui arrivait autrefois, lorsqu'elle était contrainte de parler devant un vaste auditoire. Elle était une femme adulte, à présent. Une mère de famille capable d'assumer ses responsabilités.

— Je reconnais sa tache de naissance sur le bras ainsi que le timbre de sa voix, et quelque chose au plus profond de moi confirme aussi que c'est bien lui le père de mon fils. Pourquoi a-t-il tant tardé à revenir auprès de moi ? C'est une question à laquelle lui seul peut répondre. Qui aura l'honnêteté de se joindre à moi et de l'accueillir en Raumerike ?

Remplie d'espoir, elle attendit, mais personne ne sortit du rang ni ne prit la parole.

— N'est-ce pas incroyable ? fit Ash d'un ton ironique. Seule ma femme, qui est sur le point de se remarier, me reconnaît, et personne d'autre !

La gorge nouée, Kara, qui n'avait plus le courage de regarder la foule, leva les yeux vers la voûte du temple. Personne ne prit la parole. Tous gardaient les yeux baissés, à l'exception de quelques-uns qui considéraient Ash d'un air de défi.

— Vous aviez tout prévu, Kara Olofdottar, dit Harald Haraldson en se levant de nouveau. Il est temps de mettre fin à votre duperie.

Se tournant vers le roi et les notables du royaume, il reprit :

— Sire et vous, mes seigneurs, je vous avoue que je ne comprends pas pourquoi ma nièce a monté cette machination avec ce Viking, mais il faut mettre un terme à cette supercherie avant qu'elle ne mette en danger tout le royaume. J'aimerais savoir si elle a passé d'autres accords avec notre ennemi juré. De quels malheurs veut-elle accabler ce pays ?

Le sang reflua du visage d'Ash quand il comprit la gravité de la situation et alors que Kara, bouche bée, regardait son oncle. Il avait retourné la situation à son avantage. Si elle le laissait faire, il ferait croire à l'assemblée que, pour la sécurité de la Raumerike, il importait qu'il devienne le maître de Jaarlshiem.

— Ma loyauté envers mon pays ne saurait être mise en cause, rétorqua Kara. Je n'ai passé aucun accord avec le Viken.

Harald Haraldson releva un sourcil.

— Je n'ai pas parlé de trahison... Je demande seulement que l'on se montre prudent.

— Personne n'aura-t-il la fierté de reconnaître cet homme et de déclarer, haut et fort, qu'il est bien Ash Hringson ? fit Kara en s'adressant à l'assistance qu'elle encourageait du geste à se lever et à manifester son désaccord. Je ne doute pas que mon oncle ait de bonnes raisons de vouloir que son neveu soit considéré comme mort, mais qu'en est-il de vous ? Pourquoi refuseriez-vous de reconnaître qu'Ash a survécu au naufrage ?

Un lourd silence succéda à la question de Kara qui, dans l'attente de la réaction de l'assistance, sentit sa gorge se nouer. Qu'avait-elle imaginé ? Avait-elle cru que toute l'assemblée se lèverait comme un seul homme et se prononcerait en sa faveur simplement parce qu'elle le lui demandait ?

Les choses ne se passaient pas comme ça, elle le savait pourtant. A la naissance de Rurik, elle avait cessé de croire aux miracles.

Elle aurait voulu que le sol s'ouvre sous elle pour l'engloutir. Peut-être aurait-elle dû se montrer plus prudente, mais il aurait été criminel de refuser de reconnaître son mari. Elle fulminait de s'être laissé prendre au piège.

Un homme vêtu en paysan se leva toutefois, et prit la parole :

— Je me range du côté de Kara Olofdottar. C'est une femme honnête. Au printemps dernier, elle a soigné mon cheval qui boitait. Je sais qu'elle ne dit jamais que la vérité. Et quand elle distribue le grain, elle le fait avec de larges mesures.

Jetant un regard de reproche à l'oncle d'Ash, il ajouta :

— Ce n'est pas le cas de certains autres.

Après cet homme, dix autres se levèrent pour apporter leur soutien à Kara. Il n'en manquait plus qu'un.

— Je me prononce aussi en faveur du retour d'Ash Hringson, annonça Valdar d'une voix forte. Kara Olofdottar ne doit pas être punie pour avoir dit la vérité.

Se tournant vers Ash, il ajouta :

— Tu as tes douze témoins, Hringson. Tu es de nouveau un vivant aux yeux de la Raumerike.

— C'est au prêtre de prononcer cette conclusion, intervint Harald Haraldson avec véhémence. Est-ce une façon de conduire un procès que de se laisser commander par une femme ?

Une main sur la bouche pour s'interdire de réagir et de donner libre cours à sa colère, Kara attendit la décision de l'officiant.

— Les dieux ont parlé, déclara ce dernier après avoir longuement contemplé l'autel. Kara Olofdottar a affirmé que cet homme était Ash Hringson, déclaré mort depuis six ans, et douze hommes de l'assemblée ont apporté foi à ce qu'elle a dit. Selon la loi de la Raumerike, tu es bien en vie, Ash Hringson. Tu peux reprendre ta place dans la société et jouir de tous les pouvoirs et avantages qui lui sont associés.

— Et notre mariage ? Même une femme aussi belle

que Kara Olofdottar ne peut être la femme de deux hommes. Acceptez-vous qu'elle reste mon épouse ?

L'assemblée éclata de rire alors que le sang montait aux joues de Kara. Ash avait la parole facile. Il ne pensait pas ce qu'il disait.

Lorsqu'elle se battait pour garder Rurik en vie, son beau-père ne lui avait-il pas laissé entendre qu'Ash était un beau parleur et qu'il avait toujours recours à son charme et à la flatterie pour obtenir ce qu'il voulait ? Elle en avait conclu qu'Ash ne pensait pas les paroles aimables qu'il lui avait dites, un an plus tôt, pour la conquérir.

La colère mêlée de ressentiment se mit à sourdre en elle. Si elle avait reconnu Ash et réussi à le faire accueillir par la communauté, elle n'était pas pour autant redevenue la fille naïve qu'il avait épousée sept ans plus tôt. Elle exigerait de lui une explication pour son retour tardif.

— Le mariage entre Valdar Nerison et Kara Olofdottar ne saurait être célébré alors qu'Ash Hringson est revenu parmi les vivants, déclara le prêtre.

— Non ! s'exclama Harald Haraldson en se levant. J'exige qu'une enquête soit menée pour savoir à qui cet homme a prêté serment d'allégeance. Je refuse de laisser un de ces fourbes de Vikings entrer au cœur de la Raumerike. Notre sécurité ne devrait pas être mise en péril à cause de l'insouciance de cette femme.

Furieux, il sortit du temple sans attendre de réponse. Un tohu-bohu sans précédent s'éleva après son départ, les mieux intentionnés parmi les assistants s'étant mis à porter Ash en triomphe d'un bout à l'autre de l'édifice.

Bouleversée par les événements et glacée par les menaces de son oncle, Kara resta immobile devant l'autel. Elle était incapable de réfléchir à la situation et ne pouvait faire aucun projet d'avenir. D'autant moins que le vacarme autour d'elle s'amplifiait. Et il ne fallait pas compter sur Ash pour ramener le calme ; il exultait au milieu de la liesse qu'il suscitait.

Elle reprendrait peut-être sa vie conjugale avec lui, mais les choses seraient différentes. Il était fini le temps où, en toutes circonstances, elle quêtait son approbation et où elle le tenait pour son héros, son sauveur. Elle avait grandi, mûri. Elle voulait un homme responsable et travailleur à son côté, quelqu'un qui l'aide à cultiver la terre et élever Rurik plutôt que de courir l'aventure à la recherche de la gloire. Il lui fallait un homme solide et sûr comme Valdar.

— Merci, Valdar, dit-elle d'une voix douce en tournant le dos au spectacle créé par le retour d'Ash pour s'adresser à son ex-fiancé qui n'avait pas quitté sa place près d'elle. J'apprécie ce que vous venez de faire. En dépit des remarques intempestives de Harald Haraldson, je sais qu'Ash sera un bon sujet de la Raumerike. Il n'a fait que réclamer ce qui était à lui. Il n'est pas là pour renverser la couronne. Ce n'est pas un traître viking.

— Kara..., fit Valdar en la regardant intensément dans les yeux. Pourquoi ne m'avez-vous pas dit qu'il était possible que votre mari soit encore en vie ? Vous auriez mieux fait de me dire la vérité plutôt que de nous mettre dans cette situation embarrassante.

— Pardon ? fit-elle en s'efforçant de réprimer sa colère devant cette nouvelle injustice.

Comment pouvait-il croire qu'elle aurait pu imaginer qu'un tel événement se produirait ? Cette journée était censée se terminer d'une manière bien différente.

— Croyez-moi, Valdar. J'avais le projet d'être une bonne épouse pour vous. Je croyais comme tout le monde qu'Ash était mort. Or, les morts, d'habitude, ne reviennent pas à la vie...

— Mais votre mari est arrivé à un tel moment et vous l'avez reconnu si facilement que j'ai vraiment cru que tout cela avait été préparé...

— J'ai été aussi surprise que tous les autres de voir qu'il était encore en vie, répondit-elle sèchement.

Devant l'expression dépitée de Valdar, elle regretta de lui avoir parlé sur ce ton. Il était bien le dernier à être responsable de ce qui s'était passé.

— Pardonnez-moi, Valdar, reprit-elle. Je ne sais pas quoi vous dire. Croyez seulement que je suis désolée.

Il lui pressa la main affectueusement.

— J'espère que vous ne vous trompez pas sur les intentions de votre mari. S'il est prouvé qu'il est au service des Vikings, vous partagerez son destin. C'est la première fois que je vous vois agir aussi impulsivement depuis que je vous connais.

Elle ferma les yeux. Valdar ne connaissait que celle qu'elle était devenue par la force des choses et qui n'avait rien à voir avec celle qu'elle avait été. De crainte qu'Ash ne change d'avis, à l'époque, elle avait accepté de l'épouser le plus rapidement possible.

— Je ne peux pas vous épouser, Valdar, répondit-elle en joignant ses mains tremblantes. Je le regrette, mais il semblerait que j'aie déjà un mari. D'ailleurs, vous méritez une femme meilleure que moi.

— Pourquoi en voudrais-je une autre ? fit Valdar en levant la main de Kara jusqu'à ses lèvres.

— Trouve-toi une autre femme, Valdar Nerison ! lança Ash dans le dos de Kara. Celle-ci est déjà prise.

— Je vous en prie, Valdar, dit Kara en essayant de libérer sa main. Je déteste les scènes.

Il lâcha sa main et recula d'un pas.

— Comme il vous plaira, ma dame.

La douleur qu'elle lut dans son regard lui déchira le cœur. Elle s'en voulait, maintenant, d'avoir accepté de l'épouser. Elle n'y avait consenti que dans l'intérêt de Rurik, mais lui, de son côté, semblait avoir vraiment désiré ce mariage. Elle détestait ce qu'elle avait fait.

Ash leva la main pour réclamer le silence. Aussitôt, les conversations cessèrent.

— Vous avez attesté que j'étais bien Ash Hringson et m'avez accueilli chaleureusement. Or, comme je pense qu'un banquet a été préparé pour célébrer le mariage qui n'a pas eu lieu, je vous suggère de le renommer banquet de bienvenue. Je brûle d'impatience de boire avec vous et de porter autant de toasts que je compte d'amis parmi vous. Mais serait-ce trop vous demander que de m'accorder quelques instants d'intimité avec ma femme avant qu'une certaine personne n'essaie de me la voler sous mon nez ?

Toute l'assistance éclata de rire alors que Kara bouillait sur place. Ash faisait d'eux ce qu'il voulait, comme par le passé. Hring avait toujours vanté les dons de son fils qui, selon lui, avait une manière de parler pleine de charme à laquelle personne ne savait résister, et surtout pas les jeunes filles.

Sachant cela, la dernière chose dont Kara avait envie était se retrouver seule avec Ash. Avant qu'elle puisse émettre la moindre objection, l'officiant exprima son assentiment d'un hochement de tête et invita le couple à se retirer dans son antichambre.

— Nous devrions ouvrir le banquet, dit-elle. Tout le monde voudra te saluer… Il faut que tu sois là…

— Nous nous y rendrons après avoir parlé, Kara. Ils ne nous attendront pas ; ils n'ont pas besoin de nous pour commencer à boire et festoyer.

Valdar s'approcha de Kara et, la main sur la poignée de son épée, dit à mi-voix :

— Je suis là, Kara, si vous avez besoin de moi. Je veux être votre champion. Je suis certain que le prêtre m'autoriserait à vous suivre si je le lui demandais.

Ce témoignage d'amour et de fidélité la bouleversa. Si elle avait eu quelques doutes quant aux sentiments de Valdar, ils étaient balayés. Non seulement il avait donné la preuve de son sens de l'honneur en reconnaissant Ash, mais il était prêt, aussi, à se battre pour elle. Elle n'avait pas mérité un tel dévouement. Face à cette preuve d'attachement, elle aurait aimé éprouver pour lui autre chose qu'une simple amitié. Si elle l'avait épousé, elle aurait préféré que ce soit par amour que pour donner un protecteur à son fils.

— Comme c'est touchant, Valdar, dit Ash d'un ton aussi glacial que son regard d'acier. Mais ma femme a déjà son champion.

— C'est à Kara d'en décider.

— Ça ira, répondit-elle dans un murmure. Je n'ai jamais éprouvé aucune crainte en compagnie d'Ash.

Valdar s'inclina profondément devant elle.

— Sachez, Kara, que c'était vous que je voulais épouser et non le fief de Jaarlshiem. Mais il vous reste le divorce, si vous voulez retrouver votre liberté.

— Je ne le pourrais pas…

La gorge de Kara se serra. Comment avait-elle pu se tromper à ce point ? Elle avait répété son erreur d'il y a sept ans, mais en sens inverse. Cela faisait-il d'elle un être aussi malhonnête qu'Ash l'avait été avec elle ?

Valdar, qui comprenait qu'elle ne pourrait jamais quitter Rurik, hocha la tête. En cas de divorce, en effet, les enfants restaient avec le père. Or, dès l'instant où elle avait senti Rurik bouger dans son ventre, elle s'était mise à l'aimer de façon inconditionnelle. En aucun cas elle ne pourrait le laisser à un père susceptible, du jour au lendemain, de repartir à l'aventure en l'abandonnant à son sort.

De même, elle savait qu'elle ne pourrait plus vivre comme autrefois avec Ash en le vénérant comme un dieu et en lui pardonnant toutes ses erreurs.

— Allons-y, fit-elle avec une froideur délibérée. Tu as beaucoup d'explications à me donner.

Ash mit la main dans le bas de son dos et l'attira

contre lui. Elle se tourna légèrement pour le regarder, et il en profita pour lui effleurer la joue d'un baiser. Un frémissement la parcourut. Elle se raidit et tenta de s'écarter de lui, mais il l'a maintint fermement.

— Toi aussi, je crois, murmura-t-il en lançant un regard significatif à Valdar. Tu ne voudrais pas laisser croire que nous ne sommes pas heureux de nous retrouver, n'est-ce pas ?

Kara se garda de répondre. Elle savait que sa main dans son dos était davantage l'expression de la possession que d'une réelle affection et qu'elle avait commis, peut-être, la plus grande erreur de sa vie en attestant qu'il était bien son mari.

Chapitre 3

— Tu m'as sauvé la vie, Kara, dit Ash dès qu'ils furent seuls dans l'antichambre du prêtre.

Remplie de cruches, de brocs, de bols et de jattes, imprégnée de l'odeur de l'encens, l'antichambre apparaissait davantage comme un lieu de stockage que de prière. Une sculpture particulièrement laide de Thor luttant contre Loki trônait au milieu d'un pan de mur.

Ce n'était pas du tout le lieu où Ash avait rêvé de se retrouver avec sa femme qu'il n'avait pas vue depuis six ans, mais il n'avait pas le choix. Avant de lui fournir une brève explication pour sa longue absence, il voulait la remercier pour ce qu'elle venait de faire pour lui.

Kara, qui ne semblait pas dans les meilleures dispositions à son égard, retira sa couronne nuptiale et la posa bruyamment sur une table. Ses longs cheveux lui tombèrent sur les épaules comme un voile d'or.

— Pour commencer, lança-t-elle avec véhémence, je ne te dois ni explications ni excuses.

Ash ne l'avait jamais vue fâchée ni bouleversée. Fort de cette expérience, il s'était attendu à la voir déborder de joie en le retrouvant. Or, c'était tout le contraire, même si elle lui avait sauvé la vie.

Les événements, en effet, auraient pu très mal tourner dans le temple et leurs vies auraient alors été en péril.

En particulier en raison de la véhémence dont son oncle avait fait preuve. Il ne l'aurait jamais cru capable de s'employer aussi activement à nier qu'il soit le fils de son frère.

Maintenant, avec le recul et éclairé par cette nouvelle expérience, il se souvenait que son oncle, autrefois, l'avait encouragé à partir à l'aventure. Considérait-il que, après cette longue absence, il n'était toujours pas digne d'être le fils de Hring Haraldson ?

Quoi qu'il en soit, une chose était évidente : son oncle était devenu son ennemi, et donc celui de tous ceux qui lui étaient proches.

— Je ne suis pas ingrat, Kara, reprit-il alors qu'elle le regardait comme si elle voulait lui tordre le cou. J'ai bien conscience que tu m'as sauvé la vie.

— N'exagérons rien, fit-elle d'un ton grinçant. Parle-moi plutôt de ta longue absence. Comment se fait-il que tu ne te sois souvenu qu'au bout de six ans que tu avais une femme qui t'attendait ?

Ash prit sur lui pour se contenir. A aucun moment il n'avait oublié qu'il avait une épouse. S'il avait enduré cet interminable cauchemar, c'était pour revenir à elle la tête haute, son honneur intact.

— Dis-moi plutôt pourquoi je t'ai trouvée au temple, une couronne nuptiale sur la tête, et au côté de Valdar Nerison.

— J'allais épouser un homme honorable !

Les yeux d'un bleu profond de Kara brillaient d'une lueur de défi quand elle ajouta :

— De quel droit me fais-tu le reproche d'avoir voulu me remarier après sept ans d'absence ? Jusqu'à preuve du contraire, tu étais mort dans un naufrage, Ash !

— Je t'avais fait le serment de revenir.

— Il arrive qu'on ne puisse pas tenir un serment. J'en ai fait l'expérience, Ash. Tu devrais savoir à quel point il est difficile pour une veuve de survivre.

Il se frotta la nuque. Ces reproches, il les méritait car, autant qu'il s'en souvînt, Kara l'adorait et avait foi en tout ce qu'il disait. Elle lui était si dévouée que lorsque son père lui avait dit qu'il était temps de prendre femme, son choix s'était porté naturellement sur elle. Elle était toujours là lorsqu'il avait besoin d'elle et lui vouait une confiance aveugle.

Mais cette Kara, dont il gardait un souvenir si attachant, aurait-elle osé prendre la parole devant la grande assistance réunie dans le temple ? Il la revoyait surtout en train de soigner tendrement un oiseau blessé auquel, de sa voix chantante, elle murmurait des paroles apaisantes ou rougissant lorsqu'il lui volait un baiser.

— Pourquoi aucun d'eux ne m'a reconnu tant que tu ne leur as pas demandé de le faire ? demanda-t-il.

Elle releva le menton.

— Si tu voulais être reconnu sans hésitation, tu n'avais qu'à revenir plus tôt.

— Cela ne m'a pas été possible…, répondit-il en écartant la question d'un geste de la main.

Le passé était derrière lui. Il suffisait que Kara le tienne pour le héros qu'il était réellement devenu. Moins elle en apprendrait sur les combats qu'il avait dû livrer, mieux ce serait.

— Pourquoi voulais-tu te marier avec Valdar Nerison ? Ce n'était pas l'homme qu'il te fallait.

Elle eut un petit sourire ironique et battit des paupières, mais son regard lançait des étincelles.

— Comment saurais-tu quel genre d'homme me conviendrait ? Sept années sans un mot de toi, Ash ! C'est beaucoup trop.

Il ravala sa colère et son dépit. Kara voudrait-elle de l'homme brisé qu'il était au sortir du cachot ? Il entendait encore les paroles qu'elle lui avait soufflées à l'oreille, au moment de partir, où elle l'invitait à la rendre fière de lui et à revenir avec une bourse pleine d'or.

— Où est mon père ? demanda-t-il soudain. Pourquoi n'assistait-il pas à ton mariage ? A moins qu'il n'y soit opposé ?

Le visage de Kara se décomposa alors qu'un silence pesant s'abattait sur eux. Il se prépara au pire tout en espérant que ses craintes soient infondées.

— Lorsqu'il a appris ton naufrage, ton père s'est effondré. La pensée de ta mort l'a anéanti… Il a perdu l'usage de ses jambes.

— Mais dès que j'en ai eu la possibilité, je vous ai envoyé un message pour vous dire que j'étais en vie ! Je croyais qu'il avait compris ce que le devoir me dictait.

Ash se laissa tomber à genoux sur le tapis de joncs. Il tremblait de tout son corps. S'il avait trouvé le courage d'aller de l'avant, c'était à la pensée que son père reconnaîtrait finalement qu'il était digne de figurer aux côtés des guerriers de la Raumerike. Fier de son fils, il aurait enfin relevé la tête, tout sentiment de honte étant effacé.

Son père lui avait toujours semblé aussi fort et résistant que le grand chêne, gardien de la famille, à l'ombre duquel il avait passé sa jeunesse. Or, il venait d'apprendre que ce père était sérieusement diminué depuis l'annonce du naufrage de son fils.

— Peux-tu me conduire à lui ? reprit-il.

— C'est-à-dire que…

— Eh bien ? Où est-il ?

— Il est dans le séjour des dieux.

— Tu veux dire qu'il est…

— Oui, Ash. Il est mort. Il a attrapé une mauvaise fièvre l'hiver dernier, et elle l'a emporté. Je me suis retrouvée seule et dans l'obligation de gérer Jaarlshiem. Je l'ai fait de mon mieux, mais ce vaste domaine a besoin d'un homme à sa tête à côté d'une maîtresse de maison. J'ai refusé, toutefois, de le perdre parce que je n'avais plus de mari.

— Je regrette de ne pas avoir su que tu t'étais retrouvée seule…

Il fit une prière en son for intérieur pour ce père qu'il avait abandonné et dont il n'avait pu honorer ne serait-ce que la dépouille. S'il avait été un fils digne de ce nom, il aurait été là pour répandre ses cendres sur les racines du vieux chêne.

— Si j'avais été prévenu, je serais revenu, dit-il. Tout aurait été différent.

— Il n'est pas possible de changer le passé, Ash.

Il comprenait à présent pourquoi son oncle persistait à ne pas le reconnaître et pourquoi, aussi, Kara avait été contrainte de se trouver un nouveau mari. Harald avait toujours convoité Jaarlshiem et le titre que son frère, Hring, avait conquis à la force de l'épée. La transmission d'un titre et du fief qui lui était associé n'était pas automatique si l'héritier était absent ou incapable d'assumer ses responsabilités.

Conscient qu'il aurait pu être dépouillé de la terre qu'il tenait de son père, Ash serra les poings en baissant les yeux sur l'âtre et ses cendres refroidies. Il se rendait compte de ses manquements, mais il n'avait pas pensé un instant que son père viendrait à mourir en son absence.

— Ne te fais pas de reproches, dit Kara, rompant le silence. Je sais que tu aimais ton père, et lui aussi t'aimait. Pleure si tu en éprouves le besoin. Je n'ai pas retenu mes larmes quand il a expiré.

Ash leva les yeux sur sa femme. Les larmes viendraient peut-être, plus tard. Il s'interdisait d'en verser devant quiconque. Ça n'avait pas été toujours le cas. Il se souvenait d'un jour où Kara l'avait trouvé en pleurs alors qu'il s'était sauvé de chez lui après que son père l'eut battu pour une broutille. Elle lui avait essuyé les yeux avec le coin de son tablier, mais c'était une autre époque. Si un enfant avait le droit de pleurer, ce n'était pas le cas d'un homme, en particulier d'un homme comme celui qu'il était devenu.

— J'ai fait ce que j'ai pu pour l'informer que j'avais survécu, puis je me suis occupé de retrouver mon honneur perdu. Mon père m'aurait compris, s'il avait reçu mon message.

— Tu m'amuses, avec ton honneur ! s'exclama Kara. Depuis quand l'honneur passe-t-il avant le devoir vis-à-vis de la famille ?

— Pour mon père, il n'y avait aucune hésitation. L'honneur venait en premier.

Ash ne voyait pas la nécessité de rappeler toutes les corrections qu'il avait reçues dans son enfance chaque fois qu'il n'avait pas répondu aux attentes de son père ni d'évoquer les souffrances par lesquelles il était passé pour restaurer son honneur perdu. Il était impensable pour lui de revenir en Raumerike privé de son honneur.

— Je suis revenu assez fortuné pour régler toutes mes dettes et verser une somme d'argent aux familles de mes compagnons morts par ma faute. Je sais que c'est ce que mon père aurait exigé de moi. Il m'a fait entrer ces principes dans la tête à coups de pied dans les fesses.

Kara frappa la table du poing avec fureur. Ses grands yeux bleus lançaient des éclairs.

— A quoi bon revenir si tard pour satisfaire ton père ? Il t'a cru mort pendant tout ce temps où tu œuvrais pour le rétablissement de ton précieux honneur ! Tu aurais mieux fait de revenir plus tôt. Ton père te voulait auprès de lui, surtout lorsqu'il est tombé malade et qu'il ne pouvait plus administrer le domaine.

— Tu aurais voulu que je lui reste soumis ? Sois honnête, Kara. Tu étais heureuse que je parte pour revenir en héros. Tu me l'as demandé. Ne t'en souviens-tu pas ?

— Je me souviens surtout de t'avoir demandé de ne pas tarder.

— Dès que je me suis échappé de la prison où j'étais enfermé, je vous ai envoyé des nouvelles.

Pendant des mois il avait attendu une réponse, mais rien n'était arrivé.

— Personne ne m'a répondu, mais je savais ce que mon père attendait de moi : revenir en héros ou mourir. Il voulait que je paie mes dettes sans son aide.

Kara baissa la tête de telle manière que ses cheveux lui tombèrent sur le visage, cachant son expression. Ash, en voyant battre son pouls dans le creux de sa gorge, nourrit l'espoir qu'elle comprendrait les épreuves par lesquelles il était passé et lui pardonnerait.

— Les compensations ont été versées depuis longtemps aux familles des victimes, répondit-elle d'une voix morne. Les naufrages arrivent par la volonté des dieux, mais ce sont les hommes qui les réparent. Pour ton père, il n'y avait pas de réparation possible. C'était son fils qu'il aurait voulu qu'on lui rende.

— En versant ces dédommagements, il avait, surtout, le souci de sauver son honneur, précisa Ash avec un geste d'impatience.

Ne comprenait-elle pas que c'était à lui de verser ces compensations, avec l'argent qu'il avait acquis et non avec celui dont il avait hérité ?

— Mon père n'aurait pas dû avoir à réparer mes erreurs. Personne n'aurait dû en souffrir.

— Es-tu revenu si fortuné que tu puisses éponger toutes ces dettes ? demanda-t-elle en relevant la tête, si bien que son regard d'un bleu profond rencontra celui d'Ash. Il a fallu quatre années de revenus du domaine pour rembourser tout le monde. Or, Jaarlshiem est l'une des plus grosses fermes du pays.

— Oui, je le suis. A l'occasion de ma dernière incursion en France, je me suis emparé d'une abbaye dont j'ai pillé tout l'or et l'argent.

Il plaça la main sous le menton de son épouse et le souleva légèrement pour mieux lire dans ses yeux.

— Maintenant que je suis de retour, Kara, tu n'auras plus besoin de rien. Je sais quel est mon devoir à présent que mon père est mort, et je vais l'assumer. Tu es ma femme.

Il se pencha sur elle, s'apprêtant à goûter à la saveur de ses lèvres et vérifier qu'elles étaient aussi douces que dans son souvenir.

Kara, cependant, détourna la tête et dirigea le regard vers la statue grimaçante de Loki qui dominait l'antichambre du prêtre.

Il aurait pourtant été tellement plus aisé de s'abandonner et d'accueillir ses lèvres, d'autant plus qu'elle le désirait de tout son être. Mais elle savait que ce serait une erreur. Son attirance pour Ash n'était que le reliquat d'une toquade de jeunesse. Un simple sourire de sa part et le contact de sa main ne pouvaient effacer sept ans de séparation et de difficultés comme s'ils ne comptaient pour rien.

Son adoration inconditionnelle pour lui avait cessé le jour où son beau-père lui avait montré quel genre d'homme il était réellement. Elle avait compris, alors, que la gloire pour lui passait au-dessus de tout. Il l'avait trouvée, semblait-il, mais combien de temps se passerait-il avant qu'il ne cède de nouveau à l'appel de l'aventure ? Maintenant qu'elle était mère, elle devait prendre en considération le bonheur et les intérêts de Rurik encore plus que les siens.

Au cours des années qui s'étaient écoulées depuis son mariage, elle avait changé. En premier lieu par nécessité. Elle avait dû prendre des responsabilités et administrer le domaine, ce qu'elle était parvenue à faire avec succès. Elle avait assumé toutes les tâches qui auraient été celles d'Ash s'il n'avait cédé à son désir de gloire. Et maintenant, il aurait voulu qu'elle lui tombe dans les bras comme si rien ne s'était passé et qu'elle était toujours la jeune fille d'autrefois aveuglée par l'amour ?

— Ce n'est ni le moment ni l'endroit convenables, dit-elle en posant sur lui un regard sévère comme elle le faisait avec Rurik quand il se rendait coupable d'une bêtise. Nous sommes dans un temple et attendus à la prétendue fête de bienvenue.

Elle avait bien conscience de la futilité du prétexte qu'elle invoquait. Aussi accentua-t-elle la sévérité de son regard comme elle en avait l'habitude avec son fils lorsqu'elle le surprenait en train de commettre quelque méfait. Ash, cependant, parut plus amusé qu'impressionné.

— Mets un terme à ton courroux, Kara, fit-il en posant la main sur l'épaule de sa femme.

Elle eut la sensation d'une chaleur bienfaisante qui faisait fondre le carcan de glace dans lequel son cœur n'avait été que trop longtemps emprisonné.

— A quoi te sert-il ? poursuivit-il. Ce qui compte, c'est notre avenir. Tes convives peuvent se passer de nous. Tant qu'il y aura à boire et à manger, la fête sera un succès.

— Ne me touche pas ! répondit-elle en s'écartant de lui. Je n'éprouve plus de plaisir à ton contact.

C'était un mensonge. Toutes les fibres de son corps en témoignaient. Il suffisait qu'il l'effleure pour que la flamme qui brûlait encore en elle se transforme en un brasier dévorant. Elle l'avait crue éteinte depuis longtemps. Pourquoi fallait-il que seul Ash ait ce pouvoir sur elle ?

Pour s'interdire de revenir vers lui, elle joignit les mains et les serra fortement l'une contre l'autre en entrecroisant les doigts.

Devant cette attitude défensive, il renonça à se rapprocher d'elle et lui lâcha l'épaule, mais elle chancela comme si, soudain, elle ne pouvait se soutenir seule.

— Que t'arrive-t-il ? fit-il en se rapprochant de nouveau. Tu perds l'équilibre ?

— Non… J'ai eu juste un petit vertige.

Il la regarda longuement avant de reprendre d'une voix douce :

— As-tu oublié le temps où tu me réclamais des baisers ? Tu n'en étais jamais rassasiée.

Elle grinça des dents. Comment osait-il ! Se serait-elle si mal tenue ? A moins qu'il ne fasse référence à une autre femme qu'il avait connue. Elle ne se souvenait pas de l'avoir jamais supplié de lui donner un baiser. Elle en avait certes eu le désir, mais de là à quémander de la tendresse… La prenait-il pour une simplette ?

— Ta mémoire n'est pas très bonne, Ash.

Un sourire d'une mâle sensualité se dessina sur les lèvres de son mari.

— Ne te souviens-tu pas du baiser que tu m'as demandé sous le pommier en fleur ? Moi je ne l'ai pas oublié. Juste après, je t'ai demandée en mariage et tu m'as répondu oui.

— Tout cela s'est passé il y a sept ans, répliqua-t-elle en se tournant vers la statue de Loki.

Elle ne se faisait pas d'illusions. Ash l'avait demandée en mariage pour obtenir le bateau et l'équipage avec lesquels il était parti à l'aventure. Ce n'était pas pour lui donner des baisers du matin au soir et dormir entre ses bras qu'il l'avait épousée. Elle s'en voulait, à présent, d'avoir cru à sa promesse d'éternelle dévotion.

Il avait l'art de tout présenter de manière à obtenir ce qu'il voulait, trait de caractère qu'il partageait avec son fils. Mais il ne la prendrait plus à son jeu. Elle ne chercherait plus à justifier tous ses actes et à ne voir que le bon côté des choses chaque fois qu'il s'agissait de lui.

— Tu aurais très bien pu m'envoyer des nouvelles de temps en temps, reprit-elle. Mais tu t'en es bien gardé. Nous sommes comme des étrangers, maintenant. C'était une erreur de croire que nous pourrions reprendre notre vie commune là où tu l'avais laissée. Ce n'est pas possible. Je ne te permettrai pas de bouleverser mon existence ni de piétiner de nouveau mon cœur.

— Tu es ma femme, Kara. Et il est naturel pour un mari d'embrasser son épouse, particulièrement après une longue absence.

Elle le toisa en lançant :

— Aussi longtemps que je ne serai pas certaine de vouloir poursuivre notre vie conjugale, je ferai chambre à part !

Les traits d'Ash se durcirent, accentuant la cicatrice en forme de croissant de lune de son menton. Au lieu du jeune homme dont elle se souvenait d'être tombée amoureuse, elle avait un redoutable guerrier en face d'elle. Puis, soudain, il lui sourit, et ce fut comme si un rayon de soleil perçait un ciel nuageux.

— Nous sommes mariés et nous le resterons, Kara. Tu n'as plus ta tête, avec tous ces événements, mais sache seulement que je suis moins à blâmer que tu ne le penses.

Exaspérée, elle secoua la tête. Il parlait de tout cela avec une légèreté déconcertante. On aurait dit qu'il n'avait été absent que quelques mois, et non sept ans. Elle avait changé, pendant tout ce temps. Elle avait le devoir, à présent, de protéger Rurik…

Elle eut l'impression que son cœur se décrochait en pensant à son fils. Leur fils !… Ash ignorait son existence. Il fallait lui apprendre qu'ils avaient eu un petit garçon ensemble. Elle jeta un regard aux statues et aux encensoirs comme si elle sollicitait l'appui des dieux. Elle venait d'apprendre à Ash que son père était mort. Il était difficile de lui annoncer aussitôt après qu'il avait un fils et dans quelles circonstances il était né. Elle ne pouvait aborder ce sujet qu'avec précaution.

— Figure-toi, Ash, que je serais en droit de divorcer.

Nous n'avons pas partagé le même lit depuis plus de cinq ans ; il n'en faut pas plus pour demander la séparation. Considère que le délai que je te demande avant de pouvoir redevenir ta femme est justifié par ta longue, trop longue absence. Ne cherche plus à me séduire.

Il la considéra d'un air pensif.

— Tu as tous les droits, dit-il en tendant les bras, un sourire indulgent aux lèvres. Si tel est le désir de ma jolie femme, comment pourrais-je le lui refuser ?

La tension accumulée entre les épaules de Kara se dissipa comme sous l'effet d'un coup de baguette magique. Elle trouverait les mots justes pour lui parler de Rurik, et il comprendrait pourquoi elle avait agi ainsi.

Une ombre d'inquiétude, toutefois, planait encore sur elle. Elle avait obtenu un peu trop rapidement l'accord d'Ash, mais elle connaissait toutes ses ruses, désormais, et ne se laisserait pas berner.

— Merci, fit-elle. Nous avons été amis autrefois et j'aimerais que nous le restions.

— Je mesure la longueur de notre séparation, Kara, crois-moi. Mais je te sens nerveuse. Tu n'as aucune raison de l'être en ma compagnie. Je ne désire que ton bien et tes intérêts sont les miens. Si un mari n'est pas solidaire de sa femme, il ne mérite pas ce nom.

Il avança d'un pas vers elle et lui effleura la joue de la main. Une onde de chaleur courut le long du corps de Kara qui, instinctivement, tendit les lèvres alors qu'une pulsion irrésistible la guidait vers lui.

La porte s'ouvrit alors tout à coup et Kara, les joues en feu, recula d'un pas. En son for intérieur, elle remercia celui ou celle qui avait choisi ce moment pour les déranger.

C'était Valdar.

— Je craignais que vous n'ayez quelque souci, Kara, dit-il. Vous êtes attendus à la fête. Les gens commencent à s'interroger à votre sujet.

— Il y a longtemps que je n'ai vu ma femme, répondit Ash en posant une main possessive sur l'épaule de celle-ci. J'avais besoin de lui parler.

— Oui, renchérit Kara. Et je ne pouvais pas lui annoncer la mort de son père en public.

Valdar acquiesça de la tête.

— Auda se demandait si vous aviez besoin d'aide. Je me suis proposé de le vérifier.

Kara se frotta la nuque. Elle ne savait si elle devait remercier son amie ou lui en vouloir. Elle et Ash devaient établir les limites de leur nouvelle relation, mais Valdar n'avait pas tort de leur rappeler que les convives s'impatientaient.

Ash porta le regard de Kara à Valdar et fit la moue.

— Je comprends mieux, maintenant, dit-il.

— Pardon ? fit Kara.

— Pourquoi Valdar s'est inquiété à ton sujet. C'est ton nouveau chien de garde.

Kara ne souciait pas de ce que Valdar ferait de sa vie maintenant que leur mariage était devenu impossible, mais il ne méritait pas d'être traité de la sorte. Quant à Ash, elle n'avait aucune raison de prendre de précautions avec lui.

Arborant un sourire ironique, elle répondit :

— Jusqu'à ton retour, j'étais la fiancée de Valdar et nous étions sur le point de nous marier.

Ash plissa les yeux, furieux. Elle aurait aimé que ce soit par jalousie et non par orgueil et pur désir de possession. S'il avait éprouvé des sentiments pour elle, il serait revenu plus tôt.

— Je comprends, dit-il.

— Vraiment ? fit Valdar en posant la main sur la poignée de son épée.

— Oui, parfaitement, répondit Ash en portant la main à l'arme qui pendait à son côté.

— Les convives nous attendent, Ash, intervint Kara

pour éviter l'affrontement entre les deux hommes. Un grand banquet a été préparé… Il devait rendre l'événement mémorable.

— Il le sera, mais pour d'autres raisons, remarqua Valdar qui gardait la main sur son arme.

— De bonnes raisons, précisa Ash sans lâcher non plus son épée.

— Valdar n'a rien dit d'autre, reprit Kara en se plaçant entre les deux hommes.

Aucun des deux ne réagit. Ils étaient prêts à bondir l'un sur l'autre au moindre geste agressif.

La peur envahit Kara. Si elle ne se montrait pas très habile, ils n'allaient pas tarder à s'entre-tuer. Et le banquet de bienvenue serait, en effet, encore plus mémorable.

— Merci de m'avoir transmis la requête d'Auda, Valdar, dit-elle. Quant à toi, Ash, tu devrais rejoindre nos convives au plus vite pour leur dire quelques mots avant que tout le monde prenne d'assaut les victuailles ou que quelqu'un d'autre intervienne à ta place.

— Mon oncle, par exemple ? fit Ash, ironique. Il a été on ne peut plus accueillant à mon égard.

— Il t'envoie ses excuses mais il a dû se retirer, dit Valdar en lâchant la poignée de son épée. Il a été bouleversé par cette journée. Or, il est loin d'être jeune.

En entendant Valdar évoquer le départ de Harald Haraldson, Kara eut un serrement de cœur. Elle savait qu'il ne renoncerait jamais à Jaarlshiem.

— Et le roi ? demanda-t-elle sans laisser paraître son émotion.

Si le souverain avait décidé de ne pas rester à la cérémonie de bienvenue, ce serait un très mauvais message envoyé à Ash.

— Il était d'accord avec Auda pour m'envoyer vous trouver. Il ne voudrait pas se coucher trop tard.

Un immense soulagement s'empara de Kara. Même

si le roi ne s'était pas déclaré ouvertement en faveur d'Ash, le fait qu'il reste pour le banquet signifiait qu'il se rangerait de son côté en cas de procès avec son oncle. Tout se passerait peut-être bien, en fin de compte. Harald Haraldson était assez influent pour obtenir une enquête, mais avec l'appui du roi Ash n'aurait pas de peine à faire valoir ses droits sur l'héritage de son père.

Rurik était assuré de se voir transmettre Jaarlshiem. Pour la première fois depuis la mort de Hring Haraldson le Téméraire et la déclaration de son frère, Kara eut l'impression rassurante de n'être plus obligée de regarder tout le temps par-dessus son épaule de crainte d'être frappée dans le dos. Le roi était solidaire d'Ash.

— Si c'est le roi qui réclame notre présence, dit Kara en frappant dans ses mains, il faut le rejoindre au plus vite. On ne doit jamais faire attendre un souverain.

— Nous n'en avons pas fini, dit Ash.

— Nous reprendrons cette discussion plus tard, répondit Valdar.

— J'attends ce moment avec impatience.

Kara se promit de parler à Ash de Rurik après le festin. Elle lui ferait comprendre qu'elle avait des devoirs à l'égard de leur fils et que, en se remariant avec Valdar, elle avait simplement souhaité s'assurer qu'il serait correctement élevé. Elle ne voulait pas que, comme son père, il soit obligé de se débrouiller tout seul avec simplement une nourrice pour compagnie.

Elle se souvenait d'avoir essuyé les pleurs d'Ash un jour où, après avoir été battu, il avait été jeté hors de la maison paternelle. Hring Haraldson s'était souvent vanté de l'éducation rude qu'il avait donnée à son fils. Les récits qu'il lui avait faits de la jeunesse d'Ash la glaçaient jusqu'aux os encore aujourd'hui. Il était hors de question que Rurik connaisse le même sort.

Ash glissa le bras sous le sien. Il lui sourit, mais son regard resta dur.

— Nous nous joignons au banquet en qualité de mari et femme, dit-il.

— Ensemble ? fit-elle en essayant de contrôler son émotion.

Ash lança un regard significatif à Valdar en reprenant :

— Tu ne voudrais pas qu'on croie que je t'ai déjà perdue !

Chapitre 4

Les applaudissements résonnaient encore aux oreilles d'Ash quand il prit place à la table d'honneur du banquet. Il venait de prononcer une brève allocution après celle de bienvenue du roi, et ses derniers mots avaient été couverts par les hourras.

Il ne s'était pas exprimé dans les termes qu'il avait imaginés sur le drakkar qui le ramenait à Sand. Il avait remanié son discours de façon qu'il plaise à tout le monde, en particulier à Kara. Cela l'avait amené à ne pas donner un récit détaillé des épreuves qu'il avait traversées, mais une présentation plus générale des événements, qui soulignait le caractère héroïque de certaines de ses actions.

En réalité, il avait eu de la chance à plusieurs reprises, et il ne s'agissait nullement d'héroïsme.

— Ils ont aimé ton récit, dit Kara en lui souriant quand il s'assit près d'elle. On dirait que tu as vécu des aventures passionnantes.

— J'ai fait deux plaisanteries auxquelles tu n'as pas réagi. Jadis, elles ne t'échappaient pas… J'en avais émaillé mon discours pour toi en particulier ; je pensais qu'elles te feraient rire.

Kara souleva un sourcil.

— Tu avais fait cela uniquement pour moi ? J'en

suis très honorée. J'avais sans doute l'esprit ailleurs. Je te demande pardon.

Ash tapota du doigt la corne dans laquelle il buvait et balaya la salle du regard. Cherchait-il quelqu'un ? se demanda Kara. Valdar ne s'était pas encore montré après son intervention dans l'antichambre du prêtre.

— J'ai fait cette allocution d'abord pour toi, Kara. Je voulais que tu saches ce que j'ai vécu.

— M'impressionner aurait dû être la dernière de tes préoccupations, Ash.

Il but une gorgée de bière d'un air pensif. Elle se trompait. Sept ans plus tôt, il l'avait épousée pour montrer à son père qu'il était prêt à prendre ses responsabilités et la direction d'un navire. Or, Kara, la fille des propriétaires du domaine voisin de Jaarlshiem, rougissait chaque fois qu'il lui adressait la parole et s'émerveillait de tout ce qu'il disait. Comme elle avait cru spontanément à son rêve de devenir un intrépide guerrier, il n'avait pas voulu la décevoir.

— Mais je te promets de faire plus attention la prochaine fois que tu raconteras ton périple, reprit-elle.

— Il n'y aura pas de prochaine fois.

— Je me suis laissé distraire… Je t'en demande pardon.

Absorbé dans ses pensées, il ne répondit pas. Le regard que Kara avait posé sur Valdar, quand il les avait surpris dans l'antichambre, était significatif. Elle avait accueilli avec satisfaction cette interruption. Peut-être même l'avait-elle orchestrée. A n'en point douter, Valdar était son esclave. Sa dévotion à l'égard de Kara était telle qu'Ash était en droit de se demander jusqu'où leur relation était allée.

Kara était toujours sa femme, mais avait-il encore un droit sur elle ? Tout ce qu'il savait, c'était qu'il la désirait.

Lorsqu'il l'avait vue devant l'autel au côté de cette grande brute de guerrier blond, son estomac s'était noué.

Il se souvenait de Valdar comme d'un adversaire auquel, dans sa jeunesse, il se confrontait à l'épée et autres armes. Son père le citait en exemple quand il ne disait pas tout bonnement qu'il aurait voulu avoir un fils comme lui. Mais il ne se laisserait pas impressionner par Valdar et ne lui abandonnerait pas Kara. Elle était sa femme et, s'il le fallait, il la reconquerrait. Il lui prouverait qu'il était son héros et qu'il la méritait. Personne ne l'en empêcherait, et certainement pas Valdar.

— Tu as l'air grave, remarqua Kara. Tu devrais plutôt te réjouir. Le propos du roi était plus que courtois à ton égard en dépit des circonstances, et le récit de tes aventures a dû enflammer l'imagination de plus d'un barde. Tu as toujours voulu être le héros d'une épopée ; je suis certaine qu'une saga ne tardera pas à être composée sur tes exploits. Et cesse de faire la tête parce que je n'ai pas ri à l'une de tes plaisanteries !

Ash but une autre gorgée de bière. Kara n'avait-elle pas désiré, elle aussi, qu'il devienne un héros ? Et qu'adviendrait-il le jour où elle découvrirait qu'il n'était qu'un homme imparfait comme les autres ?

A peine l'eut-il formulée dans sa tête qu'il écarta cette pensée trop pénible.

— Je ne fais pas la tête, répondit-il. J'étais perdu dans mes réflexions. Sand a beaucoup changé, depuis la dernière fois que je l'ai vue. Je ne m'étais pas attendu à la trouver aussi transformée ni à regretter autant de visages absents.

Kara pressait entre ses doigts un morceau de pain qu'elle réduisait en miettes.

— Ça ne doit pas être facile d'être le seul survivant d'un équipage.

Le visage d'Ash s'assombrit alors qu'il acquiesçait de la tête. Le souvenir de ses compagnons morts en mer ne cessait de le poursuivre et, ce soir, il était plus présent que jamais. Eux seuls savaient qu'il n'était pas un héros.

Mais s'il avait présenté le récit de ses aventures à son avantage, c'était surtout pour ne pas décevoir Kara. Il ne pouvait prendre le risque de la perdre en révélant qu'il n'avait rien du héros sous les traits duquel elle avait rêvé de le voir.

— Je voudrais, si je le pouvais, prendre la place de l'un ou l'autre d'entre eux. C'étaient des hommes de valeur, bien plus méritants que moi.

— Toi seul les connaissais.

— Oui. Ils étaient comme des frères pour moi.

Il fit un geste de la main en direction du barde qui accordait sa lyre.

— Quand entendrai-je le chant funèbre que mon père a fait composer pour célébrer ma mort ? N'avais-tu pas eu l'intention de le faire interpréter pendant ton repas de noces ?

Le sang monta aux joues de Kara.

— Non… Je ne pense pas que cela aurait été un chant approprié à la célébration de mon mariage. Mais le barde le connaît sans doute. Il y a un moment qu'il est interprété en Raumerike.

— Demande-lui de l'interpréter.

— Pourquoi ?

Pour savoir ce que mon père pensait de moi. On souhaite savoir quel souvenir on laisse en mourant, même si l'on a conscience de n'en être pas digne.

Il ravala les mots qui se pressaient sur le bout de sa langue. S'il voulait reconquérir Kara, il devait la laisser croire qu'il avait été un guerrier intrépide que la peur n'avait même jamais effleuré.

— Il me semble que ce serait amusant.

Kara reposa brusquement sa coupe sur la table.

— Ah ! Parce que, pour toi, un chant funèbre est distrayant ? Je finis par me demander si j'ai jamais su qui tu étais, Ash.

— Si ça ne te plaît pas de l'entendre, nous attendrons une autre occasion.

Il frappa dans ses mains pour attirer l'attention du musicien.

— Je voudrais que tu m'interprètes des chants de la Raumerike. Il y a trop longtemps que je n'en ai pas entendu. Charme mes oreilles, barde, et tu seras bien récompensé.

Kara prit sur elle pour ne pas laisser voir son malaise grandissant à mesure que les toasts et les chants se succédaient. Elle s'obligea à converser de choses et d'autres avec ses voisins de table, mais elle se sentait de moins en moins bien et devait forcer sa voix pour être entendue. Ash, en revanche, qui avait fini par demander au barde de lui chanter l'éloge funèbre commandé par son père, ne semblait aucunement gêné ni inquiet.

Heureusement, le musicien, qui avait été engagé par Valdar, ne connaissait pas le chant de lamentations évoquant Ash. Kara remerciait les dieux qu'il en soit ainsi, car les derniers vers évoquaient le fantôme d'Ash implorant son fils de devenir, en grandissant, un guerrier aussi brave que lui. Les yeux de tous ceux qui écoutaient ce chant, à Jaarlshiem, se remplissaient alors de larmes.

En fin de compte, le barde n'interprétait que des chansons à boire ou évoquant des batailles victorieuses auxquelles les guerriers de la Raumerike avaient pris part. L'assistance se joignait à ces chants et la bière coulait à flots.

Elle avait retrouvé Ash exactement tel qu'elle l'avait connu avant qu'il parte, c'est-à-dire séduisant, aimant plaisanter et charmer, occupant le devant de la scène alors qu'elle restait dans l'ombre.

Après le troisième toast, elle avait senti le frottement

de son épaule contre la sienne ; au moment du cinquième, elle sentit sa main effleurer la sienne alors qu'il l'avançait pour prendre le tranchoir qu'ils partageaient. C'était une véritable caresse. Elle fit mine de le frapper avec son couteau, mais il sourit et lui prit délibérément la main pour la porter à ses lèvres.

Faisant fi de l'onde de chaleur que son contact faisait naître en elle, Kara se raidit et regarda droit devant elle. Elle n'était pas un fruit mûr qui n'attendait que de se laisser cueillir. Ce n'était pas parce qu'il daignait revenir, après sept ans, qu'elle se retrouverait automatiquement dans son lit.

Sentant un regard sur elle, elle tourna la tête et vit Valdar qui l'observait. Elle rougit de nouveau car le geste d'Ash n'avait pas été une simple manifestation de désir, mais de possession.

Spontanément, elle se leva.

Ash interrompit la conversation qu'il avait engagée avec sa voisine et reprit la main de Kara.

— Qu'y a-t-il ?

— Il est temps que j'aille me coucher, répondit-elle, la gorge serrée.

— Tiens… Valdar est enfin arrivé, fit Ash. C'est curieux qu'il ne nous ait pas emboîté le pas.

Il fit un mouvement du menton vers la place où se tenait l'ex-fiancé de Kara, visiblement éméché, sa tenue de marié en désordre.

Kara détourna les yeux en se demandant si elle avait déjà vu Valdar soûl.

Ash, qui s'était levé à son tour, lui passa le bras autour des épaules.

— Si tu as envie de partir, de quel droit t'en empêcherais-je ?

— J'ai eu une longue journée, répondit-elle en se dégageant.

— Et la nuit sera encore plus longue ! lança l'un

des anciens compagnons de beuveries d'Ash assis au bout de la table.

— N'oublie pas que tu parles à ma femme. Modère ton langage.

L'homme s'étrangla en buvant une gorgée de bière.

— Je vous demande pardon, ma dame, fit-il.

D'un geste possessif, Ash plaqua la main contre le dos de Kara.

— Il se fait tard, en effet, ma chère épouse. Il est temps que nous nous retirions.

— Ne te crois pas obligé de partir parce que je m'en vais, dit-elle à mi-voix. Je peux rentrer seule à la maison. Tu as de nombreux admirateurs, ici, qui aimeraient te parler et entendre le récit de tes aventures. Le banquet ne se terminera qu'avec le chant du coq.

Le regard d'Ash s'assombrit.

— Pourquoi voudrais-je être séparé de toi, ma fidèle femme ?

Elle s'écarta de lui. Il était décidément toujours le même. Il disait ou laissait entendre certaines choses pour la flatter alors qu'il pensait l'opposé. Si elle ne l'avait pas compris naguère, elle en avait la certitude aujourd'hui.

— Il ne te convient pas de plaisanter après sept ans d'absence. De plus, je ne suis pas d'humeur à badiner. Les gens attendent de toi que tu leur fasses un récit complet et détaillé de ce que tu as vécu. Tu ne leur en as donné qu'un aperçu. Veux-tu qu'ils aient l'impression que tu leur as menti ?

Visiblement embarrassé, Ash lissa les plis de son vêtement.

— Ce festin commence à me peser autant qu'à toi. En racontant mon périple, je suis obligé de revivre mes épreuves. Ce soir, les mots restent coincés dans ma gorge. Demain, quand j'aurai pris du repos, je serai mieux inspiré. Je trouverai les mots justes pour évoquer les moments les plus dramatiques de mon épopée. Tu avoueras que cette journée s'est déroulée d'une manière à laquelle nous ne nous attendions pas.

En observant le visage d'Ash, Kara remarqua les cernes sous ses yeux et les plis autour de ses lèvres. Elle eut l'impression d'avoir devant elle Rurik quand il dormait debout mais refusait d'aller se coucher. Elle se montrait trop dure avec Ash, mais elle était si affectée par les événements de la journée qu'elle n'avait pas fait attention à l'effet qu'ils avaient eu sur lui.

— C'est vrai, reconnut-elle. Je ne m'attendais pas plus que toi à vivre ce que nous avons vécu. Demain matin…

— Demain, c'est demain. Laisse-moi m'occuper de toi aujourd'hui.

Elle retint son souffle. Autrefois, elle aurait rêvé de l'entendre lui dire cela, mais maintenant, elle ne croyait pas en sa sincérité. La seule personne à laquelle il s'intéressait, c'était lui-même.

— Ce n'est pas nécessaire. Je suis capable de m'occuper de moi toute seule.

— Je n'en crois rien… Tu es ma femme et, comme toute femme, tu as des besoins…

Il s'éclaircit la voix et regarda dans les yeux Valdar qui s'était assis à leur table.

— Nous sommes obligés de vous quitter, mes chers amis, annonça-t-il d'une voix sonore qui emplit la salle. Ma tendre femme est impatiente de se retrouver seule avec son mari.

Des rires fusèrent ainsi que des cris enthousiastes.

— Un baiser ! Un baiser !

Kara se figea. Elle ne voulait pas échanger ici un baiser avec Ash qui ne cherchait, en réalité, qu'à donner une leçon à Valdar.

Il eut un air dubitatif puis secoua la tête en signe de dénégation.

— Je ne fais la cour à ma femme qu'en privé. Trouvez-vous vos propres compagnes.

Il ajouta avec un regard de défi à Valdar :

— Celle-ci est déjà prise.

Il mit la main dans le creux des reins de Kara et la poussa vers la porte. Les cris et les remarques grivoises les poursuivirent jusqu'à l'extérieur. Dans la nuit claire et fraîche, une pleine lune aux tons orangés brillait dans un ciel dégagé, répandant sa clarté sur les rues de Sand.

— Merci, fit-elle.

— Pourquoi ? Parce que je ne t'ai pas embrassée ?

Il passa l'index sur les lèvres de Kara et reprit :

— J'ai dit ce que je pensais, Kara. Je n'avais aucune envie de t'embrasser en public. Je préfère attendre, sachant de quel prix sera la récompense.

De simples mots ! pensa Kara. Elle avait commis l'erreur, dans le passé, de les croire. C'étaient les actes qui comptaient, et non les paroles. Les actes demeuraient alors que les paroles s'envolaient dès qu'elles avaient été prononcées.

— Pourquoi as-tu quitté la salle avec moi ? demanda-t-elle. Mon père…

A peine eut-elle évoqué son père qu'elle se tut. Le souvenir des humiliations qu'il faisait subir à sa mère à ses retours d'expédition et de la façon dont cette dernière s'était réfugiée dans son propre univers, la hantait encore après toutes ces années.

— Ton père n'était pas un homme facile… Il était habité par ses démons.

— Enfin… Je te suis reconnaissante.

— Les festins, au mieux, sont une corvée. Celui-ci était particulièrement pénible, mais nous en avons fini.

— Tu les aimais bien, avant ton départ. Tu passais ton temps à me taquiner devant tout le monde.

— Je ne m'en souvenais plus. Je suppose que je le

faisais pour rire. J'espère que ce n'était pas trop pénible pour toi.

— Non... J'en riais la plupart du temps. Parfois j'y pense encore.

Les yeux d'Ash devinrent deux grands lacs bleu nuit dans le clair de lune.

— J'ai changé, depuis... J'étais bien peu mûr à l'époque. Ce que tu évoques me semble le babillage d'un jeune dépourvu de toute sagesse.

Elle s'obligea à détourner le regard pour ne plus croiser le sien car, un instant de plus, et elle se jetait dans ses bras. Or, elle savait qu'elle le regretterait.

— Tu peux me laisser là, Ash. Je suis capable de rentrer seule à la maison.

— Tu es ma femme, Kara. Permets-moi de te raccompagner. Je veux m'assurer qu'il ne t'arrive rien.

— D'accord.

Ils marchèrent en silence jusqu'à la petite maison dans laquelle elle logeait lorsqu'elle venait à Sand. La lune, radieuse comme au temps des moissons, resplendissait dans la voûte céleste en couvrant la ville d'un voile d'argent.

Quelques heures plus tôt, elle avait quitté la maison pour se rendre au temple et y épouser Valdar. Et voilà qu'elle y revenait avec un autre mari — un homme qui, elle l'avait cru, la connaissait intimement, mais qui, avec les années, était devenu un étranger.

Elle lui lança un regard en biais. Avait-il l'intention d'entrer ? S'attendait-il à ce qu'elle l'invite à le faire ? Elle pouvait difficilement lui en interdire l'accès car la maison lui appartenait, mais elle pouvait refuser de partager son lit. Elle n'avait pas le courage, ce soir, de lui parler de Rurik. Heureusement, personne n'y avait fait allusion pendant le banquet.

L'expression du visage d'Ash ne trahissait aucune intention particulière.

— Eh bien… Bonne nuit, Ash, fit-elle en lui tendant la main quand ils furent devant la porte de la maison.

— Kara…

Il lui prit le menton et le souleva doucement.

— Est-ce ta manière de me dire bonne nuit ? Quand ton cœur s'est-il transformé en un morceau de glace ?

Au clair de lune, l'expression de son visage était aussi séduisante que trompeuse. Il aurait été facile de s'abandonner entre ses bras et de livrer ses lèvres à ses baisers, mais elle avait conscience que ce serait la pire chose à faire. Elle était revenue de ses illusions de jeune mariée et ne rêvait plus d'un héros. Elle avait besoin d'un homme en qui elle pouvait avoir confiance. Quelqu'un capable d'éduquer Rurik.

Rurik…

Elle avait la bouche sèche. Pourtant, il fallait bien lui parler de leur fils, et surtout le faire avant qu'une autre personne lui révèle qu'il était père. En chemin, elle avait réfléchi à la manière d'évoquer Rurik, mais elle ne trouvait pas les mots justes. Or, il fallait aborder cette question avec habileté.

— Ce ne serait pas raisonnable, Ash, de passer la nuit ensemble.

— Pourquoi ? demanda-t-il en laissant retomber la main.

— Il reste trop de choses à régler entre nous. Il faut que nous parlions, et je ne veux pas me laisser séduire par toi. Je connais ta manière d'agir. Tu ne dis que ce que les gens désirent entendre. Notre histoire ne pourra reprendre que le jour où tu me raconteras exactement ce qui t'est arrivé depuis que tu es parti.

Elle l'observait en silence, espérant qu'il lui révèle la vérité sur sa longue absence. Après, seulement, elle lui parlerait de leur fils. Il n'était pas facile de savoir quel était le meilleur moment pour se confier à un homme et lui apprendre qu'il était père d'un garçon de six ans.

— Je n'avais pas l'intention de rester avec toi à moins que tu n'en aies le désir, répondit-il. Nous irons au rythme que tu voudras, Kara. Je n'ai jamais forcé une femme à faire quoi que ce soit, et n'ai pas l'intention de changer d'habitude, particulièrement avec mon épouse.

Il prit une mèche de ses cheveux qu'il enroula autour de son doigt.

— Crains-tu d'admettre cette vérité ? Tu me désirais autant que je te désirais, et je te désire toujours autant. Nous pourrions avoir de beaux enfants, Kara. Je sais que tu en voulais.

Un frisson parcourut Kara. C'était l'entrée en matière qu'elle attendait. Il fallait qu'elle lui dise la vérité avant que la couardise l'en rende incapable ; Ash ne devait apprendre l'existence de Rurik que de sa bouche. Elle fit seulement une prière en son for intérieur pour qu'elle ne soit pas obligée de lui révéler, dès ce soir, toute l'histoire.

— J'ai quelque chose à te dire, Ash, dit-elle précipitamment en lui reprenant sa mèche de cheveux. Tout est devenu différent entre nous il y a six ans, quand j'ai mis au monde notre fils.

Il resta bouche bée dans le clair de lune. On aurait cru qu'il venait de recevoir un coup de massue sur le crâne. Après quelques instants d'immobilité totale, il secoua la tête comme pour s'éclaircir les idées, mais sans détacher d'elle son regard médusé.

Elle avait l'estomac noué. Elle s'était montrée beaucoup trop brutale. Il aurait fallu amener le sujet plus doucement.

— Je suis père ? fit Ash d'une voix à peine audible. Nous avons eu un enfant…

— Oui. Un fils qui se prénomme Rurik.

Un fils… son fils… Les mots résonnaient dans sa tête.

Il ne sentait plus la fatigue. Il savait seulement qu'il était père et rien n'aurait pu le déconcerter autant que cette nouvelle.

Jamais il n'avait envisagé cette possibilité. Il ne s'était même jamais autorisé à y penser ni à l'imaginer. Kara avait mis au monde son fils ! Toutes sortes de sentiments contradictoires l'envahissaient. C'était à la fois la joie enivrante d'être père et l'horreur absolue de s'en être montré indigne et d'avoir perdu toutes ces années.

Son fils avait grandi sans lui. Il avait eu sa première dent, fait son premier pas et était monté pour la première fois à cheval sans qu'il en soit le témoin. Il s'était pourtant juré qu'il ne ferait jamais cela à un enfant, qu'il ne se comporterait en aucune manière comme son père avec lui. Malgré cela, il avait répété la même erreur. Pire. Son père, du moins, avait été là pour l'accueillir au monde avant de partir pour quatre ans d'aventures. Lui n'avait jamais vu son garçon ; il ignorait même son existence.

L'ignorance constituait-elle une excuse ? Une fois encore, il aurait voulu pouvoir remonter le temps.

Il se passa la main dans les cheveux et essaya de contrôler ses émotions. Levant les yeux vers les étoiles qui brillaient dans le ciel, il cligna des paupières pour en chasser les larmes. Il était père… Cela changeait tout… C'était aussi une erreur de plus à porter. Il aurait dû sentir au plus profond de son être qu'il avait eu un enfant et revenir auprès de Kara.

— Rurik ? C'est bien le nom que tu lui as donné ?

— Oui. Rurik Ashson. Tu m'avais dit, un jour, que tu voudrais prénommer ainsi ton premier fils.

C'était le prénom de son grand-père maternel. La scène lui revint en mémoire. Il se tenait avec Kara sur un rocher dominant le lac, à Jaarlshiem, et évoquait ce qu'il ferait lorsqu'il aurait conquis le monde et donné la vie à une dizaine de fils.

Kara n'avait pas oublié ! Il ne méritait pas une telle marque d'amour dont il devait lui être infiniment reconnaissant. Pourtant, il ne pouvait s'empêcher d'éprouver un certain ressentiment. Pourquoi ne lui avait-elle pas dit tout de suite qu'ils avaient un fils ? La colère qui sourdait en lui l'affranchissait du regret dont il avait été la proie dès qu'elle lui avait appris la nouvelle.

— Pourquoi ne m'as-tu pas dit plus tôt que j'étais père ? Tu aurais dû m'en informer dans le temple !

— Ash… Je…, fit-elle en lui tendant la main.

Comme il l'ignorait, elle la laissa retomber avec un soupir douloureux. Profitant de cet aveu de faiblesse, il continua de durcir son cœur et de refouler le sentiment de culpabilité qui s'était spontanément emparé de lui. Tout le monde, au festin, savait qu'il avait un fils. Sauf lui !

— C'est la première chose que tu aurais dû me dire. Avant même de me parler de la mort de mon père. Tu as pris le risque de faire de moi la risée de toute la Raumerike. Mais peut-être était-ce ton intention ?

— J'ai été empêchée de le faire, mais je voulais te le dire, répondit Kara en pressant la paume de ses mains sur ses yeux.

Ash avait raison. Elle avait commis une erreur et s'en voulait d'avoir manqué à ce point de courage alors qu'il ne s'agissait que de lui apprendre l'existence de son fils qu'elle aimait tant.

— Je n'aurais pas dû commencer par t'annoncer la mort de ton père. Il ne m'a pas été possible de te dire après que tu avais un fils. On ne peut pas dire à quelqu'un qu'il a perdu son père puis continuer en lui apprenant qu'il a un fils de six ans dont il ignorait l'existence. C'est trop dur à supporter pour un seul homme.

— Es-tu bien certaine qu'il soit de moi ? demanda

Ash en la saisissant par les épaules pour lire au fond de ses yeux.

Le sang de Kara se glaça. Il devait la croire ! Après avoir entendu parler au banquet de toutes les femmes qu'il avait fréquentées avant leur mariage, elle n'avait pas le cœur à lui confesser qu'il était le seul homme qu'elle ait connu. Et elle préférait ne pas penser à toutes celles qu'il avait vraisemblablement connues lors de son périple.

— Rurik est ton fils tout autant que le mien, répondit-elle en relevant le menton. Quand tu le verras, tu en conviendras. Il a tes yeux et ton nez. Ton père aimait à dire qu'il te ressemblait tellement qu'il faudrait veiller, plus tard, à ce qu'il ne jette pas son drakkar contre les rochers.

Ash laissa retomber les bras.

— Je ne souhaiterais à personne d'avoir le même nez que moi, marmonna-t-il en baissant la tête.

— J'ai toujours aimé ton nez.

— Quand Rurik est-il né ? s'enquit-il d'une voix plus douce.

Kara hésita avant de répondre. Elle ne voulait lui en dire que le minimum. Plus tard, peut-être, lui révélerait-elle toutes les circonstances de la venue au monde de leur fils.

— Il est né au début de l'hiver. Le jour de sa naissance, il faisait un froid glacial.

Cinq mois après son départ, et deux mois après la date à laquelle il était censé revenir, calcula Ash.

Il était au fond d'un cachot au moment de la naissance de son fils. Il n'avait eu aucun moyen de l'apprendre. Mais Kara ne savait-elle pas déjà qu'elle attendait un enfant avant son départ ? Le lui avait-elle caché délibérément ?

— Je veux le voir ! Conduis-moi à lui ! Tout de suite !

La main tremblante, Kara ouvrit la porte de la maison.

— Entrons pour parler de cela. Tout le monde n'a pas besoin d'entendre notre conversation.

Ash pénétra dans la salle faiblement éclairée. Elle avait complètement changé d'aspect. A la place des sinistres tapisseries représentant des batailles qui l'avaient épouvanté toute son enfance, des tentures aux motifs de bêtes sauvages décoraient les murs. Le rouet, au lieu d'être relégué dans une pièce de l'arrière, était disposé près de l'âtre. La maison, dont il gardait le souvenir d'une froide austérité, avait acquis une atmosphère chaleureuse et féminine. Les choses avaient changé pour le mieux ici, mais il n'osait penser à l'état dans lequel devait se trouver le fief de Jaarlshiem. Il se souvenait que la ferme avait souffert du temps où sa mère s'en était occupée seule.

— Est-il là ? demanda-t-il alors que Kara restait immobile et silencieuse devant la porte qu'elle avait refermée derrière eux. Je veux le voir. Va le réveiller. Son père est de retour !

— Il est à Jaarlshiem avec Gudrun, ta vieille nourrice. C'est elle qui s'occupe de lui.

— A Jaarlshiem au lieu de Sand, le jour de ton mariage ? C'est étrange…

Il inclina la tête de côté et essaya de réprimer l'inquiétude qui grandissait en lui. Pourquoi Kara l'avait-elle laissé aux soins de sa vieille nourrice plutôt que lui permettre d'assister à son mariage ?

— As-tu honte de lui ?

— Pas du tout ! répliqua-t-elle avec humeur. Comment peux-tu croire cela ?

— Etait-ce la volonté de Valdar qu'il soit absent ?

Il était prêt à croiser le fer avec le grand guerrier et remerciait les dieux d'être revenu à temps pour protéger son fils. Il ferait comprendre à Kara que sa place était auprès de lui et qu'elle ne pourrait assurer la sécurité de Rurik que dans ces conditions.

— Non, fit-elle. Valdar et Rurik sont amis. Ils aiment bien être ensemble.

Elle baissa ses longs cils, si bien qu'il ne put voir l'expression de son regard quand elle reprit :

— C'est l'une des raisons essentielles pour lesquelles j'ai consenti à ce mariage. Valdar est très bon avec Rurik. Il semble que sa présence le calme.

Ash sentit son cœur se serrer en entendant ces propos élogieux sur son rival.

— Mais il n'a rien fait pour que Rurik, aujourd'hui, soit présent à Sand.

— Il aurait été heureux qu'il assiste au mariage, mais c'est moi qui ai considéré qu'il serait préférable pour lui de rester à Jaarlshiem.

Il sentait qu'elle lui cachait quelque chose. Elle avait une raison particulière de ne pas laisser leur fils venir à Sand. Redoutait-elle leur oncle ? Cette seule pensée le mettait hors de lui.

— Est-il demeuré ? demanda-t-il soudain, se préparant au pire.

Il vit Kara se détendre et le premier sourire vraiment spontané éclairer son visage, le transformant totalement. S'il avait jusque-là trouvé sa femme belle, il était à présent ébloui. De toute évidence, elle était fière de leur fils.

— Il est plus vif que les enfants qui ont le double de son âge. Rien ne lui échappe, Ash. Il n'arrête pas de poser des questions et son espièglerie rivalise avec la tienne. Heureusement, avec l'âge, Gudrun n'a rien perdu de son exigence.

— Il ne peut plus rien lui arriver, maintenant que je suis de retour, dit-il en faisant le vœu qu'il en soit ainsi.

Il ne voulait pas que son fils soit élevé dans la crainte comme lui-même l'avait été.

Le sourire qui allait si bien à Kara s'effaça de ses lèvres aussi vite qu'il y était venu.

— Me voilà rassurée pour l'éternité ! lança-t-elle sur un ton ironique.

— Je veille sur les miens, Kara, répondit-il avec irritation.

Son péché était-il si grand qu'il méritât ce traitement ?

— Savais-tu que tu attendais un enfant lorsque je suis parti ?

Une pensée embarrassante venait de lui traverser l'esprit. Sachant combien il désirait partir, lui avait-elle caché cela ? Il se souvenait de la façon dont son regard s'était éclairé quand il lui avait parlé de son projet. Elle n'avait émis aucune objection et l'avait même encouragé à poursuivre son rêve et à lui revenir dans la peau d'un grand guerrier.

— Est-ce que cela t'aurait arrêté, si tu l'avais su ?

Il ferma les yeux. A l'époque, il était comme un grand enfant qui voulait absolument prouver sa valeur et rivaliser avec son père. Ce dernier s'étant illustré par ses voyages, il avait voulu en faire autant, mais il ne doutait pas d'être de retour avant l'hiver. Hélas ! les choses ne s'étaient pas passées comme il l'avait prévu. Il n'avait jamais envisagé l'échec puisque, jusque-là, il avait toujours franchi les obstacles qui se dressaient sur son chemin.

Certes, au cours de ses voyages, il avait beaucoup appris. Il avait en particulier compris l'importance des enfants. Enrôlé chez les Vikings, il avait vu des guerriers transformés par la naissance d'un enfant ou sa mort. Il avait été témoin, ainsi, de la descente aux enfers de son ami Ottar qui, après avoir perdu sa femme en couches, avait vu mourir quelques semaines plus tard la petite fille à laquelle elle avait donné la vie. Il avait alors noyé son chagrin dans la boisson et, ayant eu un différend avec un autre guerrier, un fou furieux du nom de Bjorn, il avait trouvé la mort dans la rue.

C'était sa mort, d'ailleurs, qui avait poussé Ash à redoubler d'efforts pour rentrer en Raumerike et donner un sens à sa vie.

En fait, il ne lui était pas venu à l'idée que Kara pouvait attendre un enfant. Ni au moment de son départ, ni après. Il lui avait même été plus facile de ne plus penser à elle lorsque, au fond de son cachot, il avait perdu tout espoir de la revoir ou quand il risquait sa vie quotidiennement avec ses compagnons d'armes.

Le passé était révolu et ne pouvait plus être changé, alors que le présent et l'avenir lui appartenaient. Et il venait d'apprendre qu'il avait un fils. Un fils dont il n'avait jamais vu le visage.

— Qu'aurais-tu fait si tu l'avais su ? demanda Kara d'une voix douce.

— Je serais revenu beaucoup plus tôt.

— Mais n'as-tu jamais pensé, au cours de toutes ces années, qu'il était possible que j'aie pu avoir un enfant de toi ?

— Je ne pensais qu'à la tâche devant moi et non à ma famille. Jaarlshiem et tous ceux qui y vivaient ne pouvaient redevenir une réalité pour moi que le jour où j'aurais réussi à effacer la honte du naufrage.

Il tendit les mains vers Kara en espérant que son cœur s'était attendri.

— Comment aurais-je pu m'en douter ? ajouta-t-il.

— En tout cas, tu n'as pas oublié de faire ton devoir avant de partir, répondit-elle en lui souriant d'une manière énigmatique.

Son devoir ? se demanda Ash en observant le pouls qui battait dans le cou de Kara.

Il avait peut-être été poussé au mariage par son père, mais il se souvenait très bien de la douceur du corps de Kara et de la façon dont, amoureusement, elle s'était donnée à lui. Il avait été très heureux entre ses bras et était parti avec l'intention de revenir au plus vite auprès d'elle.

— J'ai gardé un souvenir très tendre des moments que nous avons passés ensemble.

— Tendre ? C'est un mot bien faible pour évoquer l'amour.

Il soupira.

— Tu sais, Kara, que je n'ai jamais été très éloquent.

Elle croisa les bras sur sa poitrine, ce qui n'eut d'autre effet que de souligner la rondeur de ses seins.

— Parler mal de toi-même ne te sert pas. Tout ce que je veux savoir, Ash, c'est si tu es prêt à reconnaître Rurik comme ton fils. Veux-tu être un père pour lui ?

— Bien sûr… A-t-il été accueilli dans la famille ?

Elle détourna le regard.

— Oui… Il l'a été.

Ash eut la révélation soudaine qu'il pourrait reconquérir Kara en étant un protecteur pour elle et leur fils.

Après sa longue absence et ce qu'avait vécu Kara, il estimait, en dépit de la loi de la Raumerike, qu'il n'avait aucun droit sur elle. Mais cela ne l'empêchait pas de désirer la femme qu'elle était devenue et de vouloir les protéger, elle et leur fils.

Il ressentait le besoin de faire quelque chose pour compenser toutes ces années où il ne s'était pas occupé d'elle. Mais pour la reconquérir et la mériter, il fallait espérer qu'elle n'avait choisi Valdar qu'en raison de la menace que son oncle faisait peser sur Rurik.

En la protégeant, il lui montrerait qu'il était ce héros dont, naguère, elle avait tant rêvé. Et, en agissant ainsi, il deviendrait peut-être meilleur. Les efforts le transformeraient en cet homme que Kara méritait, stable, solide, en qui elle pourrait avoir confiance et qui serait toujours présent, même et surtout dans les moments difficiles.

Et si elle voyait clair dans son plan et le découvrait

tel qu'il était, il s'en irait dès qu'il aurait l'assurance qu'elle ne risquait plus rien. Elle ne serait pas contrainte, alors, de se marier uniquement pour assurer la sécurité de Rurik, et aurait la liberté de choisir qui elle voulait.

Maintenant qu'il avait un projet, il se sentait plus sûr de lui.

— Qui l'a accueilli dans la famille ? demanda-t-il d'une voix pleine de compassion. Qui a joué mon rôle devant l'arbre de la famille ?

Chapitre 5

— C'est ton père qui l'a admis dans la communauté, répondit Kara d'une voix mal assurée.

Ce n'était pas un mensonge, mais ce n'était pas non plus l'exacte vérité. Hring le Téméraire avait fini par accepter l'entrée de Rurik dans la famille, mais non sans avoir d'abord voulu qu'il soit abandonné à sa naissance, celle-ci étant intervenue trop tôt. Le nouveau-né était alors si chétif qu'on n'aurait guère parié sur son avenir. Elle le dirait un jour à Ash, mais pas avant qu'il ait rencontré son fils, et peut-être même seulement lorsque Rurik serait devenu un homme.

Elle observa le visage d'Ash qu'éclairaient les lueurs du feu sur lequel elle venait de jeter une brassée de petit bois, et essaya de retrouver dans ses traits le doux ami qu'elle avait tant aimé.

— Il a accompli tout le rituel approprié au pied du chêne, reprit-elle. A commencer par le versement de l'eau sur les racines. Tu aurais été très fier si tu avais été là.

— Je me réjouis que père ait accompli le rituel selon la tradition.

Kara se garda de lui dire avec quel retard cela avait eu lieu, et qu'auparavant son beau-père l'avait privée de nourriture pour la forcer à lui livrer l'enfant qu'il aurait laissé mourir de froid au-dehors. La seule chose qu'Ash devait savoir, c'était que Rurik avait été admis au sein de la famille.

Elle ramassa un fuseau qu'elle avait laissé au sol et le serra dans son poing jusqu'à ce que les jointures de ses doigts soient toutes blanches. Elle était furieuse contre elle-même de se sentir coupable alors qu'elle ne faisait que protéger Rurik.

Le sauver avait été sa préoccupation principale depuis la tempête de neige pendant laquelle il était venu au monde. Elle s'en voulait encore d'avoir pris ce risque, mais elle était allée soigner un cheval aux écuries. Une chute avait provoqué la naissance prématurée de l'enfant. C'était sa faute, mais elle l'avait réparée en luttant avec tout son amour de mère pour permettre à Rurik de vivre.

— Tu sais à quel point ton père était exigeant quant au déroulement des cérémonies, dit-elle, la voix vibrante d'émotion. Il tenait à ce que le rituel soit scrupuleusement observé dans le plus grand respect des règles.

— C'est vrai. Il était à cheval là-dessus. Il disait toujours que, à moins qu'un nouveau-né soit solide, il valait mieux pour tout le monde le soumettre à une mort rapide qu'à une lente agonie.

Procédés barbares ! pensa Kara, mais elle ravala les mots qui lui étaient venus. Elle ignorait ce qu'Ash pensait de cette manière d'agir. En ce qui concernait Hring Haraldson, le père d'Ash, et ses semblables, elle savait que c'était le souci de la survie de l'espèce qui les conduisait à envisager de telles solutions.

Pour elle, c'était impensable. Rurik était sa chair et son sang. Elle avait été déterminée à lutter jusqu'à la mort pour le sauver, et elle avait réussi à l'épargner en arguant que seul Ash, à son retour, pourrait prendre la décision de garder ou non l'enfant. Hring, après avoir essayé de la soumettre, avait fini par s'incliner devant sa décision.

Le lendemain du jour où ils avaient appris le naufrage d'Ash, Hring avait enfin reconnu formellement Rurik comme son héritier. Kara l'avait exigé de lui en contrepartie des soins qu'elle allait devoir lui donner, maintenant qu'il était impotent.

Dès que, avec son aide, il avait pu se relever, il avait prononcé les paroles consacrées devant le chêne alors qu'elle versait du vin sur les racines. La cérémonie ne s'était pas déroulée avec la solennité qu'elle aurait aimée mais, au moins, son fils avait-il un nom et un avenir.

Rurik et son grand-père étaient même devenus amis avant la mort de ce dernier, l'hiver précédent. Hring, dans ses derniers jours, était allé jusqu'à exprimer des regrets à Kara. Des larmes dans les yeux, il avait de nouveau désigné Rurik comme son seul héritier. Harald Haraldson avait cependant évoqué l'étrangeté de cette dernière cérémonie lors des obsèques de son frère, et Kara avait deviné quelles étaient ses intentions.

Elle croisa les bras autour de sa taille pour s'empêcher de trembler et essaya de se rassurer. Plus rien n'arriverait à Rurik, maintenant. Elle avait remporté le combat qui l'avait préservé de la mort. Un jour, il serait un seigneur aimé et respecté qui prendrait soin de ses gens et de sa famille, et ne les abandonnerait pas pour partir en quête d'aventures.

— Rurik est un petit garçon de six ans en pleine forme, dit-elle même si elle lui savait des bronches fragiles et une tendance à prendre froid chaque hiver.

— Quand pourrai-je le voir ?

— Lorsque nous retournerons à Jaarlshiem. Je ne veux pas le présenter à la cour avant qu'il soit prêt.

— Pourquoi ? Je me souviens d'être venu à la cour avec mon père à peu près à son âge. C'était pour moi comme la découverte d'un nouveau monde.

— Il y a toujours une ou deux épidémies par an, à Sand. Je ne vois pas l'intérêt de l'y exposer.

— Pourtant tu prends bien le risque de tomber malade, toi aussi.

— Moi, c'est une autre affaire. Rurik est plus en sécurité à Jaarlshiem et il y restera.

— Plus en sécurité ? répéta Ash d'un air incrédule. On peut avoir un accident ou tomber malade n'importe où.

— Si tu veux le voir, va à Jaarlshiem !

— J'en ai l'intention. Si tu veux faire la route avec moi, tu es la bienvenue. Mais si tu préfères rester avec ton amant, libre à toi.

— Je n'ai pas d'amant, rétorqua Kara, profondément vexée.

Un sourire de soulagement se dessina sur les lèvres d'Ash.

— Je suis heureux de l'apprendre.

Elle serra plus fortement le fuseau dans sa main pour s'interdire de le lui lancer au visage.

— J'allais devenir la femme de Valdar. Tu dois connaître la différence entre une épouse et une maîtresse.

— Quel dommage que j'aie gâché la cérémonie de mariage ! répondit-il d'un ton railleur. Je t'en demande pardon, mais j'ai priorité sur ton Valdar. Qu'il se trouve une autre femme s'il en veut une. Toi, tu es déjà prise. Et qu'elle lui donne un fils. Rurik est à moi.

— Et à moi aussi.

— Il va devenir le genre d'homme dont chaque père serait fier. Il est temps qu'il ne soit plus dans tes jupes.

Kara hésita à lancer le fuseau. Elle s'était battue contre Hring au sujet de l'entraînement de Rurik aux armes, et elle ferait de même avec Ash. Elle avait néanmoins besoin d'un père pour son fils, d'un homme de confiance qui lui donnerait la formation dont il avait besoin.

— N'oublie pas, Ash, que tu t'es engagé à me laisser du temps.

— Quand j'ai accepté cet arrangement, je ne savais pas encore que nous avions un fils. Tu aurais dû me parler tout de suite de Rurik. Pourquoi ne l'as-tu pas fait ? Que redoutais-tu ?

Kara, qui n'osait pas le regarder dans les yeux, ne baissa pas la tête pour autant et dirigea le regard sur un point du mur au-dessus de son épaule. L'homme qui se dressait devant elle était un étranger, un guerrier sans tendresse ni pitié. Le jeune garçon attentif et généreux qui, un jour, l'avait sauvée alors qu'en patinant elle était tombée dans une eau glacée, n'était plus… Avait-il existé, d'ailleurs, autrement que dans son imagination ?

— Tu le sais maintenant.

Il eut une expression empreinte de dureté.

— Que croyais-tu que je ferais ?

Elle ne répondit pas et garda le silence jusqu'à ce qu'elle ait l'assurance que sa voix ne tremblerait pas.

— Est-ce que notre accord vaut toujours ? demanda-t-elle dans un murmure. Je t'en prie, Ash. Tu me dois bien ça.

Il y eut un long silence. Elle déposa le fuseau près de la quenouille et serra ses mains l'une contre l'autre en baissant les yeux sur les braises qui se mouraient dans l'âtre. Il fallait qu'il tienne sa promesse.

— Je m'en tiens à ma parole, dit-il enfin, même si tu l'as obtenue en ne m'ayant pas dit la vérité. Tu peux prendre ton temps pour décider du sort de notre mariage, mais mon fils, c'est mon sang. Je ne le donnerai à quiconque, pas même à toi.

— Tu ne sais rien de lui.

— J'apprendrai à le connaître.

Il claqua le poing dans la paume de sa main d'un air décidé.

— Je pars demain matin pour Jaarlshiem. Je veux connaître mon fils. Le reste peut attendre.

Déconcertée, elle le dévisagea. Qu'allait-il penser de Rurik avec ses longues jambes maigres et son sourire de travers ? Et de son incapacité à lancer le javelot et à courir vite ?

Elle se mordit la lèvre. Elle voulait qu'Ash aime leur fils et en soit fier. Elle ne supporterait pas qu'il le considère comme un faible qui aurait dû être éliminé à la naissance.

— Tu veux partir dès demain matin plutôt que te rendre au conseil du roi ?

— Le roi comprendra. Certaines circonstances passent avant la politique.

— Et l'enquête te concernant ?

— Elle sera remise à plus tard.

Il lui posa la main sur l'épaule en reprenant :

— Mon oncle n'arrivera pas à ses fins. Il tente de brouiller les pistes, mais le roi sait de quel père je suis le fils et la hauteur de la dette qu'il a vis-à-vis de notre famille.

— Et s'il n'était pas d'accord avec ton départ soudain ?

— Alors il ne mériterait pas son titre.

Sur ces mots, il tourna les talons.

— Je pars demain matin. Je connais le chemin de Jaarlshiem. Je pourrais m'y rendre les yeux fermés.

— Et moi ? fit Kara.

Elle voulait être présente quand il rencontrerait Rurik pour s'assurer qu'il ne se laisserait pas aveugler par ses défauts et reconnaîtrait ses qualités.

— Fais comme il te plaît, mais si tu viens, viens seule.

Il la regarda de haut en bas avec insistance avant d'ajouter :

— Valdar n'est pas le bienvenu. Je ne veux aucun témoin autre que toi et la nourrice quand je ferai la connaissance de mon fils.

Kara ravala sa colère. Elle n'avait même pas imaginé de demander à Valdar de l'accompagner à Jaarlshiem. Elle lui avait déjà fait du mal involontairement et ne voulait pas, maintenant, l'utiliser.

— Je doute qu'il veuille venir. Il a des devoirs à la cour et il les fait passer avant tout.

Ash prit une mèche des cheveux de Kara et la fit glisser entre ses doigts.

— Tu sous-estimes ton charme, dit-il. Tu n'as jamais mesuré le pouvoir de ta séduction.

— Nos souvenirs diffèrent, répondit-elle d'une voix étranglée par l'émotion.

Toutes les fibres de son corps vibraient… Ash était bien trop près d'elle et il gardait ses cheveux entre ses doigts…

— Enfin, reprit-elle, j'ai une certaine idée de mes charmes, mais je ne fonde pas ma fortune sur mon visage et ma silhouette. Elle repose bien davantage sur les terres et les bois que je t'ai apportés en dot.

— Pardonne-moi si je ne suis pas d'accord avec toi.

Il s'inclina vers elle et lui effleura les lèvres d'un baiser. La douceur de ce contact émut profondément Kara. C'était une supplication plus qu'un ordre. Un bref instant, elle se laissa aller contre lui, son corps épousant le ferme relief de ses muscles.

Il relâcha ses cheveux.

— Tu vois, Kara, tu es toujours la même. Tu adores provoquer.

Elle faillit perdre l'équilibre en reculant d'un pas et heurta la table. Elle était toute frémissante de désir, mais Ash ne pouvait le savoir.

— Ce n'est pas un simple baiser qui change la situation, rétorqua-t-elle.

— Tu te trompes, Kara, fit-il en lui prenant le menton entre le pouce et l'index. Ça change tout.

Elle retint son souffle. Allait-il l'embrasser de nouveau ? Plus profondément ?

— Lâche-moi !

Il obtempéra aussitôt.

Passant la main sur ses lèvres, elle se morigéna d'être aussi attirée par lui. Elle était capable de lui résister ! Elle ne céderait pas à son charme tant qu'elle ne serait pas certaine de vouloir retourner avec lui. Elle écouterait sa tête, cette fois, plutôt que de laisser la passion régner en elle sans partage.

— Je ne veux pas que Rurik te voie sans moi, dit-elle en se dirigeant vers la porte. Si tu pars tout seul, je te rejoindrai avant la chute du jour.

Il releva un sourcil d'un air étonné.

— Ton cheval est rapide ?

Devant son expression incrédule, elle leva les yeux au ciel.

— Assez rapide. Tu sais que je suis capable de me tenir en selle. D'ailleurs, Valdar et moi avions prévu de retourner à cheval à Jaarlshiem après le banquet de mariage. Il voulait s'assurer que tout était en ordre avant l'hiver.

— Comme c'est charmant ! s'exclama Ash en la rejoignant. Vous auriez passé votre lune de miel sur le domaine. Vous pensiez faire le compte de vos récoltes ?

Kara brûlait d'envie de lui marteler la poitrine de ses poings et s'interdit de penser à la petite hutte où ils avaient passé leur nuit de noces. Elle chassa de son esprit le souvenir d'Ash suçant ses doigts qui ruisselaient d'hydromel.

— Valdar a le sens pratique. C'est sa nature.

— Je m'en souviendrai, répondit-il en lui caressant la joue. A demain matin. Fais de beaux rêves. Sois prête lorsque je viendrai te chercher et disposée à me montrer que ton cheval est rapide.

Il ouvrit la porte et la referma derrière lui alors que Kara secouait la tête d'un air exaspéré. Comme si elle allait faire de beaux rêves ! Le misérable espérait sans doute qu'elle rêverait de lui. Il ne fallait pas y compter. Ce genre de rêves correspondait à la jeune fille qu'elle avait été, mais plus à la femme qu'elle était devenue.

*
* *

Le jour était levé depuis longtemps et Ash observait la maison aux volets clos où se trouvait encore sa femme. Après l'avoir quittée, la veille, incapable de dormir, il avait employé son excès d'énergie à s'assurer que son plan soit couronné de succès. C'était incroyable, constatait-il, ce qu'un homme déterminé et une poignée d'or pouvaient accomplir.

Son haleine fumait dans l'air frais du matin alors qu'il réfléchissait à la situation. Maintenant qu'il était de retour, Kara semblait plus en danger qu'avant. Son oncle, en effet, apparaissait de plus en plus déterminé à prendre possession de Jaarlshiem.

Ash n'avait évidemment pas l'intention de le laisser faire, mais il voulait se montrer prudent et ne rien précipiter. A terme, une préparation minutieuse faisait gagner du temps.

Cette fois, il tiendrait sa promesse et protégerait Kara. Plus il en apprenait sur elle, plus il prenait conscience qu'il n'en était pas digne, mais il la désirait comme il n'avait jamais désiré aucune autre femme. Mais pour l'avoir autant négligée, il se voyait dans l'obligation de la reconquérir.

S'il n'y parvenait pas avant d'en avoir fini avec son oncle, il lui rendrait sa liberté. Et, cette fois, elle pourrait se marier avec qui elle voulait et non en fonction de ce qui serait préférable dans l'intérêt du domaine ou de son fils.

— Que cette dernière partie commence, mon oncle, dit-il entre ses dents en levant la main d'un geste menaçant. Je la gagnerai, car je sais ce que c'est que de perdre.

*
* *

Des coups violents frappés à la porte tirèrent Kara de son sommeil agité. Elle ouvrit tout grands les yeux et vit que le soleil entrait dans la chambre par tous les interstices des volets. Une servante était en train de ranimer le feu dans l'âtre.

Elle avait dormi beaucoup trop tard après avoir longtemps cherché le sommeil qui avait fini par s'emparer d'elle pour ne plus la lâcher.

— Kara ! Si tu n'ouvres pas cette porte, je vais la défoncer ! Il fait grand jour.

Ash ! Il fallait prendre sa menace au sérieux. Pourquoi avait-il fallu qu'elle se réveille aussi tard, juste aujourd'hui !

Elle se leva, prit une couverture qu'elle jeta sur ses épaules tout en faisant signe à la servante d'aller ouvrir.

Au même instant, la porte d'entrée s'ouvrit avec fracas et des pas résonnèrent dans la salle.

Coiffé d'une toque de fourrure et vêtu d'un court manteau mettant en valeur sa taille étroite et ses larges épaules, Ash parut un instant plus tard sur le seuil de la chambre. Il souriait d'un air espiègle.

— Est-ce que tu viens ou non ?

Consciente qu'elle était presque nue sous la couverture dans laquelle elle s'était enveloppée, Kara le regarda bouche bée.

— Tu n'avais pas l'habitude de te lever très tôt.

— J'ai changé. Et il n'est pas vraiment tôt.

Kara lui ferma la porte au nez et s'habilla rapidement. En enfilant sa robe, elle se piqua le doigt avec une broche qu'elle laissa tomber à terre en poussant un juron.

— Tu as un problème ? demanda Ash, derrière la porte.

— Mes cheveux sont tout emmêlés, cria-t-elle en ramassant la broche. Est-ce que tu me laisses le temps de me coiffer ?

— Dépêche-toi, sinon je vais partir. Tu pourras toujours me rattraper si tu le veux.

— Est-ce une menace ? demanda Kara en défaisant la tresse avec laquelle elle avait dormi. Je n'aime pas les menaces.

— Je ne crois pas aux menaces mais à l'action. C'est ce que mon père m'a enseigné. Ou tu pars avec moi ou tu retournes seule à Jaarlshiem.

Elle ravala la réponse cinglante qui lui brûlait les lèvres et se concentra sur ses cheveux qu'elle démêlait d'une main tremblante tant elle était nerveuse.

— C'est ta façon d'entrer dans les maisons ? demanda-t-elle quelques minutes plus tard en le rejoignant dans la salle. C'est une coutume, je suppose, que t'ont apprise les Vikings ?

— Il s'agit de ma maison. Je ne supporte pas qu'elle me soit fermée.

Il sortit de sa bourse une pièce d'or et la posa sur la table.

— Voilà pour la réparation. N'as-tu pas de servante capable d'ouvrir cette porte quand on y frappe ?

Kara leva les yeux au ciel.

— On ne serait pas obligés de la réparer si tu avais attendu qu'on t'ouvre.

— J'ai des raisons d'être impatient de partir, dit-il en fronçant les sourcils. Ce matin, Valdar n'était pas au conseil du roi. Pas plus que mon oncle. Leur absence a été remarquée.

— As-tu parlé au roi ? demanda Kara, ignorant ostensiblement l'allusion à Valdar.

— Oui, avant le conseil. Il m'autorise à quitter Sand pour aller faire la connaissance de mon fils.

Kara hocha la tête d'un air pensif. Ash semblait déduire de l'absence de Valdar et de son oncle qu'ils étaient alliés, mais elle était convaincue du contraire.

— Valdar n'a jamais fait serment d'allégeance à Harald Haraldson, si c'est ce que tu penses.

L'expression d'Ash se durcit.

— Oui, je sais. Tu m'as déjà dit que c'était un excellent homme.

Etait-il jaloux ?... Elle ne pouvait le croire, puisqu'il ne l'avait jamais aimée. La seule chose qui l'intéressait, en ce moment, c'était de voir Rurik.

Indifférente aux regards noirs qu'il lui lançait, elle donna des instructions à ses servantes dont celle de prévenir Valdar de son départ. La plus jeune des filles de cuisine proposa de courir porter le message sur-le-champ, mais Kara secoua la tête et lui dit qu'il serait toujours temps de le faire après son départ.

— Es-tu prête ? lança Ash qui s'impatientait. Ou faut-il encore que tu apprennes à tes servantes à filer la laine ?

— Il est normal que je leur confie des tâches à accomplir en mon absence. Je prends mes responsabilités au sérieux, mais j'en ai fini avec elles.

Elle passa devant lui et sortit dans la rue.

Alors qu'elle s'attendait à le voir accompagné de deux ou trois hommes d'armes, Ash avait pris avec lui une vingtaine de cavaliers. L'un d'eux avait mis pied à terre et tenait par la bride le cheval sellé de Kara. Un frisson courut dans son dos. Manifestement, Ash s'attendait à une confrontation.

Elle monta lestement en selle sans requérir aucune aide et en faisant le vœu que sa robe ne laisserait pas voir une trop grande partie de ses jambes.

— Kara !

C'était la voix de Valdar. Il descendait la rue à la tête d'une troupe d'une quinzaine de cavaliers qui avaient tous la main sur la poignée de leur épée et semblaient prêts à la tirer du fourreau au moindre signal.

En approchant, ils se déployèrent pour bloquer

complètement la voie. Le message était clair. Si Ash voulait se rendre à Jaarlshiem, il devrait leur passer sur le corps.

Kara s'efforça de maîtriser son cheval qui s'était cabré en voyant venir la troupe adverse. Depuis l'enfance, elle détestait les postures masculines menaçantes dont elle avait été souvent le témoin, son père aimant provoquer d'autres hommes juste pour leur prouver qu'il était le plus fort. Un jour, cependant, il avait trouvé plus fort que lui et en était mort — la blessure qu'il avait reçue à cette occasion s'était infectée.

— Je retourne à Jaarlshiem, Valdar, dit-elle quand elle eut réussi à calmer sa monture. Pourquoi êtes-vous ici ?

— Vous y retournez de votre propre chef ?

— Laisse-nous passer, Valdar ! fit Ash en dirigeant son cheval vers celui de son rival.

— Je ne bougerai pas tant que Kara ne m'aura pas répondu. Est-ce de votre propre volonté que vous partez ?

— Bien sûr qu'elle part librement ! Est-ce qu'elle porte des chaînes ?

Ash sauta à terre et tous ses hommes l'imitèrent.

Deux bandes armées se faisant face. Un mot de trop et le sang coulerait. Kara sentit sa gorge se serrer.

— Je vais librement et volontairement à Jaarlshiem, dit-elle. Ash vous a dit la vérité. Mais comme vous le savez, je suis tout à fait capable de parler en mon nom.

Elle lança un regard sévère à Valdar puis à Ash qui ne paraissait pas du tout regretter son ingérence.

— Laissez-nous passer, Valdar. Quant à toi, Ash, la prochaine fois, laisse-moi répondre moi-même aux questions que l'on me pose.

Valdar leva la main et ses hommes s'écartèrent pour laisser la voie libre.

— Si c'est vraiment ce que vous désirez, ma dame, dit-il, nous nous inclinons devant votre volonté. Nous ne sommes là que pour vous servir.

Elle resserra son manteau autour de ses épaules et fit avancer son cheval de quelques pas.

— Je vous remercie, Valdar. Telle est ma volonté.

— Prévenez-moi s'il devait arriver que vous ayez besoin de moi, reprit le guerrier, l'air déçu.

— Je fais confiance à mon mari pour assurer ma protection. Il est entouré de suffisamment d'hommes pour faire face à toute éventualité. Peut-être se croit-il encore au Viken. Il a oublié que la Raumerike était plus sûre.

Elle jeta un coup d'œil vers Ash qui se tenait immobile, les mâchoires serrées, et sentit son cœur battre plus vite. C'était vrai. A sa manière, Ash avait toujours veillé sur elle scrupuleusement. Enfin… Aussi longtemps qu'il avait été présent.

Valdar hocha la tête, puis s'adressa à Ash :

— Est-ce que je serai le bienvenu à Jaarlshiem, Hringson ?

— Je n'ai rien contre toi, Valdar, répondit Ash. Nous n'avons jamais eu de différend. Je ne suis d'ailleurs l'ennemi de personne. Je ne fais que réclamer ce qui est à moi, et le roi l'a bien compris. Tu le saurais si, ce matin, tu avais assisté au conseil.

— Je te crois sur parole. J'avais des affaires à régler qui m'ont empêché d'y venir.

Valdar s'empourpra légèrement en prononçant ces derniers mots et Kara se demanda où il était allé. Quand il était à Sand, il ne ratait jamais un conseil.

— Ne devrions-nous pas partir avant qu'un autre incident ne nous retienne ? fit-elle en s'adressant à son mari.

— T'attends-tu à d'autres problèmes ? demanda-t-il sans bouger.

— Il faut toujours que tu fasses des histoires, Ash. Tu n'avais aucune raison de te mettre en colère. De même que je trouve complètement extravagant de t'être entouré d'autant d'hommes d'armes. On croirait que tu pars en guerre, et non que tu rentres à Jaarlshiem pour voir ton fils.

— C'est moins de l'extravagance que de la prudence. Ce qui est à moi le demeure, et je ne doute pas que Valdar et tous les autres, maintenant, l'ont compris.

— Tu veux parler de tes biens ou de ta famille ?

— De l'ensemble.

Kara se raidit et donna des talons dans les flancs de son cheval.

— Je ne suis pas certaine de toujours t'appartenir, Ash. N'oublie pas. Sept ans ! Sept longues années !

Chapitre 6

Lui avait-elle jamais appartenu ?

A chaque pas de son cheval, les paroles de Kara résonnaient dans la tête d'Ash. Autrefois, il n'avait jamais douté qu'elle soit entièrement sienne. Elle était toujours présente à son côté et le vénérait comme un héros. Mais cette dévotion l'avait aveuglé et empêché de l'apprécier à sa vraie valeur.

Le chemin de Jaarlshiem avait cette vertu de lui révéler d'heure en heure d'autres aspects de sa personnalité et, surtout, sa force de caractère ainsi que sa clairvoyance.

Cependant, si elle avait cru que Valdar était le mari parfait pour elle, Ash était convaincu du contraire. Il le savait au fond de son âme. Tout ce qu'il souhaitait, à présent, c'était lui prouver qu'il était le genre d'époux dont elle avait rêvé : courageux, vaillant, un véritable héros.

Avec la tombée du jour, la route devenait de moins en moins visible. Une bruine glacée, qui pénétrait jusqu'aux os, annonçait l'hiver.

— Si tu as entendu ma voix, mon cher oncle, tu as compris que mes paroles, entre autres, s'adressaient à toi, marmonna Ash dans sa barbe. Quand frapperas-tu ? Sur la route, à un détour du chemin, ou lorsque nous remonterons le fleuve vers Jaarlshiem ? A moins que, tapi dans l'ombre, tu n'attendes que je commette une erreur ? Mais détrompe-toi. Je n'en commets plus. C'est toi, maintenant, qui es devenu la proie à abattre.

Pour la énième fois depuis leur départ, il se retourna vers Kara. Elle eut un sursaut et hocha la tête pour montrer qu'elle ne dormait pas mais, aussitôt après, ses yeux commencèrent à se refermer.

— Je vais bien, dit-elle d'une voix à peine audible. Continue.

Il lança un regard aux alentours et sourit. La chance était avec lui. Au cours de ses aventures, il avait appris à observer et à s'adapter rapidement aux circonstances. Or, Kara était épuisée et il constatait son état au moment même où ils passaient non loin d'une cabane dans laquelle il lui était arrivé, autrefois, de s'abriter.

— Nous allons passer la nuit ici, dit-il en tirant sur les rênes de son cheval. Il y a une hutte de bûcheron un peu plus loin, au milieu d'une clairière. J'y ai dormi il y a plusieurs années.

Kara se frotta les yeux du revers de la main.

— Je peux continuer, assura-t-elle. Si nous ne nous arrêtons pas, nous atteindrons Jaarlshiem à l'aube.

— Tu as retrouvé la parole, ma chère ! Voilà une bonne occasion de se réjouir.

— Ce n'est ni le moment ni le lieu.

Troublé par sa réponse, il changea de position sur sa selle. Peut-être avait-il manqué de subtilité dans sa façon de s'adresser à Valdar, mais il avait voulu qu'il transmette un message à son oncle.

Si Kara était restée à Sand, elle aurait probablement fini par être prise en otage. Il était de son devoir de veiller sur elle et de faire savoir qu'elle se trouvait sous sa protection.

— Quel est ton problème, Kara ? Je ne suis pas d'humeur à jouer aux devinettes.

— Je voudrais seulement te rappeler que je n'appartiens à personne. Est-ce bien clair ? D'autre part, tu n'as aucune concession à faire pour moi. Si tu veux continuer ton chemin, tu le poursuis sans t'occuper de ma fatigue. Mon cheval et moi sommes capables de marcher encore longtemps.

— Tout s'est bien passé jusqu'à présent, et je voudrais qu'il en soit ainsi jusqu'à ce que nous arrivions. Nous avons déjà eu la chance, ce matin, de quitter Sand sans avoir à tirer l'épée. Je ne tiens pas à la tenter de nouveau en prenant le risque de marcher toute la nuit.

— Qui est susceptible de nous attaquer ici, en Raumerike ?

— Je veux être en position de me défendre dans le cas où une menace se présenterait.

Peut-être avait-il tort de craindre une intervention de son oncle, mais il n'oubliait pas l'expression de son regard lorsqu'il avait quitté le temple dans un mouvement de fureur.

— Ce soir, particulièrement, je veux pouvoir dormir sur mes deux oreilles.

— Nous aurions dû attendre quelques jours avant de quitter Sand. Tu n'aurais pas été aussi fatigué.

— Peut-être, mais je suis impatient de voir mon fils. Et comme je veux être bien éveillé quand je le serrerai dans mes bras, je voudrais maintenant prendre du repos.

Elle repoussa le capuchon de son manteau et il croisa son regard expressif.

— Tu veux vraiment t'arrêter ? Ce n'est pas seulement parce que tu me trouves trop faible ?

— Je ne t'ai jamais trouvée faible.

— Autrefois, pourtant, tu t'impatientais quand je n'arrivais pas à te suivre. As-tu oublié notre nuit de noces, quand je te suppliais de t'arrêter et que tu continuais ton chemin ?

— J'étais jeune, à l'époque.

Il passa la main sur le muscle de sa jambe qui lui

faisait mal et dont la douleur s'était amplifiée au fil des heures qu'ils venaient de passer à cheval.

— Avec l'âge, on apprend à ménager son corps. J'ai compris, ainsi, l'importance de préserver mes forces jusqu'au moment où commence la bataille.

— As-tu l'intention de jouer au Viking avec ton fils ?

Ash sourit en imaginant la scène.

— Je ne voudrais pas lui faire peur. Plus tard, quand il me connaîtra, je lui apprendrai le maniement des armes. Mais il est vrai que les fils aiment bien lutter avec leur père.

Il chercha dans le regard de Kara un écho à ce qu'il venait de dire, mais ses yeux se fermaient de nouveau et ses mains ne tenaient plus les rênes de sa monture.

— Tu ne t'es jamais confronté à ton père, dit-elle dans un murmure. Rurik rêve de devenir un guerrier. Son grand-père l'a encouragé dans ce sens.

Ash mit pied à terre et s'approcha du cheval de Kara. Il préférait ne pas évoquer son père qui lui avait toujours répété qu'il ne serait jamais capable de devenir un vrai guerrier.

— Viens, fit-il en lui tendant les bras. Depuis quand n'as-tu pas eu une bonne nuit de sommeil ?

Il lui posa les mains sur la taille et la souleva de la selle. Elle était plus légère encore que dans son souvenir.

— Je pouvais descendre de cheval toute seule, marmonna-t-elle en essayant de le repousser. Entre la préparation d'un mariage et la gestion d'un grand domaine, je n'ai pas eu beaucoup d'heures de sommeil, ces derniers temps. A peine le temps de respirer.

Ash, qui la gardait dans ses bras malgré la résistance qu'elle lui opposait, respirait le suave parfum de fleurs qui émanait d'elle.

Une forte émotion s'empara de lui. Parmi toutes les femmes qu'il avait rencontrées, aucune n'avait cette odeur exquise. Il avait commis la plus grande des folies en la quittant pour partir à l'aventure, et il espérait ne pas en avoir commis une autre en revenant ainsi dans sa vie. Mais maintenant qu'il était là, il devait essayer de la reconquérir.

— As-tu toujours été aussi indépendante ? demanda-t-il doucement, les lèvres au contact de ses cheveux. J'ai le souvenir que tu étais toujours d'accord avec moi, même quand mes suggestions étaient étranges.

— J'ai appris à réfléchir par moi-même, répondit-elle en remuant jusqu'à ce qu'il l'ait posée à terre. Tu en es le seul responsable.

— Ce soir, je te demande d'oublier tes rêves d'indépendance et de dormir. Tu n'as aucune inquiétude à avoir. Tu es en sécurité.

Elle fit non de la tête.

— J'ai beaucoup de choses à faire avant de pouvoir dormir. Il faut commencer par nourrir les hommes. Ce qui implique d'allumer un feu et de faire cuire ce dont nous disposons pour souper. Et puis il faudra s'assurer que les chevaux soient bien soignés et ne puissent pas s'éloigner.

— Mes hommes n'ont pas besoin de toi. Ils savent très bien se nourrir tout seuls et s'occuper de leurs montures. Tu ne rendras service à personne en te privant de sommeil. C'est dans ces circonstances que les accidents arrivent. Or, la dernière chose dont nous ayons besoin, c'est que tu te blesses en tombant de cheval.

Il lui releva son capuchon en ajoutant d'une voix tendre :

— Va dormir. Tu as l'air épuisée.

Elle eut un soupir d'impatience.

— Tu sais parler aux femmes, fit-elle, ironique.

Ash baissa les yeux sur ses cheveux blonds et son visage pâle. Elle semblait épuisée mais n'en était pas moins infiniment désirable. Il dut faire un effort pour ne pas la prendre de nouveau dans ses bras et l'embrasser passionnément. Il croyait davantage à la patience qu'à la force pour retrouver le chemin de son cœur.

— J'avais l'impression qu'à présent tu préférais la vérité pure et simple. Préfères-tu les compliments ?

— Non. Et certainement pas venant de toi qui en as fait à des dizaines de femmes.

Ash ne réagit pas à cette remarque. S'il avait connu des femmes par le passé, il les avait oubliées. Et, pendant ses voyages, il n'avait pas voulu s'encombrer de compagnie féminine.

— Je m'en souviendrai. Mais ne te plains pas si la vérité toute nue te déplaît.

Elle tourna les yeux vers les hommes d'Ash qui attendaient visiblement qu'on leur donne des ordres.

— Es-tu certain que tes hommes savent installer un campement ? Certains d'entre eux ont l'air complètement perdus.

Ash lança un coup d'œil vers ses hommes, ensemble hétéroclite et peu attrayant, mais qu'il valait mieux avoir avec soi que contre soi dans la bataille.

— Ils me sont dévoués corps et âme, et ce sont tous de vaillants guerriers. S'ils n'étaient pas capables de s'occuper d'eux-mêmes, je ne les aurais pas choisis.

— Mais pourquoi en avoir pris autant ?

— Mieux vaut être trop nombreux que pas assez.

Il en avait fait l'expérience au cours de ses pérégrinations. Et cette troupe, qui lui était fidèle depuis de longues années, assurerait la défense de Kara et Rurik s'il devait lui arriver quelque chose de fâcheux.

Il avait chargé ses meilleurs rameurs et quelques-uns de ses guerriers de ramener le drakkar à Jaarlshiem par la voie d'eau et se demandait comment réagirait son oncle. S'en prendrait-il à lui ou au bateau ?

— Ce sont tous des Vikings ? demanda Kara en mettant la main devant sa bouche pour étouffer ses paroles. Le roi approuve-t-il que tu aies une telle garde ?

— Mes hommes sont fiables. Ils sont habitués à courir les mers et à se battre. Je me suis battu à leur côté ; je sais à quel point il est important de les avoir avec soi.

Il avait besoin que Kara comprenne pourquoi il avait gardé ses compagnons d'armes avec lui et le rôle qu'ils étaient appelés à jouer auprès d'eux. Mais il ne voulait en aucun cas offrir à Kara un prétexte pour le quitter ou lui interdire l'entrée à Jaarlshiem. Le seul moyen de s'en défendre était de la convaincre qu'il était le héros dont elle avait toujours rêvé.

— Ce sont des mercenaires, fit-elle avec une moue dédaigneuse. Tu crois que notre fils sera en sécurité au milieu d'eux ?

— Il n'y a rien d'infamant à vendre ses services. Ce qui compte, c'est de savoir pour qui on se bat et de rester loyal. L'argent règle très bien cette question. C'est bien plus motivant que la gloire.

Il lança un regard en direction de la hutte dont la porte était restée ouverte. Un de ses hommes avait déjà vérifié qu'il n'y avait personne à l'intérieur ni qu'aucune bête sauvage ne s'y était installée.

— Tu crois vraiment que tu peux faire confiance à un mercenaire ?

— J'ai moi-même loué mes services jusqu'à un passé récent, répondit-il. J'ai trouvé ces hommes très réalistes. Ceux dont il faut se méfier sont plutôt ceux qui prétendent se battre pour des idéaux et ne le font, en fait, que pour le plaisir de tuer. Ceux qui se battent pour l'argent ont un sens commun très développé. La seule chose qui compte pour eux, c'est d'avoir de quoi vivre. Ils savent s'arrêter et ne se livrent pas sans raison à des tueries. Je n'ai jamais accepté de fous furieux parmi mes hommes ; ils ne sont pas contrôlables. Je l'ai appris à mes dépens.

*
* *

La conversation avait réveillé Kara. Elle promenait maintenant un regard nouveau sur les hommes d'armes. Ils avaient été façonnés par l'âpreté de leur vie de guerriers. Les nombreuses cicatrices qu'ils portaient au visage et aux mains témoignaient de cette existence rude.

En les observant, elle se demanda si Ash était aussi marqué qu'eux par ces années de combats ou si le gentil garçon qu'il avait été n'était pas en train de reprendre le dessus ? Comment réagirait-il lorsqu'il rencontrerait Rurik ? L'enfant avait besoin de tendresse et d'une main ferme pour le conduire plutôt que de coups et de paroles dures.

Elle serra les poings comme pour se convaincre qu'elle ne laisserait jamais personne malmener Rurik ni le décevoir. Pendant le trajet, elle avait entendu certains des hommes dire qu'il leur tardait de reprendre la mer. C'était bien la preuve qu'Ash avait l'intention de repartir à l'aventure au lieu de s'occuper de ses terres.

Elle savait ce que c'était d'avoir le cœur brisé par le départ de l'être aimé. Ash le lui avait appris. Or, elle refusait de lui en donner une autre occasion. Elle voulait d'un homme qui l'aiderait à exploiter le domaine.

— Une loyauté qui ne dure qu'aussi longtemps qu'il te reste de l'argent dans ta bourse, dit-elle en marmonnant. C'est tout ce que tu achètes en louant les services d'un mercenaire : une fidélité éphémère.

— Personne n'achète un guerrier. La raison ultime qui le conduit à se mettre au service d'un chef, c'est l'attachement et l'estime qu'il lui voue. Mes hommes me font confiance parce que j'ai fait mes preuves au combat, que je les paie honorablement et que je me bats à leur côté.

— Il y en a qui agissent différemment ?

— Oui, mais les hommes ne s'y laissent pas prendre deux fois.

Le visage d'Ash se durcit quand il reprit :

— Les tricheurs et les pleutres terminent mal leur vie. Ils finissent avec un couteau dans le dos quand ils ont de la chance. Sinon, ils connaissent une fin bien plus lente.

Un frisson courut dans le dos de Kara. Ash avait-il retrouvé sa liberté en tuant de cette manière celui qui le tenait captif ? Voulait-elle savoir combien d'hommes il avait tués au cours de ses raids ? Sa mère expliquait le changement de comportement de son père par les actes de violence qu'il avait commis au cours de ses voyages. Selon elle, un homme perdait un peu de lui-même chaque fois qu'il attentait à la vie d'autrui.

Kara ignorait si c'était le cas d'Ash, mais elle se rendait compte qu'il était très différent du jeune homme qu'elle avait connu. S'était-il vidé de sa personnalité à l'instar de son père dans les dernières années de sa vie ?

— Tu as livré de nombreux combats avec tes hommes ? demanda-t-elle.

— Suffisamment pour savoir que si j'en avais la possibilité, je n'en livrerais plus aucun. Je ne prends les armes que si j'y suis forcé. Heureusement, j'ai acquis une telle réputation que rares sont ceux qui osent me défier. Le temps où je louais mes services à un autre est révolu.

— Que désires-tu, maintenant ? fit-elle dans un murmure.

— Ce soir, c'est très simple. Je voudrais me détendre devant un bon feu en mangeant à ma faim. Je ne me préoccupe pas de l'avenir.

— Où t'es-tu battu ? Tu as tué beaucoup d'ennemis ?

— Votre seigneur a livré vingt et un combats sérieux, ma dame, lança l'un des hommes qui avait surpris leur conversation. Et si je compte les petites escarmouches, il a remporté plus de trente victoires. C'est ce que j'ai entendu dire lorsque j'ai signé un engagement avec lui. On prétend qu'il a plus de chance que n'importe qui.

— Et c'est pour ça que vous êtes entré à son service ?

— Ça s'est fait surtout après qu'il a tué le voleur qui était en train de couper les cordons de ma bourse.

— Ça ne m'étonne pas. Ash a toujours aimé jouer les héros.

— Oh ! Mais c'est un vrai héros, ma dame ! Il aimait affronter la mer plus qu'aucun de nous. Si vous l'aviez vu gouverner son bateau et nous mener à la victoire, vous en seriez convaincue.

— Merci, Saxi, fit Ash en saluant l'homme d'un hochement de tête.

Puis une expression indéchiffrable figea ses traits, qui rappela à Kara son beau-père lorsqu'il était en colère.

— Il ne me déplaît pas que mes hommes aient une haute opinion de moi.

— Tu ressembles à ton père.

— C'est normal, puisque je suis son fils.

Kara le saisit par la manche.

— Es-tu vraiment un héros ? Ta présence a-t-elle changé chaque fois le cours des batailles comme tu as toujours prétendu que ce serait le cas ?

Il la considéra avec insistance de son regard bleu d'acier.

— Les prétentions d'un jeune homme sont dérisoires. Sache qu'Odin fauche les plus braves au cours du combat. Or, je suis de retour. Voilà ma réponse.

Quelque part dans les bois, un hibou fit entendre son hululement, bientôt suivi par un autre. Tout autour d'eux, immédiatement, les hommes tirèrent leurs armes comme si un danger les menaçait tout à coup.

Kara plissa les yeux en scrutant l'obscurité grandissante. S'agissait-il d'une réaction naturelle des hommes de guerre ou se passait-il quelque chose ?

— Le hibou appelle sa compagne, dit-elle pour détendre l'atmosphère. C'est un son d'automne plus qu'un cri d'alerte.

Ash lui indiqua la hutte d'un geste impatient de la main.

— Faut-il que je t'y porte dans mes bras ?

— Et tes hommes ? Où dormiront-ils ? La hutte n'est pas assez grande pour nous tous.

— Ils sont habitués à dormir à l'extérieur, et la pluie a même cessé. Ils ne se soucient pas d'avoir un abri. Dors sur tes deux oreilles. Je posterai des gardes.

— Il n'y a pas eu d'attaques de bandits en Raumerike depuis un bon moment. Le roi fait régner la paix.

— Ai-je dit que j'étais inquiet à ce sujet ? Quoi qu'il en soit, des précautions ne sont jamais inutiles. Et, maintenant, va prendre le repos dont tu as tant besoin.

L'inflexion douce de la voix d'Ash et l'expression de son regard lorsqu'il prononça ces derniers mots ne manquèrent pas de troubler Kara. Avait-il l'intention de la rejoindre dans la hutte ? Ce qu'il avait dit en présence de Valdar lui revint à l'esprit : « Ce qui est à moi reste à moi. » N'était-elle pas incluse dans cette déclaration ?

Une onde chaude et traîtresse l'envahit alors que lui revenait en mémoire ce qu'elle avait éprouvé, naguère, entre les bras d'Ash, ses lèvres contre les siennes…

Aussitôt, elle chassa cette pensée. Coucher avec Ash lui causerait plus de problèmes que cela n'en résoudrait. Elle ne voulait pas le laisser s'emparer de nouveau de son cœur ; elle ne voulait plus être cette fille crédule pour qui les héros étaient une réalité.

Elle s'en voulut de n'être pas partie avec sa propre garde ou, du moins, de ne pas avoir demandé à l'une de ses servantes de l'accompagner.

— Et toi ? fit-elle en plissant les yeux comme pour mieux lire dans ses pensées. Où dormiras-tu ?

— Avec mes hommes. Depuis que j'ai goûté au cachot, je préfère dormir dehors.

Des fossettes se creusèrent dans ses joues quand il reprit :

— A moins que tu n'aies une meilleure idée… Je suis ouvert à toute sollicitation, ma dame. Si tel est ton désir, tu peux l'exprimer et nous préserver tous les deux d'une nuit froide et solitaire.

— Je préfère dormir seule.

— Une autre fois, alors, répondit-il en se frottant le menton. Je t'ai donné ma parole. Cela devrait suffire à te rassurer.

Kara sentit le sang lui monter aux joues ; il avait deviné ses pensées.

— Tu aimais le confort, autrefois, dit-elle en effaçant un pli sur son manteau. Cela me surprend que tu t'en passes si facilement.

— Un toit sur la tête, un bon dîner et des vêtements en bon état… Cela tient plus du luxe que de la nécessité. Je m'en suis passé pendant sept ans, et j'ai survécu. Cette nuit ne différera pas des précédentes, à moins qu'une personne qui m'est très chère ne me prenne en pitié.

Un poing sur la hanche, elle le considéra. Elle connaissait cet Ash effronté et plaisantin. Il ne lui faisait pas peur ; elle savait comment se comporter avec lui. C'était différent, en revanche, avec l'Ash aventurier qui avait servi comme mercenaire.

— Tu te moques de moi alors que j'étais simplement intriguée de te voir renoncer si volontiers au confort ! répliqua-t-elle. Je mérite mieux que ça.

Il se tapota les lèvres de l'index avant de sourire.

— Intriguée ? C'est un début, je suppose.

— Pardon ?

— Pour être intriguée par quelqu'un, il faut avoir de l'intérêt pour cette personne. Petit réconfort de la part de ma dame qui va tout de même me laisser dormir sur le sol humide.

Les battements de son cœur redoublèrent lorsqu'elle s'entendit appeler « ma dame », mais elle n'avait pas oublié la manière dont il réussissait à la charmer, naguère, pour obtenir d'elle ce qu'il voulait.

— Tes méthodes n'ont pas changé, en sept ans ! rétorqua-t-elle. Je ne suis la dame de personne, sinon de moi-même.

— Jusqu'à ce que tu changes d'avis. Je serai là, à t'attendre, quand tu t'éveilleras, même s'il est déjà midi.

Kara inclina la tête de côté :

— Tu me remets en mémoire ta petite démonstration matinale. Avions, nous besoin de partir comme si nous avions une bande d'égorgeurs à nos trousses ? A quoi cela te servait-il ? Voulais-tu montrer à Valdar que tu m'avais reprise ?

— J'aime savoir qui sont mes ennemis et comment ils frapperont.

— Les as-tu identifiés ?

— Oui.

Elle se dirigea vers la hutte avec dignité, arborant cette raideur pour cacher le trouble que lui causait Ash. Après toutes ces années, il avait gardé le même pouvoir de séduction et restait tout aussi dangereux pour elle qu'autrefois.

Ash, qui l'avait suivie, alluma une torche qu'il tint au-dessus de sa tête pour éclairer la hutte. La lueur de la flamme étira leurs ombres sur le sol de terre battue.

— Le toit me semble en assez bon état pour te protéger du froid et de l'humidité.

Il désigna un amas de feuilles mortes dans un coin.

— Je regrette de ne pouvoir t'offrir de dormir dans un lit, mais, à défaut, tu pourras t'étendre sur ces feuilles. C'est mieux que de t'assoupir en selle et de risquer de te blesser en tombant.

— Je n'avais pas besoin de traitement particulier, dit-elle avec véhémence.

— Tu es belle quand tu es en colère, lança-t-il en éclatant de rire.

— Arrête de changer toujours de sujet et de me traiter comme si je t'appartenais. Je ne suis pas à toi et ne l'ai jamais été. Nous avons beau être mariés, je ne suis pas une esclave à ton service.

Il s'approcha d'elle et lui posa la main sur l'épaule.

— Je ne peux que te demander pardon pour mon inconséquence passée. J'aurais dû attendre le printemps pour partir. J'ai eu tort, et je l'ai payé cher.

Kara se sentit faiblir. Dans la clarté de la torche, les yeux d'Ash étaient devenus deux lacs sombres dans lesquels elle avait envie de se noyer. Si elle posait la tête contre son épaule, elle pourrait y puiser de la force… Mais elle ne connaissait que trop bien les multiples raisons pour lesquelles ce ne serait pas une bonne idée.

Des souvenirs l'assaillirent soudain, et elle revit Ash dans des circonstances où il s'était montré tendre et gentil avec elle, mais qu'elle avait délibérément chassées de son esprit.

Serrant les poings, elle secoua la tête comme pour se débarrasser de ces images qui risquaient de l'attendrir. Ce qui appartenait au passé devait y rester. Elle ne voulait pas redevenir la fille crédule d'autrefois, qui attendait d'Ash qu'il résolve tous ses problèmes.

— Tout cela est loin, répondit-elle. Il ne faut plus y penser.

— Si… Il est toujours temps de réparer ses erreurs. Je suis de retour, Kara, et je veux te montrer que je peux être un bon mari pour toi.

Rassemblant toute son énergie, elle lui tourna le dos.

— Plus tôt je dormirai, plus tôt nous quitterons ces lieux.

Il ne la retint pas et elle s'approcha du lit de feuilles. Elle y serait mieux qu'à l'extérieur, sur le sol.

Peut-être son beau-père avait-il exagéré les défauts d'Ash ? Peut-être s'était-elle trompée sur son compte ?

— Il ne sert à rien de prétendre que tout va bien par

bravade, dit Ash après s'être éclairci la voix. Si je vois que nous allons trop vite, je ralentirai notre allure. Le comprends-tu ?

— Je ne suis pas fragile ; je peux aller plus vite. Et je suis impatiente de retrouver Rurik. Il est le soleil de ma vie.

— Promets-moi de me dire si tu ressens le besoin de t'arrêter pour te reposer. Je n'ai pas encore le don de lire dans les pensées des autres. Notre fils m'en voudrait si, par ma faute, tu n'arrivais pas entière à Jaarlshiem. Nous savons tous les deux ce que c'est de perdre une mère dans un accident.

— Je te le promets.

Elle luttait pour ne pas fermer les yeux tant elle était fatiguée. Elle avait oublié que la mère d'Ash était morte en retournant à Jaarlshiem…

— J'ai besoin de dormir, Ash. Tu as bien fait de t'arrêter. Pardonne-moi si je t'ai paru peu reconnaissante. J'ai horreur d'avouer ma faiblesse.

— C'est un progrès encourageant, si tu vois du bon sens dans mes choix.

Il se dirigea vers la sortie puis s'arrêta.

— Veux-tu que je t'apporte de quoi manger ou veux-tu te joindre à nous ? Ce ne sera peut-être pas très fin, mais nourrissant.

Elle fit non de la tête. A la pensée de la nourriture, elle avait mal au cœur et partager un repas avec Ash dans la hutte aurait été une folie. Elle n'avait plus aucune défense. Il serait trop facile de se laisser charmer par la petite voix intérieure qui lui susurrait qu'elle avait envie d'être serrée dans les bras d'un homme, et qu'Ash était cet homme. Il fallait le tenir à distance, cette nuit, si elle voulait garder une once d'estime de soi. De toute façon, elle voulait d'un homme qui ne se réduisait pas à un souvenir, mais dont elle pourrait partager la vie.

Et puis ce dont elle avait vraiment envie, maintenant,

c'était de dormir, de se reposer, de manière à ne pas retarder la troupe demain et d'arriver rapidement à Jaarlshiem. Une fois chez eux, il lui serait plus facile de garder ses distances avec Ash. Elle refusait de laisser son corps commander à son cerveau.

— J'ai plus besoin de dormir que de souper, répondit-elle enfin. Je mangerai demain, avant de partir. C'est promis.

Il acquiesça de la tête.

— Fais de beaux rêves.

— Je rêve rarement.

Il lui effleura le front des lèvres.

— Il n'est pas interdit à l'homme d'espérer, murmura-t-il en partant.

Une fois seule, Kara soupira. Il lui avait été plus facile d'être fâchée contre Ash quand elle le croyait mort. La veille, lorsqu'elle l'avait revu pour la première fois depuis sept ans, il lui avait suffi de s'accrocher à son dépit et de ne manifester aucune joie. Mais quand il était gentil comme maintenant, les souvenirs des moments de tendresse qu'ils avaient vécus ensemble lui revenaient, et sa respiration s'arrêtait…

Elle l'avait idolâtré, à une époque, jusqu'à ce qu'elle comprenne qu'il l'avait utilisée pour poursuivre ses rêves. Son cœur s'était déchiré quand son beau-père lui avait ouvert les yeux à ce sujet. Elle entendait encore les rires des femmes que Hring avait fait parler en sa présence. Elles se vantaient d'être passées par le lit d'Ash et ne tarissaient pas d'éloges sur ses talents.

Tandis qu'il incitait ces femmes à conter leurs ignominies à sa belle-fille, Hring le Téméraire ne la quittait pas des yeux. L'expression triomphante, il attendait qu'elle renonce à son fils qu'elle serrait dans ses bras en se jurant de ne jamais l'abandonner.

Elle n'avait écouté que son cœur, alors. Maintenant, c'était sa tête qui devait commander.

— Il y a longtemps que je ne rêve plus de toi, dit-elle à mi-voix dans le silence de la hutte.

Elle sentait son souffle sur son visage… Il se pencha sur elle et déposa des baisers sur ses lèvres, avant de descendre le long de son cou…

Elle se sentait merveilleusement bien. Son odeur ensorcelante et rassurante l'enveloppait. Elle avait été trop longtemps seule.

Il passa les mains sous ses reins et la souleva, rapprochant leurs corps dénudés, alors qu'une pluie de baisers inondait ses paupières, ses lèvres et sa poitrine…

Des baisers doux, tendres, suaves qui l'enivraient, et enflammaient ses sens. Elle noua les bras autour de son cou et les lui rendit, écartant les lèvres pour lui en livrer le nectar.

Après avoir bu à leur source, il dessina un sillon le long de sa joue jusqu'au lobe de son oreille qu'il se mit à sucer. Alors qu'elle éprouvait un désir de plus en plus impétueux, le besoin de combler un manque, il prit tour à tour ses seins dans le creux de la main, caressant du doigt leurs pointes dressées.

— Est-ce que je t'ai manqué ? chuchota-t-il à son oreille. Tu as envie de moi, n'est-ce pas ?

Elle resserra son étreinte autour de son cou et cambra les reins. Elle était prête à l'accueillir en elle ; elle brûlait d'envie de se donner à lui.

— Ne me quitte plus jamais, Ash, murmura-t-elle. Ne pars plus. Reste avec moi, toujours… Promets-le-moi…

Mais il s'effaçait déjà, se dissipant dans la nuit. Il partait au moment où elle avait le plus besoin de lui. Il la laissait seule, vide, en proie à un douloureux désir…

Chapitre 7

Kara s'éveilla en sursaut. Elle était couverte de sueur, et son cœur battait fort. Le rêve qu'elle venait de faire était si réel qu'elle s'était crue vraiment entre les bras d'Ash. Il y avait longtemps qu'elle n'en avait pas eu de tel.

Dans les mois qui avaient suivi son départ, elle avait fait beaucoup de rêves érotiques à son sujet, mais cela s'était arrêté après la naissance de Rurik. Les explications de Hring en ce qui concernait les motivations de son fils et le peu d'intérêt qu'il témoignait à sa femme avaient tari la source de ces rêves.

Elle restait très attirée par lui, mais considérait que ce n'était pas suffisant. Elle avait mûri et savait désormais que le mariage ne se limitait pas à la rencontre nocturne de deux corps.

Sept ans plus tôt, elle lui avait cherché toutes les excuses possibles pour son comportement. Elle voulait croire qu'il éprouvait un réel attachement pour elle. Mais après la naissance de Rurik, son beau-père lui avait désigné toutes les femmes qu'il avait connues avant elle. Et toutes lui avaient fait comprendre qu'il ne fallait pas se fier aux belles paroles d'Ash. A la fin, elle avait eu le sentiment d'avoir été salie et utilisée d'une manière qu'elle n'aurait jamais crue possible.

Son idole était tombée de son piédestal et elle s'était

juré que jamais plus un homme n'aurait un tel ascendant sur elle.

Elle serra les genoux contre sa poitrine. Le seul but de son beau-père avait été de la punir pour s'être opposée à lui à la naissance de Rurik. Il était devenu enragé et ne cessait de répéter qu'Ash n'accepterait jamais un enfant chétif.

Or, devant l'enthousiasme d'Ash et son impatience de voir Rurik, elle se demandait si Hring n'avait pas menti. Ce n'aurait pas été la première fois.

Ash… Elle l'avait aimé et l'aimait sans doute encore, mais elle ne devait pas oublier qu'un jour il était parti et qu'il recommencerait. L'un de ses hommes ne lui avait-il pas dit, la veille au soir, qu'Ash aimait affronter la mer plus qu'aucun d'eux ? Combien de temps se passerait-il avant qu'il ne cède à l'appel de l'aventure ?

Elle devait se mettre dans la tête qu'elle ne pouvait compter sur sa présence à son côté et que le jour où elle aurait besoin de lui, il ne serait plus là.

Elle tourna la tête et découvrit que l'on avait placé un morceau de pain et du fromage à son chevet. Elle constata aussi qu'on avait posé sur elle un manteau de plus. Elle bougea le bras et une odeur épicée l'enveloppa…

C'était le manteau d'Ash ! Ses yeux s'emplirent de larmes à la pensée de ce geste plein d'attention.

Après avoir mangé, elle s'enveloppa du manteau et essaya de se détendre. Mais elle craignait que le parfum suave et excitant qui émanait du vêtement et lui rappelait Ash ne la ramène au rêve dont elle sortait à peine.

La hutte était toujours plongée dans l'obscurité. Le regard perdu dans la nuit, elle commença d'établir la liste de tout ce qu'elle aurait à faire en arrivant à Jaarlshiem. Des choses prosaïques comme carder la laine, s'assurer que les pommes avaient été bien rangées et qu'il y avait assez de réserves de foin pour nourrir le bétail pendant l'hiver. Autant d'occupations qui pouvaient être un peu ennuyeuses, mais qui assuraient la prospérité du domaine.

Si elle voulait garder la tête sur les épaules, le meilleur moyen était de ne pas croire à ses rêves.

Ce serait plus facile lorsqu'ils seraient à Jaarlshiem. Dans un environnement familier, avec la présence de Rurik qui la stimulerait si elle se laissait désorienter par Ash, elle parviendrait à garder le cap. Et puis, à Jaarlshiem, elle était toujours occupée et n'avait pas le temps de rêver.

Elle se leva et remit de l'ordre dans ses vêtements avant de se diriger vers la porte qu'elle ouvrit. La bruine de la veille n'était plus qu'un souvenir et une belle journée d'automne semblait s'annoncer. Quelques étoiles brillaient encore au firmament alors qu'à l'horizon paraissaient les premières lueurs de l'aube. Sa respiration s'élevait dans l'air pur sous forme de petits nuages de vapeur.

Les hommes d'armes, étendus à même le sol, dormaient encore. En dépit de ce qu'avait dit Ash, personne ne semblait monter la garde. Un peu inquiète, elle scruta les alentours.

Un craquement de bois mort la fit se retourner vivement. Ash venait vers elle. Ses cheveux mouillés gouttaient sur sa tunique plaquée à son torse. Kara s'efforça de chasser complètement de son esprit le souvenir de son rêve.

En quelques pas, il la rejoignit. Une goutte d'eau roula le long de son cou. Elle eut envie de la recueillir sur le bout de sa langue…

— Si j'avais su que tu étais réveillée, je t'aurais proposé de te joindre à moi.

— Tu t'es baigné ?

— Oui, dans un lac. La surface de l'eau était parfaitement lisse. C'était merveilleux. J'ai laissé Saxi monter la garde seul pendant un moment. Il est allé se reposer un peu, maintenant que je suis de retour.

Rassurée, Kara hocha la tête.

— Je me suis souvenu qu'il y avait un lac au-delà de la crête des collines et j'y suis allé juste avant l'aube. Je voulais être de retour au camp au lever du jour, parce que c'est un moment que je redoute. C'est souvent quand on n'est pas encore sorti du sommeil qu'on se laisse surprendre par un assaillant.

Kara n'écoutait que d'une oreille. Si elle était sortie un peu plus tôt de la hutte, elle l'aurait accompagné au lac… Elle les imaginait tous deux, plongeant dans l'eau, jouant et s'éclaboussant avant d'aller s'étendre dans l'herbe de la berge…

Elle leva les yeux vers lui et comprit à la flamme espiègle qui brillait dans son regard qu'il avait encore lu dans ses pensées !

— Ce n'est pas le meilleur moment pour se baigner, fit-elle en lissant sa robe.

— Dommage, j'y serais bien retourné avec toi… Espérons que la prochaine fois, si je pense à te le proposer, ce sera le bon moment.

Elle fit le vœu en silence que cela n'arrive jamais. Aller nager avec Ash reviendrait à perdre son indépendance si chèrement acquise car elle ne savait que trop bien comment cela se terminerait. Le souvenir du jour où il lui avait appris à nager lui revenait à l'esprit comme une bouffée enivrante.

Alors que le silence s'éternisait entre eux, elle porta la main à sa gorge. Elle ne pouvait rester là interminablement, en ne pensant qu'à tendre la main pour le toucher.

— Je te remercie pour le fromage et le pain, dit-elle enfin.

— Tu as mangé ? Tant mieux. Je ne voudrais pas que tu te sentes faible à cause de la faim. Tu retarderais tout le monde.

— Je vais te rendre ton manteau, répondit-elle pour s'éviter de lui faire une remarque cinglante. Tu as dû avoir froid. Tu n'aurais pas dû me l'apporter. J'étais très bien avec ce que j'avais. Souviens-t'en la prochaine fois.

— J'ai d'autres manteaux, répliqua-t-il, irrité. Je voulais que tu dormes bien et qu'en aucun cas le froid ne te réveille. J'aurais agi de la même manière avec n'importe lequel de mes hommes s'il avait été épuisé comme toi.

— Bien sûr, fit-elle en passant d'un pied sur l'autre. Je n'y avais pas pensé.

Elle se sentait de nouveau comme une petite fille. Pourquoi s'était-elle empressée de conclure qu'Ash avait fait quelque chose de spécial pour elle alors que ce n'était pas du tout le cas ? Quoi qu'il en soit elle ne devait pas moins lui en être reconnaissante. Combien de fois n'avait-elle pas fait le reproche à Rurik de ne pas savoir dire merci ?

— Mais je te remercie quand même, reprit-elle. J'ai apprécié d'avoir un vêtement de plus.

Il acquiesça de la tête.

— L'eau était agréable, dit-il. Pourquoi n'irais-tu pas te baigner ? Tu en as le temps, avant que nous ne nous remettions en route. Ça te rafraîchira. Je te promets de ne pas te regarder… ou presque pas.

— Non ! fit-elle aussitôt en accompagnant son exclamation d'un geste de la main.

L'expression d'Ash montrait que son refus empressé l'amusait.

— Après une bonne nuit de sommeil et mon repas, je suis très bien. Parfaitement bien, assura-t-elle.

— Vraiment ? J'ai cru que tu n'avais pas bien dormi et que c'était la raison pour laquelle tu t'étais levée aussi tôt.

— Toi aussi tu t'es levé de bonne heure. Arrête de faire semblant de te préoccuper de moi alors qu'en réalité tu t'en moques.

— Je ne fais absolument pas semblant.

— Je n'aurai aucun problème, aujourd'hui, pour rejoindre Jaarlshiem. Peux-tu en dire autant ?

— Ma capacité à rester en selle toute une journée n'a jamais été mise en doute.

— Il y a sept ans que je ne t'ai pas vu monter à cheval. Je dois te croire sur parole.

Il esquissa un sourire.

— Mets-moi à l'épreuve, si tu veux.

Après un instant de silence, il demanda avec un accent de sincérité qu'elle ne pouvait mettre en doute :

— Pourquoi ne vas-tu pas nager ?

— Parce que je suis impatiente d'arriver à la maison et de voir Rurik. Je dois encore vérifier les sangles de ma selle. Je ne voudrais pas que l'on m'accuse, comme hier, de retarder tout le monde. Pour nager, j'attendrai d'en avoir le temps.

— Tu aimais beaucoup cela, naguère. Après que je t'avais appris à nager, tu ne ratais jamais une occasion de te baigner. Je m'en suis souvenu, tout à l'heure, dans le lac. Qu'est devenue cette jeune fille intrépide ?

Il n'avait pas beaucoup pensé à elle, apparemment, au cours des sept dernières années, constata-t-elle, mais elle ne voulait pas lui laisser voir sa déception.

— Elle a changé.

— Et oublié où étaient ses plaisirs… Est-ce que notre fils sait nager ?

Elle hésita avant de répondre. Elle estimait que Rurik était encore trop jeune pour apprendre à nager. Elle avait eu une discussion à ce sujet avec son beau-père peu avant sa mort, où elle lui avait dit à quel point elle redoutait le jour où il saurait enfin nager.

— Il n'a que six ans, répondit-elle. C'est encore bien jeune…

Ash soupira avec impatience.

— Mon père s'est assuré que je sache nager avant cet âge. Trop d'hommes se noient faute d'avoir appris.

Son expression devint dure comme si ses traits avaient été taillés dans la pierre.

— Ça n'a pas été mon cas… J'ai fui notre bateau en feu. La foudre venait de frapper le mât. Il a fallu nager jusqu'à la rive. Tous ceux qui ne savaient pas nager se sont noyés. Il m'est arrivé de regretter de n'être pas l'un d'eux.

— Pourquoi ?

— Parce que je n'aurais pas connu les affres de la détention dans un cachot humide et sombre.

Elle dut faire un effort pour ne pas le serrer dans ses bras. Il ressemblait tant à Rurik, quand il racontait ses malheurs ! Elle n'avait pas encore remarqué à quel point le fils était semblable au père.

— Tu ne dois jamais avoir une telle pensée. Tu es bien en vie.

— Je changerais pourtant de destin avec eux sans hésiter. Ils méritaient une meilleure fin.

— Tu ne peux décider du destin d'un autre homme. Tu n'es responsable que du tien.

— Je peux infléchir celui de mon fils… Rurik apprendra à nager dès que nous arriverons à Jaarlshiem.

— Mais…

— J'insiste. En tant que son père, je peux l'exiger.

Kara inclina la tête. Il avait raison. Rurik devait apprendre à nager, mais pas déjà. La dernière fois qu'il avait pris froid, cela avait duré des mois.

— Tu as tout le temps de lui apprendre. C'est bientôt l'hiver. Le lac sera bien trop froid à cette époque de l'année. Il ne faudra pas plus de quelques semaines pour qu'il soit tout recouvert de glace.

— Je lui apprendrai, Kara, répondit Ash avec un sourire charmeur. Et aussi à patiner sur la glace, à moins qu'il ne sache déjà le faire. C'est merveilleux de patiner en décembre.

— Ça lui plaira beaucoup.

Elle n'en doutait pas. Rurik aimait tout ce qui présentait un danger. Il avait demandé plusieurs fois, l'hiver dernier, à patiner. Elle avait refusé alors, mais en lui promettant que ce serait pour l'hiver prochain.

— Il faudra attendre que la couche de glace soit suffisamment épaisse, dit-elle. Si elle est trop fine, elle rompt. J'en sais quelque chose.

— Moi aussi… Et notre fils t'obéit ?

— Bien sûr. Il fait tout ce que je lui dis.

Pensive, elle fronça les sourcils. Rurik, certes, n'était pas toujours très obéissant mais, à la différence d'Ash au même âge, il n'avait jamais rien fait de vraiment dangereux. Gudrun, pour cela, était très utile. Elle l'avait toujours à l'œil et informait Kara à la moindre bêtise.

— En fin de compte que sait-il faire ?

— Plein de choses, s'empressa de répondre Kara qui craignait d'être traitée de mère poule.

Elle avait remis à plus tard de nombreux apprentissages en se disant que Valdar s'en chargerait mieux qu'elle, mais elle ne gardait pas pour autant son fils dans ses jupes.

— L'hiver dernier n'a pas été très propice pour lui apprendre à patiner, reprit-elle. Ton père étant malade, j'ai passé beaucoup de temps à son chevet et n'ai pas eu la possibilité d'emmener Rurik au lac. Je voulais être présente quand il apprendrait à patiner. Heureusement, il a compris la situation et n'a pas trop insisté.

Elle fit la grimace en se souvenant de l'incident qui avait néanmoins eu lieu. Rurik s'était approché dangereusement de la glace et s'y serait aventuré si le chien n'était venu la chercher et ne l'avait conduite au lac.

Ash secoua la tête d'un air navré.

— Je suis désolé, mais je sais bien que mes regrets ne répareront pas le passé.

— Non… Tous tes regrets, même si tu en as vraiment, n'y changeront rien.

— Il pourra apprendre à patiner cet hiver. Cette fois, il n'y aura pas d'obstacles.

Il inclina la tête de côté en poursuivant :

— Et toi ? Est-ce que tu patines toujours ? Tu prenais de sérieux risques, quand tu étais petite. Je me souviens de ce jour où tu étais passée à travers la glace et où j'ai dû te venir en aide. Ta mère nous avait enveloppés dans de grandes couvertures pour nous réchauffer…

Kara n'avait pas oublié l'incident. Elle s'était éloignée de la rive pour attirer l'attention de son père, mais il n'avait d'yeux que pour sa dernière maîtresse. C'était Ash qui s'était précipité à son secours, faisant d'elle une admiratrice inconditionnelle.

— J'ai beaucoup trop à faire pour pouvoir me distraire. Pour bien gérer un domaine, il faut énormément d'attention. Si je prenais le temps d'aller patiner, je négligerais certains aspects essentiels de l'administration de Jaarlshiem.

Il lui posa la main sur l'épaule.

— Chacun a le droit de se distraire. Maintenant que je suis de retour, tu pourras aller patiner sur le lac. Et je veillerai à ce que tu ne sois jamais en danger, ainsi que Rurik.

Pendant combien de temps ? Quand la monotonie de la vie sédentaire le lasserait-elle et le pousserait-elle à reprendre la mer ?

— C'est gentil, mais seras-tu là quand j'aurai besoin de toi ?

— L'hiver arrive. Je ne vais pas laisser un domaine aussi vaste sans une gestion rigoureuse. Lorsque le printemps sera de retour, nous verrons.

Kara sentit son cœur se serrer. A quoi s'était-elle attendue ? Avait-elle cru qu'Ash lui dirait qu'il ne repartirait plus à l'aventure parce qu'il l'avait embrassée ? Ce genre d'illusion appartenait au passé. Elle savait qu'il repartirait. Au mieux à la fin du printemps, s'il se souciait de semer et planter avant de prendre la mer. Mais peut-être serait-ce au début de cette même saison, si le goût de la liberté et du danger prenait le pas sur la raison. Il faudrait veiller à ce qu'il n'emporte pas avec lui le cœur de Rurik. *Ou le tien*, murmura une petite voix au fond d'elle.

— Tu prendras la chambre de ton père, dit-elle, faisant taire ses inquiétudes. Je m'installerai dans celle de Rurik. J'ai dormi avec lui jusqu'à la mort de ton père.

Une ombre voila le regard d'Ash.

— Tu as l'intention de t'en tenir strictement aux termes de notre accord ?

— Il ne s'est rien passé qui en justifie le changement, répondit-elle en rejetant ses cheveux dans son dos.

— Nous l'appliquerons donc à la lettre. Tu peux garder la chambre de mon père. Je ne désire pas l'occuper. Mon vieux lit, s'il a été gardé, me servira de couche. Si ce n'est pas le cas, je trouverai un autre endroit où dormir. Il m'est difficile, parfois, de passer la nuit dans un endroit fermé.

— Oui, tu m'en as dit la raison…

— Ne te fais pas de souci à ce sujet, Kara. Souviens-toi seulement que je suis de retour et que je veux que notre mariage ne soit pas un échec.

L'estomac de Kara se noua. Combien de fois avait-elle désiré sa présence ? Combien de fois avait-elle levé les yeux au plafond peint en imaginant qu'il la serrait dans ses bras ?

— Je te le ferai savoir quand je serai prête à recevoir tes hommages.

Il éclata d'un rire sonore et chaleureux, agréable à entendre.

— Qu'y a-t-il de drôle dans ce que j'ai dit ?

Son sourire changeait l'expression de son visage. Il paraissait soudain plus jeune et désinvolte, comme naguère. Elle eut un serrement de cœur en prenant conscience que ce sourire lui avait manqué plus qu'elle n'était prête à le reconnaître.

— Tu as dit « quand je serai prête » et non « si je suis prête ». Tu es en progrès. Tu avances pas à pas.

— Non. J'ai voulu dire « si », répliqua-t-elle d'un air exaspéré. Je n'aime pas être taquinée. Tu devrais le savoir.

— Tu n'es pas vraiment honnête, Kara, répondit-il alors que son sourire s'évanouissait pour faire place à une expression beaucoup plus sombre. Il fut un temps où tu aimais que je te taquine. Ne me dis pas que tu as oublié notre jeu des baisers ?

— Je… Euh…

Elle savait exactement de quoi il parlait. Au cours de leur brève vie commune, il s'était amusé plus d'une fois à la couvrir de baisers sur toutes les parties du corps, jusqu'à ce qu'elle soit excitée au point de le supplier de la prendre. Elle était étonnée qu'il s'en souvienne, mais ne voulait pas se laisser attendrir par ce détail. Même s'il avait aimé jouer avec elle, il n'était pas assez amoureux pour revenir plus tôt en Raumerike.

Elle lança un regard par-dessus son épaule.

— Tes hommes se réveillent… Et le jour est pour ainsi dire levé. Il est temps que nous partions.

— Tu es bien plus belle quand tu as le feu aux joues, dit-il en lui passant la main sur le visage. Est-ce que ton chien de garde de Valdar a déjà osé te taquiner ?

— C'est une question très personnelle, fit-elle en tournant la tête.

Elle aurait dû s'en douter ! Ash ne l'aimait pas plus aujourd'hui qu'hier, mais il voulait l'arracher à Valdar. Il était prêt à se battre pour elle comme un chien pour un os. Elle aurait dû lui mentir et lui faire croire à une plus grande intimité entre elle et Valdar, mais ce n'était pas possible. Elle ne pouvait utiliser ce dernier de cette manière.

— Eh bien ? insista-t-il en lui prenant le menton.

Elle entendait battre à ses oreilles son pouls qui redoublait… Si elle ne donnait pas la bonne réponse, les lèvres d'Ash, toutes proches, couvriraient les siennes dans un instant. Un baiser en guise de punition. Et le pire était qu'elle en avait envie, pour voir si ce serait comme dans son rêve.

— Il me traite avec respect, dit-elle enfin en reculant pour s'éloigner de la tentation. Il m'a énormément aidée après la mort de ton père, et n'a jamais essayé de profiter de la situation. Il attendait notre nuit de noces.

Les traits d'Ash se détendirent, et il la libéra.

— Tu ne peux savoir à quel point avoir confirmation de ce que je soupçonnais soulage mon cœur. Si Valdar Nerison avait eu une autre attitude, nous n'aurions pas la même conversation.

— Il s'est comporté en honnête homme. Il a attendu parce que je le lui ai demandé.

Il leva la main pour lui intimer le silence.

— C'est du passé… Sais-tu ce que j'ai voulu, depuis le jour où je suis parti ? Revenir la tête haute. Je voulais être le mari que tu désirais, et non un bon à rien.

— As-tu une idée du genre de mari que je désire ?

— Je l'espère, car je fais tout pour ressembler à cet homme.

Il lui posa la main sur l'épaule.

— Nous allons retrouver notre fils et nous formerons une famille. En vérité, je suis revenu parce que je voulais être au sein de cette famille alors même que j'ignorais qu'elle existait déjà.

Lorsqu'elle était toute jeune, elle croyait ne vouloir pour mari qu'un héros, mais ce n'était plus vraiment ce qu'elle attendait de la vie. Elle désirait surtout être au côté d'un homme qui partage avec elle la responsabilité de l'exploitation de Jaarlshiem. Elle ne voulait plus être seule à prendre des décisions qui l'engageaient corps et âme. Elle souhaitait, en outre, un mari qui accueillerait tous les enfants que la nature leur donnerait et qui soit toujours là en cas de difficultés. En un mot, elle voulait un partenaire et non un maître.

Cependant, elle n'avait rien oublié des paroles d'Ash au sujet de ses ambitions. Il s'agissait de rêves de gloire et d'aventures, et non de moissons et de foyer familial. Qu'adviendrait-il d'elle si elle se mettait à compter sur lui et s'il décidait de repartir comme il l'avait évoqué ?

— Kara ? M'as-tu écouté ? Ton regard est lointain. Nous rentrons chez nous, et je suis impatient de voir ce que tu en as fait.

— Je suis tout aussi impatiente que toi d'arriver à Jaarlshiem, mais il faut d'abord que j'aille seller mon cheval. Et j'ai un problème avec la sangle qui ne cessait, hier, de se desserrer.

— Tu aurais dû me le dire. Nous nous serions arrêtés pour la réparer.

Elle hocha la tête et s'éloigna sous le regard d'Ash. Sa robe qu'elle relevait pour mieux marcher révélait à chaque pas la finesse de ses chevilles.

Les années l'avaient rendue encore plus belle et désirable. Il avait vraiment de la chance de retrouver une aussi séduisante épouse après sept ans où il avait écumé les mers sans penser à elle.

Les souvenirs lui revenaient maintenant avec une force déconcertante. Il revoyait son teint après qu'elle s'était donnée à lui et se rappelait le bonheur de se réveiller en la tenant, nue, dans ses bras.

Il soupira et réprima l'envie d'aller la rejoindre. Il n'en revenait pas d'être à ce point affecté par sa présence. Dès qu'il était en sa compagnie, un irrépressible désir l'envahissait.

Pendant tout le temps qu'avait duré sa quête de gloire, il n'avait pourtant pas été préoccupé par les femmes. Il s'était dit plus d'une fois, à ce sujet, que retrouver son honneur était bien plus important que quelques aventures amoureuses passagères. Mais ce qu'il éprouvait pour Kara était si puissant qu'il en était plus terrifié que s'il avait dû affronter une horde de guerriers ou la mer en furie.

Il ne comprenait pas comment il avait pu l'oublier ou, du moins, se comporter comme si c'était le cas. Il ne lui restait plus qu'à espérer être de nouveau le héros de ses rêves.

— Pourquoi as-tu si peur de prendre des risques ? demanda-t-il, tout en sachant qu'elle ne pouvait l'entendre. Qui t'a changée à ce point ? Comment retrouver l'épouse confiante d'autrefois ? Peux-tu m'accepter comme je suis, ou dois-je me racheter à tes yeux ?

Bien calée sur sa selle dont la sangle avait été réparée, Kara aurait voulu que la distance qui les séparait de Jaarlshiem soit soudain abolie. Mais plus ils approchaient du but, plus elle semblait s'allonger et le temps ralentir.

Ce voyage était singulier, puisqu'elle était partie pour épouser un homme et revenait avec un autre.

Alors que le moment de retrouver enfin Rurik approchait, elle se trouvait dans l'obligation de réfléchir sérieusement à la façon dont elle allait lui apprendre que son père n'était pas mort avant sa naissance, comme elle le lui avait dit. Ce ne serait pas Valdar, auquel il s'était attaché et qu'il voyait comme son futur père, qui jouerait ce rôle auprès de lui, mais celui qui l'avait conçu et n'était pour lui qu'un inconnu.

Ne serait-il pas mieux de convaincre Ash d'attendre avant de s'imposer à son fils, et de laisser l'enfant s'habituer à l'idée son existence ? Rurik pouvait se montrer très timide, particulièrement avec les étrangers. Or, elle voulait que leur rencontre se passe bien, sans tensions ni méfiance.

— Où vas-tu ? fit tout à coup Ash en saisissant les rênes de son cheval.

L'animal trébucha et elle n'évita la chute qu'en s'agrippant au pommeau de sa selle.

— Qu'est-ce que tu fais ? s'exclama-t-elle, indignée. Tu as failli me faire tomber !

— Tu laisses ton cheval s'écarter de la route. Tu allais tout droit dans la tourbière. Les tourbières sont très dangereuses. Jusqu'à ce que mon père fasse tracer cette voie, nous y perdions chaque année plusieurs hommes avec leurs chevaux, particulièrement en automne. Quand j'ai eu dix ans, mon père m'a obligé à revenir d'ici à la maison. J'étais couvert de boue et grelottais de froid quand, enfin, j'y suis arrivé.

— Ton père était cruel !

— Non, exigeant. Cela m'a été utile plus tard. Je ne serais jamais revenu vivant de mon voyage si je n'avais pas reçu ce genre d'éducation.

Il haussa les épaules en ajoutant :

— Je ne sais quelle valeur tu donnes à ton cheval, mais à mes yeux il en a. Et toi aussi.

Kara tourna son regard dans la même direction que celui d'Ash et comprit ce qu'il voulait dire. Un frisson lui courut dans le dos. Elle ne s'était pas rendu compte qu'elle s'était autant approchée de la tourbière.

— J'étais distraite... Je pensais à la maison et à tout ce qui nous y attend. Il y a toujours tant de choses à faire, quand on revient chez soi après une absence. Et puis je crains tout le temps qu'il ne se soit passé quelque chose. C'est toujours comme ça, quand je m'éloigne de Jaarlshiem. Je n'ai qu'une idée en tête, revenir. Cette fois, c'est pire que d'habitude.

— Tu es inquiète au sujet de notre fils ?

— Oui, reconnut-elle avec réticence. Il est constamment dans mes pensées. Ce n'est qu'un petit garçon, Ash, et c'est le devoir d'une mère de s'inquiéter pour son enfant. Je veux qu'il grandisse heureux et à l'abri de tout danger.

— Que lui diras-tu à mon sujet ? demanda-t-il en lui rendant les rênes de sa monture. Je suppose que tu as l'intention de l'informer toi-même de mon retour ?

— Tu me laisseras vraiment lui parler ? Je pensais que tu demanderais à le voir à peine descendu de cheval.

— Je me souviens de ce que j'ai éprouvé la première fois que j'ai vu mon père.

— Tu ne m'en as jamais parlé, ton père non plus, d'ailleurs. C'est étrange… C'était le genre de souvenirs qu'il aimait bien raconter. Le guerrier de retour dans ses pénates qui voit pour la première fois sa descendance.

— Il était parti juste après ma naissance et n'était revenu qu'après cinq ans, reprit Ash. Si bien que ma mère ne l'a pas revu.

Ash inclina la tête dc côté.

— Est-ce que Rurik est timide ? Je me suis caché dans les jupes de ma tante la première fois que j'ai vu mon père, et j'ai refusé de le saluer convenablement. Ça s'est mal passé.

En entendant cet aveu, Kara se mordit la lèvre.

— Il n'est pas timide… C'est plutôt un petit garçon impétueux et qui ne mesure pas toujours le danger. Il aime bien prétendre que rien ne l'effraie, mais ce n'est que de la bravade. Ce qui me préoccupe, c'est qu'il s'est attaché à Valdar et parle de lui comme s'il était son père. Or, il ne supporte pas les déceptions.

Le visage d'Ash se ferma.

— Je veux que tu lui dises la vérité avant la tombée de la nuit, Kara.

Elle baissa les yeux et attendit quelques instants avant de répondre :

— Tu me laisseras la lui dire au moment qui me semblera opportun.

— Si tu lui parles dès notre arrivée, tu pourras présenter les choses comme il te plaira.

— Tu ne me laisses guère de liberté.

— Considère que je te fais une faveur.

Il eut un sourire espiègle en reprenant :

— Et que je ne te l'accorde que pour te dissuader de jeter une nouvelle fois ton cheval dans une tourbière.

— Tu ne me facilites pas les choses. Je pense qu'il serait plus judicieux d'attendre quelques jours avant de lui dévoiler la vérité. Laisse-lui le temps de s'habituer à toi avant de lui demander de t'aimer.

— C'est mon fils. J'ai passé beaucoup trop de temps loin de lui.

Ash éperonna son cheval et s'engagea dans la dernière courbe avant l'arrivée à Jaarlshiem.

Plus ils progressaient le long de la route, plus Kara s'enfonçait dans le silence. Pendant quelques minutes, le matin, il s'était cru plus proche d'elle, mais elle s'était rapidement renfermée dans sa coquille. Puis il avait appris qu'elle voulait dissimuler la vérité à leur fils. En ferait-il jamais assez pour elle ?

— Ash ! Ralentis ! Ce n'est pas une course.

Il tira légèrement sur les rênes et jeta un coup d'œil par-dessus son épaule.

— Eh bien ? Qu'attends-tu pour me rejoindre ?

— Tu m'as dit que je pourrais parler moi-même à Rurik, répondit-elle en pressant sa monture. Mais si tu arrives le premier…

Ash, qui était impatient d'arriver à cause de l'inquiétude qu'avait manifestée Kara, se passa la main sur le menton. Par quoi était-elle particulièrement préoccupée ?

D'après ce qu'elle avait dit de Rurik, il semblait qu'elle le tînt en laisse. Ce n'était pas la bonne manière d'agir. Il se souvenait que lorsqu'on lui interdisait une chose, il en faisait une autre souvent plus grave et qui le mettait en danger.

— Nous sommes partis ensemble et nous arriverons ensemble, répondit-il quand elle l'eut rejoint. Je veux être là quand tu parleras à Rurik.

Le sang monta aux joues de Kara.

— Oui, bien sûr. Si tu ne me fais pas confiance.

— Prudence reste mon mot d'ordre.

Ils sortirent de la courbe et la façade de la longue maison avec toutes ses dépendances leur apparut. La route à travers la tourbière était peut-être en mauvais état, mais ce n'était certainement pas le cas de la ferme. Un air de prospérité régnait sur l'ensemble des bâtiments.

Le chêne présidant aux destinées de la famille, dans sa splendeur automnale, se dressait devant la maison. Une douceur divine émanait de ce lieu. Ash, qui en avait oublié le charme, eut le cœur serré en le redécouvrant.

Combien de fois en avait-il rêvé ? Combien de fois avait-il imaginé son retour et le regard de son père s'illuminant devant le guerrier qu'il était devenu ?

— Ton père aurait été au comble du bonheur en te voyant revenir ainsi, dit Kara comme si elle avait lu dans ses pensées.

— Est-il si facile de deviner ce qui me passe par la tête ? demanda-t-il.

— Pour moi, oui, mais je suis ta femme. J'ai appris à te connaître au cours des années.

Un sentiment de culpabilité l'envahit. Kara était observatrice et attentive. C'était grâce à ces qualités qu'elle arrivait à sentir ces choses. Mais lui ? Avait-il fait jamais le moindre effort pour mieux la connaître ?

— J'espère que tu me donneras la chance de te découvrir. Mais j'ai déjà une immense admiration pour toi. Il y a peu de femmes qui auraient été capables de chevaucher aussi vite que toi.

Les lèvres d'un rose vif de Kara s'étirèrent pour former un sourire contraint.

Ash dut se contenir pour ne pas l'arracher à la selle et la serrer dans ses bras. Mais il savait que ce serait une erreur de l'embrasser maintenant à en perdre haleine. Elle lui rappelait son faucon, celui qui ne lui faisait plus confiance après s'être cassé l'aile. C'était Kara, d'ailleurs, qui lui avait montré comment l'apprivoiser de nouveau et regagner sa confiance.

Il avait dû faire preuve de patience alors qu'il aurait voulu tout avoir tout de suite.

Cette expérience lui avait été profitable au cours des dernières années. L'homme patient et observateur obtenait, à la fin, ce qu'il convoitait.

— Tu veux dire que tu as tout oublié de moi ? demanda-t-elle d'un ton morne.

— Non… Mais je veux apprendre à connaître la femme que tu es devenue plutôt que te forcer à redevenir celle d'autrefois.

Il était tendu. Il voulait effacer ses maladresses de la veille, et espérait que la femme qu'était devenue Kara comprendrait quel genre d'homme il aspirait à être, et l'approuverait. Sur le point de passer à l'ombre du grand chêne, il savait qu'il ne serait jamais exactement le genre de guerrier que son père souhaitait le voir incarner.

— Vraiment ? fit-elle.

— Tu es bien plus complexe que je ne l'imaginais, et je voudrais découvrir tous tes secrets.

— Je n'en ai jamais eu, répondit-elle, interloquée.

— Les femmes ont toujours des secrets. En le niant, tu ne fais qu'augmenter mon désir de les découvrir avec toi.

Il plongea le regard dans ses yeux bleus et fit le vœu

qu'elle verrait, enfin, qu'il correspondait au héros dont elle avait toujours rêvé.

— Je me souviens, maintenant, reprit-il, que tu avais une manière de te comporter avec ton cheval qui te permettait d'en obtenir le meilleur. Il est vrai que tu étais très rapide, plus que moi, je l'avoue. Mais moi, je montais bien mieux que toi aux arbres, et beaucoup plus haut. Je me rappelle à quel point cela t'agaçait.

— Tu es impossible, Ash !

La remarque taquine qu'il avait sur le bout de la langue y mourut. Il venait de remarquer un mouvement étrange sous le pignon d'une grange. Il plissa les yeux pour mieux voir et eut confirmation de ce qu'il craignait. Quelqu'un était en mauvaise posture.

Il talonna son cheval et, en approchant, constata qu'il s'agissait d'un enfant. Il venait de perdre l'équilibre et, retenu par les bras, pendait dangereusement dans le vide. Etre ou non un héros aux yeux de Kara n'avait aucune importance. La seule chose qui comptait était d'aller au secours de cet enfant.

Il éperonna son cheval et fit signe à ses hommes de le suivre.

— Qu'y a-t-il, Ash ? s'écria Kara.

— Regarde ! lança-t-il sans se retourner.

Au même moment, la voix du petit garçon en danger parvint jusqu'à eux.

— Au secours ! Gudrun ! A l'aide !

Kara, qui avait reconnu la voix de Rurik, porta au même instant le regard vers lui.

— Par Thor ! s'exclama-t-elle. C'est Rurik ! Il va tomber !

Chapitre 8

Rurik battait l'air de ses jambes en essayant de remonter sur le toit où il était assis un instant plus tôt, mais ses efforts restaient vains. Au-dessous de lui, les deux grands chiens courants, Daine et Durin, tournaient en rond en gémissant et en hurlant à la mort.

Ash, qui avait atteint la grange, sauta de son cheval. S'agrippant à la structure en bois qui formait le pignon, il escaladait aussi vite qu'il le pouvait la façade de la construction. Cependant, à ses mouvements, on devinait qu'il ne pouvait guère prendre appui sur sa jambe gauche.

Kara, qui avait atteint à son tour le bâtiment, se tordait les mains. Elle avait remarqué qu'Ash souffrait de la jambe gauche et se sentait horriblement impuissante. S'il atteignait à temps Rurik, serait-il capable de le redescendre ?

Elle voulait le croire. Elle se refusait à penser qu'elle pourrait perdre l'un ou l'autre, et encore moins les deux.

Suivie de plusieurs servantes, Gudrun sortit à cet instant de la maison en poussant des cris désespérés et en levant les bras au ciel.

— Gudrun ! fit Kara. Qu'est-ce que cela veut dire ?

La pauvre femme donna une explication embarrassée à sa maîtresse, invoquant la responsabilité de Virvir, son petit-neveu.

Kara n'eut pas de peine à la croire. Plus d'une fois, déjà, le petit garçon qui n'était l'aîné de Rurik que de deux ans, l'avait poussé à faire des bêtises et à se mettre en danger.

Le gamin étant orphelin, Kara n'avait pas eu le cœur de le chasser de la maison. Cette fois, il était allé trop loin s'il avait incité Rurik à monter sur le toit.

— Tiens bon, Rurik ! cria-t-elle. Maman est de retour. Nous allons te descendre de là !

— Maman ! Maman ! dit en gémissant l'enfant.

— Ne lâche pas ! Quelqu'un... Un de mes amis escalade le mur. Il est presque arrivé à toi.

Elle ne pouvait lui dire maintenant qu'il s'agissait de son père. L'émotion lui ferait peut-être lâcher prise.

— C'est un très bon ami ! Il sait très bien grimper. Il va te descendre. Tiens bon ! Ne lâche pas !

— C'est Valdar ?

La note d'espoir dans la voix de son fils brisa le cœur de Kara.

Au même moment, Gudrun tira la manche de son manteau.

— Est-ce que je rêve ? demanda-t-elle à mi-voix. Je ne connais qu'un homme qui grimpe aussi bien que ça.

Kara hocha la tête.

— Je me suis toujours demandé comment il faisait pour atteindre le toit, marmonna Gudrun. Pourvu qu'il n'arrive pas trop tard !

— Aie confiance, Rurik ! cria Kara qui n'écoutait pas les commentaires de la nourrice. Tiens bon ! Il va te sauver !

— Je veux Valdar ! répondit le petit garçon en se balançant pour la nième fois dans l'espoir de se rétablir sur le toit.

— Tu vas aimer l'ami qui vient à toi ! Tu verras ! Il est gentil !

L'ascension d'Ash semblait interminable à Kara.

Elle l'avait vu grimper maintes fois à ce pignon. Elle se souvenait de l'avoir observé, trop terrifiée pour oser le suivre. Son père le battait lorsqu'il en redescendait, mais ça ne l'empêchait pas de recommencer. Un jour, il l'avait corrigé plus sévèrement que les autres. Le lendemain, elle avait apporté un onguent pour soigner ses plaies. Il n'en avait pas moins escaladé une nouvelle fois le pignon pour finir de graver sa rune sur le pignon.

— Maman ! cria Rurik d'une voix suppliante. Sois pas fâchée !

Fâchée ? Elle l'était plus que jamais, mais il était hors de question pour elle de punir son fils, même si elle considérait qu'il avait une part de responsabilité pour s'être mis dans cette position périlleuse. Virvir l'avait peut-être poussé à commettre cette folie, mais il n'avait pas à lui obéir stupidement.

— Ne bouge plus ! Garde tes forces ! Peux-tu le faire pour ta maman ?

— J'ai mal aux bras, maman !

— Tiens bon ! Je t'en prie !

Les hommes d'Ash étaient tous rassemblés, impuissants, au pied du pignon.

— Donne-leur ton manteau ! cria Ash.

Il venait d'atteindre le bord du toit et, grimaçant de douleur, se déplaçait vers Rurik.

— Mon manteau ?

— Oui… Ils vont le déployer au pied du pignon… Il est assez grand pour recevoir le petit s'il venait à tomber.

Kara défit la boucle de son vêtement et le retira prestement.

— Merci, ma dame, dit l'un des hommes en prenant le manteau. Ash sait ce qu'il fait. Il va sauver votre fils.

Quelque peu rassurée, Kara descendit de cheval et s'approcha des hommes qui avaient formé un cercle au milieu duquel se trouvait le manteau bien tendu.

— Faites bien attention à le récupérer s'il tombe, dit-elle d'une voix suppliante.

— Oui, ma dame. Nous ferons tout notre possible.

Kara invoqua en silence tous les dieux pour qu'ils viennent en aide à Rurik et à Ash. Elle venait de retrouver son mari après sept ans d'absence. Ce serait trop injuste de le perdre maintenant. Mais quand la vie avait-elle été juste avec elle ?

Elle aurait voulu se recroqueviller sur elle-même et cacher son visage dans ses bras, mais c'était impossible. Elle était obligée de regarder Ash qui progressait lentement et Rurik toujours pendu par les bras.

Comment cela s'était-il passé ? Comment avait-il pu se retrouver à jouer avec Virvir alors qu'elle avait laissé des consignes strictes concernant ce dernier. Les deux garçons ne devaient en aucun cas être réunis, et Gudrun ne devait jamais perdre Rurik de vue.

Mais à quoi bon s'interroger maintenant ? Les réponses viendraient plus tard. Virvir serait puni et, si tout se terminait bien, Rurik tirerait de sa funeste aventure les conclusions qui s'imposaient.

Ash venait enfin d'atteindre le petit garçon !

Il lui saisit le poignet au moment même où, épuisé, l'enfant lâchait prise. Pendant quelques instants, il le garda pendu au bout de son bras puis il le hissa jusqu'au bord du toit sur lequel Rurik parvint à se rétablir.

Kara, qui avait retenu son souffle, expira lentement. Son fils était hors de danger ! D'une main tremblante, elle écrasa une larme au coin de son œil. Il lui semblait que ses jambes allaient se dérober sous elle ; elle aurait voulu se laisser tomber à genoux tant l'émotion l'avait épuisée.

Elle vit Ash grimacer de douleur tandis qu'il rejoignait Rurik sur le toit. Le petit garçon lui fit un signe enthousiaste de la main tandis qu'Ash se contentait de sourire. A son attitude, elle aurait juré qu'il n'était pas pressé de redescendre. Avait-il l'intention de profiter de l'occasion pour révéler la vérité à leur fils ?

— Descendez, vous deux ! lança-t-elle, pressée de serrer Rurik dans ses bras et sans réfléchir à la difficulté que représentait la descente du toit.

Ash disposa sa main autour de son oreille comme un cornet.

— Pardon ? Nous n'avons pas bien entendu ! La vue est magnifique, ici. Merci de m'avoir demandé d'aller chercher Rurik.

Kara entendit son fils éclater de rire. C'était là une scène digne d'Ash. Il avait l'art de transformer les événements dramatiques en farce.

Il devait pourtant avoir conscience que le sauvetage n'était accompli qu'à moitié ! Il fallait maintenant faire descendre Rurik sans provoquer sa chute. Il ne serait vraiment sauvé que lorsque ses pieds auraient touché le sol.

— Descendez, maintenant !

— Impossible, rétorqua Ash.

— Mais tu as réussi à monter, fit Kara, consternée. Tu dois pouvoir redescendre en portant Rurik.

— Nous ne descendrons que lorsqu'on aura placé une échelle à l'endroit le plus accessible pour nous.

Ash, en parlant, indiqua du doigt où il souhaitait que soit mise l'échelle.

— Je suis trop fatigué pour descendre par où je suis monté. D'autant plus qu'il me faudrait porter Rurik qui est épuisé et incapable de rien faire.

— C'est pas vrai, maman ! s'écria Rurik. Je suis pas fatigué.

— Allez chercher la plus longue échelle ! ordonna Kara, ignorant les protestations de son fils.

Les deux valets de ferme auxquels elle venait de s'adresser coururent jusqu'à une grange voisine dont ils ressortirent chargés d'une très longue échelle. Pressant le pas, ils la portèrent jusqu'au bâtiment sur lequel Ash et Rurik attendaient.

Il aurait fallu qu'elle ait quatre échelons de plus, mais Ash pouvait s'aider de la structure du pignon pour l'atteindre sans trop de difficulté.

— Soyez prudents, supplia Kara.

Elle vit Ash tourner le dos à l'enfant et l'inviter à nouer les bras autour de son cou et les jambes autour de sa taille. Quand Rurik fut bien amarré à lui, il commença la périlleuse descente. Chaque mouvement paraissait interminable à Kara qui avait cessé de respirer.

Quand elle vit le pied d'Ash toucher le premier échelon, elle commença à se rassurer. Elle n'éprouva cependant de véritable soulagement que lorsqu'il en descendit quelques-uns et fut en mesure de saisir les montants de l'échelle. Elle s'attendit alors à ce que Rurik le lâche pour descendre lui-même quatre à quatre les échelons, mais il garda les bras fermement autour de son cou.

Heureuse de constater qu'Ash n'invitait pas Rurik à commettre quelque nouvelle imprudence, elle les regarda se rapprocher du sol avec une joie grandissante.

Quand Ash atteignit enfin le sol, Rurik se laissa glisser de son dos et, ses cheveux blonds et lisses flottant au vent, il courut vers sa mère.

— Maman !

Il se jeta dans les bras de Kara qui, trop émue pour pouvoir prononcer la moindre parole, le serra contre elle.

— Je pensais que tu allais revenir aujourd'hui, reprit Rurik. Je suis monté sur le toit pour te voir de loin, mais Virvir a retiré l'échelle en disant que les hommes en avaient besoin. Il a dit que c'était facile de descendre tout seul. Que seuls les bébés ne pouvaient pas.

Kara se maîtrisa pour ne pas laisser éclater sa colère. Corriger Virvir ne servirait à rien, mais elle voulait qu'il quitte la ferme le soir même. Elle lança un regard furieux à Gudrun qui, devinant sa pensée, tordit l'oreille de son neveu.

— Ça ne se produira plus, ma dame, dit-elle alors que le gamin poussait un cri aigu. Mais vous savez comment est Rurik ; il n'est ni plus ni moins que la copie de son père.

— Nous parlerons de tout ça plus tard, Gudrun.

La nourrice s'éloigna en tirant Virvir qui protestait de son innocence par la manche de son vêtement.

Kara s'agenouilla et regarda Rurik dans les yeux. Même si elle savait qu'il n'aimait pas les démonstrations d'affection en public, elle avait besoin de s'assurer qu'il n'était pas blessé. Comme elle lui passait les mains sur les épaules et les bras, cherchant un endroit douloureux, il prit un air contrit et essaya de se dégager.

— Je t'avais promis que je ne serais pas longue à revenir, murmura-t-elle dans ses cheveux. En montant sur le toit, tu ne m'aurais pas fait arriver plus tôt.

Rurik se débattit pour se dégager de son étreinte. Il n'avait que six ans et voulait déjà s'affranchir de sa mère.

— Où est Valdar ? Tu m'as dit qu'il serait mon nouveau papa.

Il cherchait du regard, parmi les hommes d'armes d'Ash, celui qui avait su gagner son cœur d'enfant.

— Virvir a dit que je mentais et qu'un guerrier comme Valdar ne voudrait pas être mon père, reprit-il. Et que c'était pour ça que tu ne m'avais pas emmené à Sand. Il a dit que tu avais honte d'avoir un fils comme moi. Moi, je lui ai dit que c'était lui qui mentait. Je veux voir Valdar !

Kara regrettait de n'avoir pas éloigné le neveu de Gudrun avant qu'une amitié se noue entre les deux enfants. Cela lui aurait épargné une terrible frayeur.

— Il fallait que tu restes ici pour t'occuper du domaine pendant que j'étais à Sand, répondit-elle. Comment peux-tu croire un instant que j'aurais eu honte de te prendre avec moi ?

— Ecoute bien ta maman, intervint Ash en s'approchant de Rurik sur l'épaule duquel il posa la main. Je sais à quel point elle est fière de toi. Elle t'aime tellement et était si impatiente de te revoir qu'elle est revenue à Jaarlshiem à bride abattue.

En voyant Ash à côté de leur fils, Kara fut frappée par leur ressemblance. Ils avaient le même nez et le même menton, et le corps bâti d'une manière identique. En les voyant ensemble, il était impossible de ne pas penser qu'ils étaient père et fils.

— Maman veut pas comprendre pourquoi je suis monté sur le toit, protesta Rurik. Mais je suis pas un petit garçon à sa maman.

— Je t'ai dit qu'elle n'était pas contente de t'avoir trouvé là. Les parents ont de bonnes raisons d'interdire à leurs enfants de monter sur les toits. Tu as voulu jouer au guerrier, tu mérites d'être puni comme un guerrier.

— Oui, messire… Maman, je veux être puni comme un guerrier.

Le cœur de Kara se serra. Elle s'était battue contre Hring pour qu'il ne punisse pas son petit-fils de cette manière brutale. Allait-elle devoir, à présent, lutter contre Ash pour empêcher l'application de cette règle ?

— Pourquoi Valdar est pas là ? fit Rurik alors qu'une larme roulait le long de sa joue. Qu'est-ce que j'ai fait de mal ? Il est parti à cause de moi comme mon père ?

Kara croisa le regard d'Ash. Il avait tenu parole ; il avait sauvé leur fils sans lui révéler qui il était. Elle se rendait compte aussi qu'elle n'avait pas bien évalué les inquiétudes de Rurik ni ses craintes.

— A part monter sur le toit de la grange, tu n'as rien fait de mal. Quant à ton père, comment aurait-il pu partir à cause de toi alors que je ne savais même pas que tu allais naître quand il a pris la mer ?

Les lèvres de Rurik dessinèrent un « O » de stupeur.

Kara prit une profonde inspiration. Le moment était venu de lui dire la vérité. L'incident que Rurik avait provoqué leur offrait une excellente opportunité pour le faire. Ash avait raison. Il fallait que Rurik sache le plus tôt possible que son père était de retour et qu'il comprenne ainsi qu'il n'avait pas honte de lui.

— Valdar ne sera pas ton père, dit-elle avec douceur en s'agenouillant devant le petit garçon qu'elle était prête à reprendre dans ses bras s'il voulait s'y blottir.

Le visage de Rurik se décomposa alors qu'il tentait de s'écarter d'elle. Il se serait sans doute enfui si Ash n'avait pas eu la main sur son épaule.

— Alors j'aurai jamais de père… Virvir a raison… Jamais aucun guerrier voudra être mon père…

— Non. Virvir se trompe complètement. Tu as un père. Ton vrai père est même de retour, exactement comme tu l'avais prédit quand tu étais tout petit. Et il est très impatient de te dire qui il est.

Kara n'avait pas quitté Ash des yeux tandis qu'elle parlait.

— L'homme qui t'a sauvé t'a-t-il dit son nom ? demanda-t-elle en se relevant.

Rurik fronça les sourcils.

— Il a dit qu'il était un de vos amis à toi et Valdar. Et aussi que si je l'écoutais bien, je verrais bientôt mon père.

Kara était émerveillée par ce qu'elle entendait. Malgré la situation exceptionnelle où il s'était trouvé avec son fils, Ash avait tenu parole. La tentation avait dû être grande, là-haut, de lui dire qui il était. Pourtant, il avait laissé à sa mère le soin de tout lui expliquer.

— Cet ami en est un réellement, Rurik, dit-elle. Mais il est aussi beaucoup plus pour toi. C'est ton père. Ton vrai père.

Bouche bée, Rurik la regardait sans comprendre.

— Mon vrai père est mort, maman. Arrête de me

raconter des histoires. Je suis plus un bébé. Grand-père me l'a dit, que mon père est mort noyé dans un naufrage et qu'il reviendrait jamais. Il a dit aussi qu'il faudrait, plus tard, que je sois un plus grand guerrier que lui.

Immobile comme une statue, Ash avait écouté Rurik sans sourciller. Quant à Kara, elle aurait voulu que son beau-père soit là pour lui tordre le cou. Même après sa mort, il avait encore le pouvoir de blesser son fils.

— Non, mon chéri, répondit Kara. Ton grand-père s'est trompé. Et moi aussi. Nous nous sommes tous trompés. Nous croyions ton père mort alors qu'il était vivant. Et il est aussi un valeureux guerrier. Regarde autour de toi tous les hommes qui le suivent.

Par-dessus la tête de Rurik, elle lança un regard à Ash qui lui dit un merci muet avec les lèvres.

— Est-ce que mon père est parti parce qu'il avait honte de moi ? demanda Rurik, les yeux rivés sur le sol.

— Pas du tout, puisqu'il ne savait pas que tu étais né, répondit Ash. Mais il est très heureux de te connaître enfin.

— Ne veux-tu pas saluer correctement ton père, Rurik ? demanda doucement Kara alors que l'enfant gardait la tête baissée. Qu'est-ce que tu as ? Ton père vient de te sauver la vie.

— Est-ce qu'il est parti à cause de moi ? répéta le petit garçon.

— Qui t'a mis cette idée dans la tête ?

— Virvir.

— Qui est ce Virvir ? demanda Ash, cédant à la colère. Qui est ce gamin qui sait tout et dont tu ne cesses de parler ? Tu ferais mieux d'écouter ta mère plutôt que prêter l'oreille à n'importe qui !

*
* *

Rurik eut un mouvement de recul. La voix de ce père qu'il ne connaissait pas était trop forte. Ash, qui s'en rendit compte, se sentit mal à l'aise. La dernière chose qu'il souhaitait, c'était faire peur à son fils. Il ne se souvenait que trop bien à quel point il avait été terrifié par son propre père…

La douleur dans sa jambe gauche atteignit à cet instant un degré insupportable, et il dut se pencher pour la frotter. Sa blessure n'avait jamais vraiment guéri depuis le naufrage du navire, mais la souffrance qu'elle lui causait ne pouvait rivaliser avec celle qu'il éprouvait dans son cœur. Son fils avait commis une terrible imprudence et, s'il était arrivé ne serait-ce qu'un tout petit moment plus tard, il ne l'aurait sans doute jamais connu. De plus, cet enfant croyait qu'il était parti à l'aventure sur des mers hostiles à cause de lui ! Cette pensée lui était insupportable.

— Tu m'as parlé de ce Virvir quand nous étions sur le toit, Rurik, dit-il d'une voix douce. Or, j'apprends qu'il t'a dit toutes sortes de mensonges.

— C'est mon meilleur ami, répondit le petit garçon. Il sait tout et c'est lui qui court le plus vite. Il se bat à l'épée et patine sur la glace.

Ash prit sur lui pour contenir son impatience. Il aborderait plus tard la question de Virvir. Pour le moment, tout ce qu'il souhaitait, c'était faire enfin la connaissance de son fils. Il voulait le serrer dans ses bras et respirer l'odeur de sa peau, de ses cheveux. Le sauver de la mort avait été une expérience aussi extraordinaire qu'effrayante. Il lui avait tenu la main pour la première fois tout en sachant que s'il ne parvenait pas à le hisser sur le toit, ils feraient tous les deux une chute fatale.

— Ton ami ne sait pas tout, reprit Ash en plongeant le regard dans les yeux bleus de son fils. Parce que sinon il t'aurait dit que je suis ton père. Et je sais mieux que lui pour quelle raison je suis parti.

Il regardait intensément les beaux yeux bleus de l'enfant qui lui rappelaient ceux de Kara.

— Jamais je ne serais parti, poursuivit-il, si j'avais su que ma femme attendait un enfant. En particulier, un fils qui sait escalader une grange comme toi. Tu es le genre de fils qui ferait la fierté de n'importe quel guerrier.

Rurik baissa de nouveau la tête.

— Je suis monté sur le toit de la grange parce que Virvir a dit que j'en étais pas capable, avoua-t-il.

— Pourquoi t'es-tu cru obligé de lui prouver le contraire ? demanda Kara d'un ton vif.

Ash lui lança un regard sévère. Ne comprenait-elle pas les petits garçons ? Lui aussi, dans son enfance, avait commis toutes sortes d'imprudences par simple défi. Il ne servait à rien, en tout cas, de dénigrer le petit-neveu de Gudrun. Il fallait seulement ouvrir les yeux de Rurik et lui offrir un autre exemple que ce garçon malfaisant.

— Parce que grand-père m'a toujours dit que je serais jamais un guerrier si je prenais pas de risques.

Ash lança un regard à Kara qui semblait très choquée par les propos de son fils et épuisée par les événements. Ce n'était manifestement que par la force de la volonté qu'elle restait debout. Il eut envie de la soulever dans ses bras et de la porter dans le lit qu'ils partageaient avant son départ. Il l'y veillerait jusqu'à ce qu'elle se soit remise de ses émotions. Il se refréna néanmoins. Cela aurait été une erreur pour diverses raisons.

D'après ce qu'avait dit Kara, il doutait qu'elle laisse beaucoup de liberté à leur fils. Assurément, tout comme lui dans son enfance, Rurik se révoltait contre ces restrictions.

Il avait besoin de quelqu'un qui le mette en garde contre les dangers et lui apprenne à les éviter, voire les surmonter. Ash avait appris cela avec son père, quand celui-ci était revenu de ses voyages, mais il avait l'intention d'être une autre sorte de père pour Rurik.

Hring n'avait qu'une préoccupation : que son fils devienne le meilleur des guerriers. Or, Ash avait plutôt l'intention de mettre l'accent sur les aptitudes dont il fallait faire preuve pour se tirer des mauvais pas, le pire étant toujours à redouter. Il faudrait que Kara obtempère sur ce point. L'éducation d'un fils relevait beaucoup plus du père que de la mère.

— Ta mère, j'en suis certain, estime que tu dois attendre le moment choisi pour t'exercer à l'escalade. Il faut que tu saches qu'un guerrier doit obéir à son chef et ton chef, c'est ta mère.

Rurik lui lança un regard étonné.

— Mais elle dit tout le temps que je suis encore trop petit pour plein de choses ! Et Gudrun aussi. Personne me laisse rien faire.

— Les choses vont changer, maintenant que je suis revenu.

— Vraiment ? fit l'enfant dont le visage s'éclaira.

— Tu n'as que six ans, remarqua Kara d'un ton raisonnable qu'Ash ne lui connaissait pas. Combien de fois faudra-t-il que je te répète d'attendre le jour où tu seras plus grand ? Cela viendra en son temps.

— Non ! Je veux que ce soit maintenant.

— Puisque je suis de retour, je ferai en sorte que tu apprennes tout ce qu'un jeune guerrier doit savoir. Exactement comme mon père me l'a appris.

Il ne prêta pas attention au soupir exaspéré de Kara. S'il était d'accord pour lui laisser le temps de décider au sujet de leur mariage, il n'était pas question du moindre compromis en ce qui concernait leur fils.

— Quand grand-père est mort, j'ai répandu ses cendres au pied du grand chêne.

Une boule se forma dans la gorge d'Ash. Il avait manqué tant d'événements au cours de ces dernières années !

Certains par nécessité, d'autres par entêtement. Il ne pouvait pas remonter le temps et corriger ses erreurs, mais il pouvait essayer d'être présent, dorénavant, pour les rendez-vous importants.

Il s'éclaircit la voix.

— Je suis fier de toi, Rurik. En l'absence de ton père, tu as su tenir le rôle du chef de famille. Quand je me recueillerai sous le chêne, tu pourras peut-être me montrer où tu as répandu les cendres de ton grand-père, si tu t'en souviens ?

— Oui, je m'en souviens très bien.

— C'est bien, mon garçon, fit Ash en passant la main dans les cheveux de Rurik.

Gudrun, à cet instant, s'approcha d'eux. Elle avait toujours eu l'art de s'immiscer dans les conversations.

— Je n'en reviens pas que vous soyez de retour, messire, dit-elle.

— Gudrun, fit Ash avec un salut de la tête. Je suis heureux de voir que tu as veillé sur Rurik avec le même zèle que sur moi.

Gudrun rougit et fit une profonde révérence au seigneur de Jaarlshiem.

— J'ai peine à croire que ce soit bien vous en chair et en os, messire Ash.

— Eh bien, si, c'est moi. Ça ne fait aucun doute, répondit Ash qui, en son for intérieur, se disait qu'il faudrait procéder à des changements dans l'administration de Jaarlshiem. Il vaut mieux, d'ailleurs. Sans cela, Rurik aurait été sauvé par un revenant.

Le sang monta aux joues de la nourrice.

— Bien sûr... Mon petit-neveu venait juste d'aller chercher de l'aide lorsque vous êtes arrivé. Ce coquin de Rurik a profité d'un moment où je ne le surveillais pas pour escalader le pignon de la grange.

Ash ravala sa colère. Il pouvait toujours compter sur Gudrun pour donner sa propre version des faits.

— C’est bien le jeune Virvir, ton neveu ?

— Oui, messire. C’est le petit-fils de ma sœur. Vous vous souvenez d’elle ? Vous lui réclamiez tout le temps du gâteau.

Puis, se retournant, elle désigna son petit-neveu, un gros garçon avec de petits yeux de cochon.

Ash connaissait bien ce type d’enfant couard et tyrannique avec les plus petits que lui.

— C’est un garçon intelligent et gentil, reprit Gudrun. Il fait honneur à sa tante. Il est vite venu me prévenir dès qu’il a vu Rurik en danger…

— En effet…, fit Ash qui fulminait intérieurement alors que le gros garçon prenait un air triomphant.

— Tu vois, Virvir ! s’exclama gaiement Rurik en se tournant vers son ami. J’ai un papa !

— Est-ce que je peux me permettre de vous demander où vous avez été, messire, pendant toutes ces années ? demanda Gudrun.

— Il s’est enrôlé comme Viking, répondit Kara. Et il revient en héros. Il a participé au raid sur Lindisfarne dont tout le monde parlait dernièrement. Il racontera ses aventures le soir au coin du feu quand tout le monde sera réuni. Ainsi on ne déformera pas ses paroles. Et, maintenant, Gudrun, vous devriez conduire Virvir à la cuisine où il fera son travail de marmiton.

La nourrice n’avait pas fait deux pas qu’elle se retourna vers Ash :

— Est-ce que votre oncle sait que vous êtes de retour, messire ? Il va être si heureux de vous revoir ! Vous étiez tellement proches l’un de l’autre.

Proches ? Avait-il été aussi naïf que Rurik qui voyait un héros en Virvir ?

Kara l’avait mis en garde plus d’une fois contre Harald Haraldson, mais il ne l’avait pas écoutée.

— Mon oncle sait que je suis de retour, dit-il. Il

assistait à la cérémonie de mariage qui s'est interrompue quand j'ai révélé ma présence.

— Maman ? fit la voix aiguë de Rurik. Tu vas plus te marier avec Valdar ?

— Mais non, mon chéri, puisque ton père est revenu.

L'enfant ne contesta pas cette réponse qu'il semblait trouver logique, mais la sécheresse de la réponse de Kara fit froid dans le dos d'Ash.

Il aurait voulu qu'il y ait plus de chaleur dans sa voix. Maintenant qu'ils étaient de retour à Jaarlshiem et, surtout, après l'événement qui venait de se produire, il était en droit d'attendre de sa femme un peu plus d'attentions. Il allait lui montrer qu'il était l'homme idéal pour elle et lui faire comprendre qu'elle devait lui accorder une seconde chance. Mais il avait la certitude que la clé qui ouvrait la porte du cœur de Kara se nommait Rurik.

— J'ai envie de faire le tour du domaine, dit-il pour prévenir l'irrésistible désir de prendre Kara dans ses bras et de l'emmener loin des regards. Peut-être pourrais-tu m'accompagner, Rurik, puisque tu t'en es occupé en mon absence ?

Rurik devint tout rouge.

— C'est maman qui fait tout.

Bien sûr, c'était Kara. Qui d'autre aurait pu assumer cette responsabilité ? Et il était évident, à voir l'état des bâtiments, que le domaine prospérait.

— Je suis certain que ta mère te permettra de me guider. Elle a sans doute beaucoup de choses à faire, après son absence. Mais, bien sûr, elle est la bienvenue si elle veut nous accompagner.

Espérant que Kara se joindrait à eux, il se pencha pour se frotter la jambe. L'ascension lui avait fait plus de mal qu'il ne l'aurait cru. Sa blessure n'avait jamais été soignée correctement. Ivar le Craintif avait fait tout ce qu'il pouvait, mais il n'était pas un guérisseur à proprement parler. S'il montrait sa jambe à Kara, elle le questionnerait sur la raison pour laquelle il n'était pas revenu, trois ans plus tôt, quand son état s'était aggravé à la suite d'un combat. Moins il parlerait de sa douleur, moins il s'exposerait à la critique. De toute façon, avec le temps, il finirait par guérir.

— Eh bien, Kara ? fit-il comme elle ne répondait rien. Rurik est-il capable de me servir de guide ou est-il trop jeune ?

Depuis la veille Kara, qui semblait s'être repliée sur elle-même, ne laissait plus voir aucune de ses émotions. Elle avait cet air buté que lui reprochait parfois sa mère.

— Tu as bien fait de demander à Rurik de t'accompagner, répondit-elle enfin froidement. J'ai en effet pas mal de choses à faire.

Puis, s'adressant Rurik, elle ajouta d'une voix plus douce :

— Montre bien tout à ton père, Rurik. Mais surtout, plus aucune escalade !

Rurik lui promit de ne commettre aucune imprudence, puis le père et le fils s'éloignèrent.

A peine avaient-ils fait trois pas qu'Ash réprima un cri. Il avait posé trop fortement le pied à terre en essayant d'adapter son pas à celui de Rurik, ce qui avait provoqué une nouvelle douleur au niveau de son mollet gauche.

— Qu'est-ce que tu t'es fait à la jambe ? demanda Kara qui les suivait du regard.

— C'est une vieille blessure… Ça va passer, répondit-il en s'efforçant de sourire. On dirait presque que tu es soucieuse de ma santé, Kara.

— Elle me semble récente, cette blessure, répliqua Kara en s'approchant.

— Les longues heures à cheval suivies de l'escalade de la grange ont réveillé la douleur. La marche devrait l'apaiser. Les mouvements sans effort font toujours du bien.

— Cela t'est arrivé souvent d'avoir mal comme ça ?

— Assez… Il y a pas mal d'années que je me suis blessé. C'est quand je reste assis longtemps dans la même position que la douleur se réveille.

— As-tu vu un guérisseur ?

— Qu'est-ce qu'un guérisseur pourrait y faire ?

Elle fronça les sourcils d'une manière charmante.

— Il y a certaines plantes…

— Mon guérisseur favori n'était pas là au moment des faits, dit-il en se penchant vers elle comme s'il voulait lui donner un baiser. Tu pourras regarder ma jambe tout à l'heure, si tu veux.

— Pourquoi pas tout de suite ?

— Non, il n'y a pas d'urgence.

— N'oublie pas de me la montrer ce soir.

Elle désigna Rurik du menton.

— Ton fils s'impatiente… Il veut te faire visiter la ferme.

— Tu es toujours d'accord ?

— Il a attendu assez longtemps avant de te voir. Allez-y pendant que je vaque à mes occupations.

Elle esquissa un sourire de ses jolies lèvres pulpeuses en ajoutant :

— Je promets de me reposer une fois que j'aurai fini et serai satisfaite.

— J'espère que, satisfaite ou non, tu te reposeras. Et que tu prendras le bain que tu as bien mérité.

Ash se réjouissait intérieurement. Il pensait être sur la bonne voie pour regagner la confiance et l'amour de Kara. Ce serait bientôt, entre eux, comme s'il n'était jamais parti. Il vivrait enfin ce qu'il avait imaginé pour son retour : une femme folle de joie de le revoir et qui n'avait jamais cessé de l'attendre.

— Viens, papa, fit Rurik en glissant la main dans

celle d'Ash. Il faut que tu voies ce que maman et moi on a fait à ton domaine.

Ash serra la petite main de son fils. « Papa »... Il n'avait jamais pensé qu'un jour il s'entendrait nommer ainsi. En son for intérieur, il fit le vœu de le mériter davantage que son père. Il ferait en sorte de conduire les pas de Rurik au lieu de lui lancer défi sur défi.

Il jeta un regard par-dessus son épaule en direction de Kara qui conversait avec l'une de ses servantes. La brise légère souleva une mèche de ses cheveux qu'elle prit dans sa main fine et remit fermement en place. Elle offrait l'image de la maîtresse de maison parfaite.

Il lui était infiniment redevable. Non seulement elle avait géré ses biens à la perfection, mais elle lui avait donné un fils. Il était prêt à tout faire pour lui être agréable ; elle n'avait qu'à demander.

Il n'y avait qu'une chose, cependant, qu'il lui refuserait : sa liberté. Il ne voulait pas la laisser partir. Sous aucun prétexte.

Mais, il le comprenait à présent, ce n'était pas pour la raison qu'il avait crue primordiale à son retour à Sand. Il ne la voulait pas seulement dans son lit mais dans sa vie. Il désirait sa présence à son côté comme femme et mère de ses enfants.

Cette prise de conscience le terrifiait plus que lorsqu'il s'était retrouvé blessé, à la fin d'un combat, au milieu de cadavres et de mourants. Il n'était pas aisé de reconnaître à autrui un tel pouvoir sur soi.

Comment se faisait-il qu'il ne mesurait la vraie valeur des choses et des êtres que lorsqu'il les avait perdus ?

Il fallait se montrer patient. Cela l'avait servi lorsqu'il avait voulu recouvrer son honneur. Il avait su attendre alors que l'instinct lui dictait d'agir. Encore une fois, il allait devoir faire preuve de patience s'il ne voulait pas tout compromettre.

Son avenir était en jeu, et il savait qu'il ne voulait rien d'autre que cette vie de famille auprès de Kara.

— Aide-moi à faire les bons choix, Kara, murmura-t-il. Avant que l'un ou l'autre de nous ne commette un acte irrévocable.

Chapitre 9

Kara sortait des cuisines et s'apprêtait à aller prendre son bain quand elle entendit des cris. Elle s'était trouvé mille occupations pour laisser Ash seul avec son fils. Elle lui devait bien cela, alors qu'il venait de lui sauver la vie. Mais c'était sa voix qu'elle percevait, maintenant. Contre qui pouvait-il crier ainsi ?

Elle releva sa robe et courut en direction du lieu des sépultures familiales d'où provenaient les cris. Elle ne tarda pas à voir Rurik, seul, devant l'entrée de la crypte.

— Qu'y a-t-il ? demanda-t-elle en s'approchant du petit garçon qui pleurait. Où est ton père ?

Rurik se mit à sangloter alors qu'elle le prenait dans ses bras.

— Je voulais seulement lui montrer sa tombe… Et il s'est mis à crier… Dis-lui de partir… Je veux pas qu'il reste ici… Grand-père disait qu'il l'avait toujours déçu… Et qu'il fallait que je sois un meilleur guerrier que lui…

— Quand ton grand-père t'a-t-il dit ça ?

Rurik se frotta les yeux du revers de la main.

— Un jour où on était venus ici.

— Tu as dit ça à ton père ?

— Non. Mais il voulait pas aller voir le sarcophage que grand-père avait fait tailler pour lui. Et quand j'ai insisté, il s'est fâché.

— Va voir Thora, mon chéri. Je viens de la quitter. Elle est à la cuisine et je crois qu'elle a une surprise pour toi.

Rurik ouvrit tout grands des yeux brillants de joie.

— J'adore les surprises ! fit-il en s'élançant en direction des cuisines.

Kara laissa échapper un soupir. Elle espérait qu'Ash n'avait pas entendu ce que venait de lui dire l'enfant. Elle savait à quel point il avait été désireux que son père soit fier de lui, mais même si d'une manière ou d'une autre il avait été blessé, il était hors de question qu'il fasse pleurer leur fils.

Elle descendit dans la crypte et l'y trouva, assis par terre, la tête entre les mains.

— Ash ? Que s'est-il passé ? Pourquoi t'es-tu fâché contre Rurik ?

Il releva la tête.

— Il voulait que je me couche dans le sarcophage et il m'a dit que mon père aurait honte de moi. Alors je lui ai répondu, un peu vivement, que je me moquais de ce que pensait mon père.

— Rurik a horreur des cris, surtout lorsqu'ils lui sont adressés.

— Je n'ai pas spécialement crié après lui, mais je ne voulais pas voir ma tombe. Pas aujourd'hui, en tout cas. Et je me moque de ce que mon père pensait de moi !

Une main sur la hanche, Kara le considérait avec une expression de reproche. Rurik avait l'habitude d'aller sur la tombe de leurs ancêtres avec son grand-père. Aussi avait-il été impatient de s'y rendre avec son père, mais ce dernier, en réagissant comme un enfant, avait tout gâché.

— C'est désolant, dit-elle. Tu aurais pu éviter de t'énerver contre ce petit. D'ailleurs, cette scène aurait pu être évitée.

— Comment ?

— Si, tout simplement, tu m'avais montré ta jambe quand je te l'ai demandé, ça ne serait pas arrivé. Mais quelle idée de hurler après un petit garçon de six ans à cause des déclarations d'un mort !

— Il faut qu'il s'habitue aux cris des hommes, sinon il ne sera bon à rien sur le champ de bataille.

— Me laisseras-tu voir ta jambe ? demanda-t-elle en s'agenouillant. Si tu l'avais soignée plus tôt, peut-être n'en souffrirais-tu pas autant aujourd'hui. Rurik avait eu assez d'épreuves pour la journée, il n'avait pas besoin de ça en plus. En le sauvant de la chute, tu étais devenu son nouveau héros. Par tes cris, tu as tout détruit.

— Oublie tout ça, Kara ! fit Ash avec un geste impatient de la main. Manifestement, quoi que je fasse, ça ne te convient pas. A quoi bon t'expliquer ? De toute façon, je t'ai déjà dit que je sais comment me débrouiller avec ma blessure. Et puis ce n'est pas à cause de ma douleur que je me suis énervé.

— Pourquoi es-tu revenu à Jaarlshiem, si tu ne veux accepter aucune aide ?

— Laisse-moi !

— Je vais te laisser, mais tu devrais vraiment te demander pourquoi tu es revenu ici !

Pour ne pas voir Kara s'éloigner, il laissa tomber la tête sur ses genoux. La douleur dans sa jambe était atroce, mais elle n'était rien par rapport à celle qui lui vrillait le cœur. Et il n'y avait personne qui puisse l'en guérir, même pas Kara.

Il avait effrayé son fils ! Loin d'incarner un héros à ses yeux, il s'était comporté comme l'être faible que son père lui reprochait d'être. Et il savait qu'après cet incident il ne pourrait plus jouer au héros. Jamais il ne serait l'homme dont rêvait Kara, et c'était cette idée qui lui faisait horriblement mal.

Il pressa la paume de ses mains contre ses yeux. Il n'était peut-être pas le genre de guerrier que son père aurait souhaité qu'il soit ni le héros des rêves de Kara, mais il pouvait être un père pour Rurik. Le père qu'il aurait aimé avoir. Celui qui apprend à son fils tout ce qu'il doit savoir sans jamais s'énerver contre lui.

Et il n'était pas prêt à renoncer à Kara. Pas encore… Pas avant d'avoir goûté à ses lèvres.

— Partir ? fit-il dans le silence de la crypte. Je commence tout juste à me battre, Kara. Mais cette fois, c'est à ma manière, pas à celle de mon père.

Il essuya ses mains mouillées de larmes contre ses braies.

— Et cette lutte commence par ma tombe que je dois être capable de regarder.

Elle s'en voulait d'être aussi lâche. Elle était la pire couarde que la terre ait portée !

Toute la soirée, elle avait évité Ash. Elle n'avait eu de cesse de se trouver de nouvelles occupations pour ne pas avoir à lui demander une explication au sujet de son comportement auprès de la tombe familiale.

Elle voulait qu'il apprécie tout ce qu'elle faisait et, en même temps, ne pouvait accepter de redevenir la femme qu'elle avait été au début de leur mariage, celle dont le bonheur dépendait du sourire de son mari. Fière de ce qu'elle avait fait à Jaarlshiem depuis sept ans, elle voulait qu'Ash lui en soit reconnaissant ainsi qu'il la considère comme une bonne mère. Mais après ce qui était arrivé à Rurik aujourd'hui, il ne pouvait voir en elle qu'une irresponsable.

Kara posa les mains à plat sur la table où s'alignaient les écheveaux de laine en attente d'inspection. Elle aurait voulu être libérée de tous ses doutes.

Ses gens n'étaient pas restés inactifs en son absence. Elle n'avait aucun reproche à leur faire, surtout à

Gudrun dont elle reconnaissait les écheveaux, car elle avait une manière particulière de les nouer. Personne ne réussissait à faire les nœuds comme elle. Gudrun avait fait tout ce qu'elle avait annoncé qu'elle ferait, et Kara était impressionnée par le travail accompli.

Son efficacité, malheureusement, avait pour conséquence que dès qu'elle aurait fini son inspection, Kara n'aurait plus rien à faire. Elle ne pourrait plus invoquer aucun prétexte pour ne pas rejoindre Ash dans la grande salle où elle savait qu'il l'attendait.

— Que ferais-tu à ma place ? demanda-t-elle à Dain, son chien, qui levait sur elle ses bons yeux. Irais-tu aux écuries voir si la paille y a été changée et les râteliers garnis de foin ?

L'animal émit un petit jappement.

— Exactement ce que je voulais. Les écuries en premier, puis la grande salle.

Kara se pencha et caressa le poil soyeux du chien. Elle était heureuse de retrouver les animaux de la ferme. Ils ne la jugeaient pas ; les relations étaient bien plus faciles avec eux qu'avec les gens. Au cours des dernières années, où elle avait été contrainte de rester souvent au chevet de son beau-père, la compagnie de ses chiens et de ses chats, libres de circuler à leur gré dans la maison, lui avait apporté du réconfort.

Que dirait-elle à Ash quand elle le retrouverait ? Après l'avoir surpris en train de terrifier Rurik par ses hurlements, elle craignait qu'il ne soit pas le père qui lui convenait.

— Je te trouve enfin !

La voix grave d'Ash la fit sursauter.

— J'ignorais que le soin de la laine passait avant les hôtes.

Kara laissa tomber le fuseau qu'elle avait en main tandis que le chien se retirait en grondant. Elle se pencha pour ramasser le fuseau, s'attardant dans cette position pour ne pas avoir à se tourner vers Ash dont la silhouette carrée se découpait dans l'embrasure de la porte.

— Tu n'es pas vraiment un hôte, répondit-elle enfin en se redressant. Nous sommes ici chez toi, dans la maison où tu as grandi. Mais peut-être, pour t'en convaincre, aurait-il fallu organiser une réception en ton honneur ?

— Mon arrivée a été assez spectaculaire à mon goût, mais je voudrais savoir pourquoi tu m'as évité toute la soirée. J'aurais voulu te dire que j'avais admiré les runes gravées sur le sarcophage de mon père et le mien. Je t'en remercie.

— Si je me suis faite discrète, c'était pour te laisser le temps de méditer. Je pensais que tu avais besoin d'un peu de tranquillité.

— Peut-être… Il m'a été plus pénible que je ne l'aurais pensé d'aller sur la tombe de père.

Kara se retint d'effacer de ses doigts les sillons qui se creusaient dans le front d'Ash. Il n'était pas facile pour lui d'accepter la mort de Hring qu'il n'avait jamais connu que bien portant. C'était très différent pour elle qu'il l'avait vu décliner et souffrir. Elle avait vécu sa mort comme une délivrance, et avait eu la certitude que c'en était une pour lui aussi.

— S'il te voit, ton père doit être content de toi.

— Je ne sais pas… Rurik m'a rapporté ses propos…

Elle leva la main pour l'interrompre.

— Rurik n'est qu'un enfant. Il ne faut pas croire tout ce qu'il dit. Mais s'il t'a conduit à la crypte de tes ancêtres, c'était pour que tu voies les runes qui ont été gravées dans la pierre.

— J'aimerais te croire… Je m'étais senti plus en paix au pied du grand chêne que sur nos tombes. Il m'a fallu beaucoup de temps, après ton départ, pour trouver la force de poser les yeux sur les runes. Mais je suis heureux de l'avoir fait.

Kara, qui s'était rapprochée de lui, respirait son odeur

qui commençait de l'enivrer. C'était absurde, assurément, mais elle se réjouissait de s'être changée et d'avoir revêtu une robe d'un bleu sombre que protégeait un tablier du même ton mais plus clair. Tons susceptibles de faire ressortir la couleur de ses yeux et de rehausser son teint.

A peine cette pensée éclose, elle s'empressa de la chasser de son esprit. Chercher à plaire à Ash était le chemin ouvert vers la folie. Elle avait l'expérience d'un premier échec et ne pouvait prendre le risque d'avoir le cœur de nouveau brisé. Il lui avait fallu trop longtemps, la dernière fois, pour s'en remettre.

Avant qu'elle laisse Ash la séduire, il faudrait qu'il lui donne la preuve qu'il était là pour rester et assumer ses responsabilités.

— Rurik m'a montré tout ce que tu as fait, reprit-il. C'est plus que ce que j'aurais cru possible. Si tu n'avais pas été là, j'en suis sûr, le domaine serait dans un triste état.

Elle esquissa un sourire.

— Pour te rassurer au sujet de ta bienvenue, sache que ton retour sera célébré demain soir.

Heureuse au-delà du dicible, elle déposa sur la table l'écheveau qu'elle avait toujours à la main. Ash appréciait ce qu'elle avait fait et le lui faisait savoir sans ambiguïté !

— Il y aura un grand banquet et un barde assurera l'animation. Selon Thora, il connaît toutes les dernières sagas.

Il hocha la tête puis, changeant d'expression, demanda :

— Tu ne m'as pas attendu pour prendre un bain avec moi ?

La question fit resurgir des souvenirs de leur vie de naguère. Ils aimaient prendre ensemble un bain très chaud puis aller plonger dans le lac. Leurs ébats dans l'eau se terminaient toujours par d'autres ébats sur les berges verdoyantes… Elle écarta ces souvenirs et s'efforça de se remémorer ce que Hring lui avait relaté au sujet des femmes qu'avait connues son fils…

— L'opportunité s'est présentée et je l'ai saisie, répondit-elle quand elle fut revenue de son émotion. Tu ne peux te représenter tout ce que j'ai eu à faire depuis mon retour. Je ne sais d'ailleurs pas quand j'en aurai fini ce soir. C'est toujours ainsi, quand je m'absente.

Espérant qu'il se retirerait, elle prit un écheveau et fit mine d'être occupée

Hélas ! au lieu de partir, il lui prit l'écheveau des mains.

— Tu es un remarquable régisseur, Kara. Rurik a insisté en disant que tout ce qui a été fait était ton œuvre, et que Valdar n'y était pour rien. Je te suis redevable au-delà de mes capacités.

Elle lissa les plis de son tablier.

— Merci. Tu ne me dois rien.

— Il faut que nous parlions de l'éducation de Rurik. C'est au moins une charge que je pourrais te retirer. Quels sont ses dons ?

— Il n'est pas nécessaire de commencer déjà sa formation, répondit Kara qui n'avait pas oublié le bras cassé de son fils à l'occasion de l'un des entraînements imposés par son grand-père. Donne-lui le temps de s'aguerrir et de gagner en force. Et, surtout, de s'habituer à toi. Dans l'enclos de la crypte, il m'a dit…

— Son entraînement commencera dès demain matin, l'interrompit-il. Tu l'as gardé dans tes jupes assez longtemps. Ce n'est plus un nourrisson.

Bouche bée, elle le regarda, incrédule. Après avoir terrorisé son fils par ses cris, il voulait qu'elle le lui confie pour prendre en charge son éducation !

— Sauras-tu t'occuper d'un si petit garçon ?

— J'en ai été un avant lui.

Kara connaissait les méthodes de son beau-père et les effets qu'elles avaient eus sur Ash. Les épreuves auxquelles il avait soumis son fils lui faisaient froid dans le dos. Il n'avait pas hésité à le laisser seul la nuit, dans les bois, ni à le forcer à se battre avec un bras blessé ou à le frapper pour n'avoir pas remporté un combat.

Jamais elle n'accepterait que Rurik soit soumis à de tels traitements. Ils lui feraient perdre confiance en lui-même. Il n'avait pas assez de force pour relever de semblables défis.

De plus, si Ash se chargeait de l'éducation de leur fils, il s'en ferait aimer et lui briserait le cœur le jour où il repartirait.

Une petite voix lui soufflait qu'en raisonnant ainsi elle commettait une injustice envers Ash. Elle ne pouvait avoir la certitude qu'il agirait avec Rurik comme son père avec lui-même. Cependant, quelque chose, au fond d'elle, lui disait qu'il n'était pas souhaitable de lui confier l'enfant. Il y avait de trop grands risques qu'il se blesse dans les exercices ou qu'il soit atteint moralement.

— Je ne voudrais pas abuser de ton temps, dit-elle. Il faut d'abord que tu t'occupes de tes hommes et que tu leur donnes du travail avant de te charger de Rurik. Nous en reparlerons plus tard, quand tu auras réglé toutes ces questions et que tu pourras m'accorder un moment.

Une expression douloureuse passa sur le visage d'Ash. Il prit un fuseau qui n'avait pas servi et le lança en l'air, le rattrapa et le relança à plusieurs reprises avant de le reposer sur la table.

— Est-ce que j'étais vraiment aussi égoïste lorsque nous nous sommes mariés ? Tu aurais dû me le faire comprendre.

— Tu étais toujours très occupé, si bien que tu n'avais guère le temps de parler. Il est vrai que tu préparais l'aventure de ta vie…

Même sept ans plus tard, elle était toujours prête à lui trouver une excuse… Furieuse contre elle-même, elle baissa la tête.

Elle lui avait pardonné mille fois son comportement

alors qu'il avait constamment manqué d'égards envers elle. Il lui avait fallu du temps pour comprendre qu'en fait elle n'avait jamais compté à ses yeux et pour l'accepter, mais elle n'avait pas le choix.

— C'est une chose de se préparer pour la traversée, mais c'est la mer, en fin de compte, qui décide de son succès. Négliger son humeur peut conduire au désastre.

— Tu ne pouvais pas le savoir.

— A travers cette remarque, je comprends que tu n'es que trop encline à me pardonner mes erreurs de jeunesse. Tu ne devrais pas. J'étais très égoïste et absolument injuste avec toi. Mais sache ceci, Kara. Au milieu de toutes mes erreurs, le seul bon choix que j'aie fait, c'est de t'avoir épousée. En mon absence, je n'aurais pu espérer une meilleure gardienne de ce domaine et de notre fils. J'aimerais que tu continues à exploiter la terre comme tu l'as fait pour mon père. Ces dernières années, en effet, je n'ai pas passé beaucoup de temps derrière la charrue.

« Gardienne » ! C'était comme s'il lui avait donné un coup de masse sur la tête. Il ne voulait plus assumer aucune responsabilité à Jaarlshiem !

— Je ne veux plus être seule, répondit-elle. Je veux quelqu'un avec moi. C'était l'une des raisons pour lesquelles j'avais décidé d'épouser Valdar.

Ash resta longtemps silencieux. Il ne comprenait décidément rien aux femmes… Il avait cru faire plaisir à Kara en lui proposant de poursuivre l'œuvre admirable qu'elle avait accomplie ici. Il pouvait, évidemment, se charger de l'exploitation du domaine. Cela ne l'impressionnait pas. Il avait toujours su qu'un jour ou l'autre il se trouverait à la tête de la ferme.

Mais si Kara ne voulait pas reprendre la vie conjugale

avec lui, il savait qu'il ne pourrait pas rester à Jaarlshiem. Il se refusait, toutefois, à le lui dire.

— Je vais réfléchir à cette question, répondit-il en la jaugeant du regard. Je me souviens d'avoir été très heureux la première nuit que j'ai passée sur le navire après mon départ. Je n'avais éprouvé, alors, aucun sentiment de culpabilité.

— Serais-tu resté si je t'avais avoué mes craintes de me retrouver seule ici ? demanda-t-elle dans un murmure.

Luttant contre l'envie de la prendre dans ses bras et de l'embrasser à en perdre haleine, il soupira en se passant la main dans les cheveux. Rétrospectivement, il se rendait compte qu'il s'était tout de même inquiété de la laisser seule avec son père. Tout compte fait, il aurait pu se dispenser de se préoccuper de cela, puisqu'elle s'était merveilleusement débrouillée sans aucune aide. Cette constatation, d'une certaine manière, lui était douloureuse car il aurait voulu qu'elle ait besoin de lui.

— A quoi bon te répondre ? dit-il enfin. Je regrette pour de multiples raisons de ne pas avoir été présent, mais on ne peut pas revenir sur le passé. A partir de maintenant, je veux bien agir à ton égard ainsi qu'avec Rurik. Je veux qu'il fasse notre fierté à l'un et à l'autre. C'est d'ailleurs pour ça que je vais lui donner la formation qu'il mérite.

— J'essaierai de ne pas l'oublier, marmonna-t-elle en prenant un écheveau sur la table.

— Oui, s'il te plaît, fit-il en retirant l'écheveau de sa main tremblante pour le reposer sur la table. Arrête de chercher constamment une nouvelle occupation pour ne pas avoir à me parler. Dis-moi ce qui t'inquiète et comment je peux y remédier. Je veux faire mon devoir auprès de toi.

— Je…

Le cœur de Kara battait si fort qu'elle craignait qu'Ash ne l'entende.

De toutes les fibres de son corps, elle voulait croire en ses paroles, mais elle doutait. Elle avait besoin de preuves tangibles de sa bonne volonté. Pressant les mains contre ses paupières, elle lutta pour reprendre le contrôle de ses sens qui risquaient à tout instant de la trahir.

— Que voulais-tu dire ? demanda-t-il d'une voix chaude en se penchant vers elle.

— Je voudrais que tu me laisses le temps de m'habituer à notre nouvelle vie avant de me parler de l'éducation de Rurik, répondit-elle entre ses dents en s'appuyant sur le bord de la table pour ne pas perdre l'équilibre.

S'il la prenait dans ses bras, elle savait qu'elle ne lui offrirait aucune résistance. Or, trop de questions restaient en suspens entre eux. Naguère, quand ils se querellaient sur un sujet quelconque, Ash mettait toujours un terme à leur différend en l'embrassant, utilisant contre elle l'irrépressible désir qu'elle éprouvait pour lui.

Il était arrivé qu'elle provoque une discussion rien que pour ses conséquences. Jeu dangereux. Sa mère n'avait pas agi autrement avec son père, et elle en avait vu l'effet désastreux.

— Combien de temps, cette fois, t'es-tu absentée ? demanda Ash.

— Une semaine, dit-elle en replaçant une mèche de ses cheveux derrière son oreille.

Elle avait l'impression de reprendre possession d'elle-même. Son cœur n'éclaterait peut-être pas si elle gardait son attention concentrée sur de petites choses.

— Tu serais surpris de constater tout ce qui peut se faire en une semaine, et aussi l'ampleur de ce qui peut être négligé si les serviteurs ne sont pas dirigés. Tout a failli aller mal quand ton père a dû s'aliter.

— Au lieu de cela, en sept ans, la ferme de Jaarlshiem s'est complètement transformée. J'aurais pu retrouver un domaine à l'abandon et, quel bonheur, il est plus florissant que jamais !

— J'espère que les changements te plaisent, en particulier les nouvelles écuries.

— Je me suis douté que c'était toi qui les avais fait construire. Tu as toujours été très soucieuse du bien-être des animaux, à la différence de mon père qui ne s'intéressait qu'au prestige que lui conférait son domaine.

Elle haussa les épaules pour feindre l'indifférence alors qu'elle exultait intérieurement.

— Lorsque ton père se portait bien, je lui demandais toujours sa permission avant de faire quoi que ce soit. Mais vers la fin de sa vie, j'ai dû de plus en plus souvent prendre les décisions toute seule. Et, bien sûr, au cours des derniers mois, il n'y avait plus personne à qui demander.

— Même Valdar ? fit Ash en plissant les yeux.

— Il n'a jamais vécu ici. C'était à moi de prendre mes responsabilités. Mais Valdar m'a approuvée d'avoir construit de nouvelles écuries. Je me suis occupée de sa magnifique jument qui était pleine et a mis bas pendant la même période.

— Je me serais très bien passé des conseils de Valdar, mais il était grand temps, en effet, de construire de nouvelles écuries, convint Ash. Rurik était très fier de me les montrer, et il en a profité pour me confier son espoir d'avoir son propre cheval quand il serait plus grand. Il voudrait aussi un chien qui dormirait sur son lit. Je suppose que les deux chiens courants dorment au pied du tien. Avec son amour des animaux, Rurik est vraiment ton fils.

Kara prit un fuseau et en dévida quelque peu la laine avant de l'enrouler de nouveau.

— Lorsqu'il sera assez grand, il pourra avoir un chien, mais je ne veux pas d'un animal maltraité. Il n'a que six ans et oublie pas mal de choses.

— Peut-être, à la fin de l'année ou au printemps, aura-t-il assez mûri pour s'occuper d'une bête.

Kara avait chaud au cœur en entendant parler Ash. Elle sentait qu'il aimait déjà Rurik, et rien ne pouvait lui faire davantage plaisir. D'autant plus qu'il laissait même entendre qu'il ne repartirait plus. Et il semblait rejoindre son avis au sujet du chien et considérer qu'il fallait attendre que Rurik ait grandi avant de lui en confier un.

— Oui, répondit-elle. Nous en reparlerons quand nous le sentirons prêt.

— Il ne tardera pas à l'être, assura Ash avec un sourire confiant. Si tu avais vu son regard briller quand il en parlait !

— Tu as dû remarquer qu'il est très bavard. Ton père disait de lui que c'était une vraie pie. J'espère qu'il ne t'a pas ennuyé.

— Rurik est tout sauf ennuyeux. C'est à toi qu'il doit d'être aussi éveillé et curieux de tout, mais tu le protèges trop.

— Pas du tout ! D'ailleurs, comment peux-tu le savoir ? Tu ne le connais que depuis quelques heures. N'oublie pas que tu as ignoré son existence pendant six ans.

Elle vit sur son visage qu'il accusait sa remarque.

— Tu as toujours eu un instinct protecteur développé, dit-il en prenant ses mains dans les siennes. Accorde-moi un petit privilège. Laisse-moi m'occuper de l'éducation de Rurik et te montrer que je peux réussir là où mon père a lamentablement échoué.

Le cœur de Kara fit un nouveau bond. Elle avait une confirmation supplémentaire qu'Ash aimait Rurik. C'était le moment, avant qu'il ne soit trop tard, de lui confier les circonstances de sa naissance. Mais alors même qu'elle en ressentait l'urgence, les mots ne purent franchir ses lèvres.

— Je lui ai dit que ce serait toi qui te chargerais de

lui apprendre tout ce qu'il devait savoir, puisque tu es son père. Tu es déjà un héros à ses yeux. Ce que tu as fait pour le sauver était très impressionnant. Je crois que nous n'avons pas fini d'entendre Rurik nous faire le récit de son sauvetage. Mais pour le début de sa formation, Ash, il va falloir attendre.

— Tu ne sais que me demander d'attendre, Kara, répondit-il en plongeant le regard dans le sien.

Elle laissa échapper un soupir… elle voulait garder la tête froide et ne prendre aucune décision dans la fièvre du désir.

— Je ne veux plus parler du passé avec toi, Ash. Il pèse trop sur nous. C'est justement pour ça que je t'ai demandé un délai de réflexion au sujet de notre relation… Reconnaissons qu'au début de notre mariage tout ne s'est pas bien passé et essayons d'avancer.

— Et si je ne suis pas d'accord pour reconnaître que nous avons des problèmes ?

Il posa les mains sur les épaules de Kara dont le cœur se mit à battre la chamade.

Elle sentit ses lèvres contre les siennes, douces et exigeantes, et eut envie de s'abandonner, de répondre à son baiser avec la même ardeur…

Mais une sonnerie d'alarme retentit au fond de sa conscience. Si elle ne lui résistait pas, il faudrait en tirer la conclusion qu'elle était disposée à revenir à la situation d'avant. Or, ce n'était pas le cas. La raison devait prévaloir sur la passion.

Il interrompit leur baiser enivrant et passa le pouce sur les lèvres de Kara.

— Donne-moi une seconde chance, ma chérie. Laisse-moi te montrer tout le bien que je peux faire à Rurik. Tu verras que nous serons forts tous les trois. Nous pouvons former une vraie famille.

Dans un sursaut de volonté, elle se dégagea de son étreinte.

— Tu crois que tu peux obtenir de moi tout ce que tu veux rien qu'en m'embrassant ? Tu veux me faire oublier notre accord ? Si j'ai bonne mémoire, tu t'es engagé à ne pas me forcer à quoi que ce soit.

— Je ne t'ai forcée à rien, Kara. Tu avais tout autant envie que moi de ce baiser.

— Pense ce que tu veux, mais ça n'a pas marché ! répliqua-t-elle en serrant les poings.

Il la regarda avec une tendresse mêlée de mélancolie.

— Ça a marché dans le passé, pour assurer mon départ… Je te dévorais de baisers pour t'empêcher de m'interdire de prendre la mer.

— Les temps ont changé, Ash. Je refuse de me laisser mener de cette manière. Ton baiser n'a pas eu d'autre effet sur moi que me convaincre un peu plus de te résister.

Croisant les bras sur la poitrine, elle fit le vœu qu'il ne comprenne pas au son de sa voix qu'elle mentait.

— J'avais le choix entre t'embrasser ou te secouer pour te faire réfléchir, puisque tu ne veux pas écouter. J'ai opté pour la solution la plus agréable. C'est désolant que tu ne voies pas les choses sous cet angle.

Sur ces mots, il tourna les talons et s'en alla.

Kara frappa la table du poing dans un geste d'exaspération, faisant tomber au sol trois fuseaux.

Comme elle s'agenouillait pour les ramasser, Dain et Durin, les deux grands chiens, entrèrent dans la salle et lui léchèrent le visage en remuant la queue.

Tandis qu'elle glissait les doigts dans leur fourrure soyeuse, une profonde tristesse l'envahit. Ash n'était là que depuis un jour et, déjà, il remettait en cause son jugement sur Rurik. Or, c'était lui qui avait effrayé l'enfant en se comportant encore plus mal que son père.

Elle ne pouvait supporter l'idée qu'elle devrait continuer à lutter seule dans la vie. Alors qu'elle commençait à croire qu'elle pourrait compter sur Ash, il l'abandonnait de nouveau. Elle avait cru qu'il était venu la retrouver pour l'embrasser, mais c'était pour lui donner des ordres.

La tête lui tournait ; elle ne savait plus à qui se vouer. Elle pressa la main contre son front. Ash était tout juste revenu dans sa vie, et elle se demandait déjà comment elle allait pouvoir protéger Rurik contre lui. Il fallait que cela cesse ! Elle avait besoin de retrouver ses certitudes, en particulier en ce qui concernait son fils.

Chapitre 10

— Maman ! fit Rurik en s'asseyant dans son lit. Tu es venue me dire bonne nuit et, en plus, avec Dain et Durin ?

En voyant ses cheveux blonds qui encadraient son visage comme deux voiles d'or, elle eut un serrement de cœur en pensant que, sans Ash, elle aurait pu le perdre quelques heures plus tôt. Sa ressemblance avec son père était frappante.

— Je viens toujours t'embrasser dans ton lit pour te souhaiter une bonne nuit, répondit-elle en se retenant pour ne pas le prendre dans ses bras et le serrer contre sa poitrine.

Depuis quelque temps, en effet, comme elle l'avait encore constaté à son arrivée, il semblait ne pas supporter le contact physique avec elle ou, du moins, ne s'y soumettre que de mauvaise grâce.

Il tendit la main vers les chiens qui s'approchèrent de lui pour recevoir une gâterie.

— Regarde ! Je les ai dressés quand tu étais partie.

— Très bien.

L'enfant était visiblement très fier de la manière dont les deux grandes bêtes s'asseyaient en donnant la patte dans l'attente d'un biscuit.

— Tu vois que je peux avoir un chien à moi ! Il dormira au bout de mon lit.

— Nous verrons, répondit Kara prudemment.

Ash avait raison. Ce serait bien pour Rurik d'avoir la responsabilité d'un animal. Ils pourraient peut-être lui en donner un au nouvel an, comme le suggérait Ash. Elle n'en doutait plus, maintenant. L'enfant avait tant progressé que, dans quelques mois, il serait capable d'avoir son propre chien.

— En tout cas, tu te débrouilles très bien avec Durin et Dain, reprit-elle. Comment leur refuser le bonheur de te dire bonsoir et recevoir leur gâterie ?

— Gudrun a dit que tu viendrais pas parce que j'ai été vilain. Mais je n'ai rien voulu faire de mal, maman ! Je voulais seulement te voir arriver avec mon nouveau papa. Je savais qu'il viendrait aujourd'hui, même si Virvir disait que non. Et en plus, je suis plus un bébé !

— Qui t'a dit que tu en étais un ? Est-ce que c'est ton père, près de la tombe ?

— Ce… C'est pas grave.

— Je veux savoir !

— C'est Virvir, dans la cuisine, quand il a vu que je pleurais. Et Gudrun était d'accord avec lui.

Gudrun ! s'exclama Kara en son for intérieur alors qu'elle se penchait sur son fils pour le border. Elle allait devoir mettre les choses au point. Elle n'accepterait pas que son fils soit rabaissé par elle ou qui que ce soit d'autre, comme Ash l'avait été par Hring.

— Je sais que tu as escaladé le pignon de la grange pour nous voir, mais c'est absolument interdit. Je ne veux pas que tu prennes de tels risques !

— T'es pas fâchée contre moi ? Papa a dit que tu l'étais pas, mais comme après il s'est mis à crier, j'ai eu peur. Je me suis comporté comme un bébé.

— Gudrun a eu tort de t'en faire le reproche, répondit Kara en repoussant les cheveux qui lui barraient le front.

Et si ton père s'est emporté, c'est parce qu'il souffre de la jambe. Sa douleur s'est réveillée pendant qu'il escaladait la grange pour te sauver. Il a fait un trop grand effort.

— J'ai cru qu'il avait eu peur devant son sarcophage, fit Rurik en plissant son petit nez. C'est pas facile de voir sa propre tombe. Est-ce qu'il arrive aux guerriers d'avoir peur ?

Kara se mordit la lèvre. La vérité sort de la bouche des enfants, pensa-t-elle. Rurik avait raison. Ça n'avait pas dû être facile pour Ash de revenir à la maison après tant d'années et dans l'incertitude quant à la manière dont son père l'accueillerait.

— Oui, sans doute, convint-elle. Je crois que tu as raison, Rurik. Ton père a eu peur.

— C'est ce que je pensais, fit le petit garçon en écarquillant les yeux. Mais j'ai bien vu aussi que sa jambe lui faisait mal. Il voulait pas me le dire, mais ses lèvres étaient toutes blanches.

— Tu remarques tous les détails, Rurik. C'est bien. Cela te servira quand tu seras un guerrier.

— Papa sera fier de moi ?

Kara remonta les couvertures sous le menton du petit garçon.

— Oui, bien sûr. Tous les pères sont fiers de leurs fils.

Rurik ouvrit tout grand la bouche pour bâiller.

— Grand-père l'était pas. Un jour, il me l'a dit.

— Ton grand-père disait parfois des choses qu'il ne pensait pas, répondit Kara en pestant intérieurement contre son beau-père. Il estimait ton père, tu ne dois pas en douter. D'ailleurs, il a fait composer une saga qui vante ses exploits.

— Ah oui ! Je m'en souvenais plus.

En conversant avec son fils déjà si raisonnable, Kara prit conscience qu'elle avait eu tort de ne pas informer Ash tout de suite de ses inquiétudes au sujet de sa santé. Il aurait compris, peut-être, pourquoi sa formation devait attendre. Et pourquoi, aussi, il devrait l'entraîner d'une autre manière que celle employée par son père avec lui.

Elle était décidée à dire la vérité à Ash sur la naissance de leur fils. Et elle le ferait dès ce soir, pour se libérer de cette préoccupation. Elle ne voulait plus avoir peur de ce que penserait Ash de la façon dont elle avait sauvé la vie de Rurik. Le moment était venu de lui expliquer ce qui s'était passé et pourquoi il fallait protéger l'enfant. Pour se donner l'occasion d'aborder cette question avec Ash, elle lui apporterait un onguent pour soigner sa jambe.

— Ça va, maman ? demanda Rurik qui observait, depuis un moment, sa maman dont l'expression et le silence l'inquiétaient. T'as pas l'air bien.

Il sortit la main de sous ses couvertures et la posa sur l'épaule de sa mère.

— Papa repartira pas, dis ? Il va pas avoir honte de moi et s'en aller ? Gudrun a dit qu'il risquait de partir si je me montre pas très courageux et si je fais pas bien tout ce qu'on me demande.

— Gudrun n'aurait jamais dû te dire ça !

Kara se contrôlait pour ne pas laisser libre cours à sa colère. Peut-être allait-elle devoir retirer la garde de son fils à la nourrice.

— Elle se trompe complètement, reprit-elle. Ton père est très fier de toi. Il a admiré ta résistance et ton courage quand tu étais suspendu à la poutre du toit. En plus, tu as fait tout ce qu'il te demandait et tu as gardé ton sang-froid. Il y a peu de petits garçons de ton âge qui auraient été capables d'en faire autant.

Kara savait que ce qu'elle disait était vrai. Ash admirait sincèrement Rurik. Quelle que soit l'issue de leur relation de couple, il ne partirait pas à cause de son fils.

— Mais il restera pour toujours ? Ou il va partir à la conquête d'autres terres ? Il y a des guerriers qui emmènent leur famille avec eux. Valdar m'a dit qu'il l'aurait peut-être fait s'il avait été mon père. Tu crois que mon vrai père le fera ? Et qu'il m'apprendra ce qu'un guerrier doit savoir ?

— J'espère qu'il va rester, répondit Kara en embrassant Rurik avant de placer près de son oreiller le cheval de bois avec lequel il s'était habitué à dormir.

Partir à l'aventure avec Ash ? L'idée était tentante, mais comment pourrait-elle quitter Jaarlshiem ?

— Dors, mon chéri. Il faut que j'aille parler à ton père.

— Tu vas lui parler de mon chien ? demanda l'enfant en se pelotonnant sous ses couvertures. Il m'a déjà promis de m'en donner un dès qu'il pourrait s'en occuper. Il sait comment te faire faire certaines choses.

— C'est ce qu'il t'a dit ?

— Oui… Avant j'étais qu'un bébé qui avait peur de tout, mais c'est fini. Un guerrier se laisse pas impressionner par quelques éclats de voix.

Kara ravala sa colère. Ash aurait dû la consulter avant de promettre quelque chose à leur fils.

— Tu crois que tu n'auras plus peur de lui ?

— Non, maman. C'est mon père. Je veux qu'il soit fier de moi.

Kara trouva Ash dans la chambre de son beau-père, qui était devenue la sienne. Elle eut une réaction indignée qu'elle réussit, toutefois, à dissimuler. Ash était toujours le même. Il n'en faisait qu'à sa tête, et ne se sentait nullement tenu par ses engagements.

Il était en train de faire une partie de tafl avec l'un de ses hommes et n'avait pas remarqué son arrivée. Elle invoqua la déesse Skaldi pour ne pas céder à la colère devant cette intrusion dans son domaine privé. Comme autrefois elles finissaient toujours dans un lit, elle ne voulait pas provoquer une nouvelle chamaillerie avec

Ash. D'autant que le grand lit couvert de fourrures était là, beaucoup trop près, invitant aux caresses…

Elle détourna le regard quand elle entendit une petite voix au fond de sa conscience lui demander si elle avait envie d'être vraiment embrassée…

Non ! Elle se coucherait seule, ce soir ! Elle en faisait le serment !

Elle s'éclaircit la voix et, tenant devant elle le petit bol de baume qu'elle avait apporté, commença :

— Pardonnez-moi de vous déranger…

Ash fit un signe de la main à son compagnon d'armes qui se leva aussitôt et sortit de la chambre.

— Tu ne déranges pas, fit-il en s'adossant à son siège, les mains jointes derrière la nuque. Nous sommes dans ta chambre, et non dans la mienne.

La lueur des torches faisait ressortir sa barbe de quelques jours aux reflets d'or.

— Je savais que tu finirais par revenir dans ta chambre. C'était donc le meilleur endroit pour t'attendre… Ça ne nous fait aucun bien d'être fâchés. Nous devons travailler ensemble. Quoi qu'il arrive, Rurik est à nous deux.

— En effet, répondit Kara, ravalant son mécontentement.

« Travailler ensemble », pour Ash, avait toujours signifié qu'il prenait la direction des affaires et qu'elle n'avait qu'à suivre.

— Je n'aime pas particulièrement cette chambre, dit-il. Même avec les nouvelles tapisseries. J'y ai beaucoup trop de souvenirs où j'attends seul mon père qui, lorsqu'il arrive enfin, me punit pour quelque mauvais comportement réel ou imaginaire.

Son expression devint plus grave quand il reprit :

— Nous avons certaines choses à discuter. Je veux que tout soit réglé ce soir.

— Tiens ? fit Kara, feignant de ne pas comprendre. De quoi veux-tu parler ?

— Tu sais très bien que nous n'avons encore rien convenu au sujet de Rurik. Il faut qu'il reçoive une éducation appropriée. Il se trouve que j'ai formé des hommes au Viken. Cela a été l'une de mes occupations au cours des deux dernières années.

— Il a très bien vécu seul avec moi pendant six ans.

— Certes, mais il n'a pas été correctement encadré, rétorqua Ash en frappant du poing sur la table devant laquelle il était assis. L'incident d'aujourd'hui l'a clairement montré. Gudrun est trop âgée et calculatrice pour lui donner une bonne éducation. Elle cherche toujours à gagner la faveur du plus fort, quel qu'il soit. Pour plaire à mon père, elle allait jusqu'à m'enfermer dans la cave. Mais au-delà de cet aspect, il importe que Rurik apprenne ce qu'il faut pour être capable de faire face à tous les dangers quand il sera un guerrier. Il a une position à occuper en Raumerike et il doit être formé pour l'assumer au mieux.

— Est-ce que je dois entendre que je suis une mauvaise mère ? Trop protectrice ? Qui fait de Rurik un faible ?

Les conversations houleuses qu'elle avait eues avec Hring, au cours des trois dernières années, lui revenaient à l'esprit, écartant ses bonnes intentions d'impliquer Ash dans l'éducation de leur fils. Elle refusait de lui céder l'autorité qu'elle avait exercée depuis six ans sur Rurik simplement parce qu'il était revenu de son périple. Elle s'était très bien passée de lui, et il n'y avait aucune raison que cela change. Il fallait qu'il comprenne que l'incident d'aujourd'hui était exceptionnel et n'avait rien à voir avec la vie quotidienne de l'enfant depuis sa naissance.

— De quel droit te permets-tu de juger l'éducation que je dispense à Rurik alors que tu n'as passé que quelques heures avec lui ? Ce qui est arrivé tout à l'heure n'est en rien représentatif de la vie de cet enfant. Je suis une bonne mère et je t'interdis de penser autrement !

— Si c'est vraiment le cas, tu ne peux que désirer que

ton fils bénéficie d'un bon encadrement, répondit Ash en se levant. Il faut accepter qu'il reçoive une éducation appropriée, si tu veux qu'il vive longtemps. Il ne peut rester dans tes jupes. Il grandit. Veux-tu d'un fils qui ne sera pas respecté et ne pourra pas garder ce domaine quand tu ne seras plus là ? Ce qui compte, c'est ce qui est bien pour lui et non ce qui rassure ton imagination.

Kara faisait des efforts considérables pour rester calme et ne pas lui jeter au visage le contenu du bol qu'elle serrait entre ses mains.

— Cela va sans dire… Mais tu oublies que j'ai fait tout ce qui était en mon pouvoir pour le protéger alors que tu écumais les mers en quête d'aventures. J'avais conscience de l'importance de lui donner une bonne formation. C'est d'ailleurs la raison pour laquelle je m'étais décidée à épouser Valdar. Je voulais que Rurik ait un bon père qui l'entraînerait au maniement des armes comme il se devait.

— Ne me parle plus de Valdar. Ce n'était pas un homme pour toi.

— Si tu dois être désagréable avec moi, il vaut mieux que tu te retires tout de suite ! lança Kara en montrant la porte. C'est ma chambre et non la tienne. Souviens-t'en à l'avenir. Je refuse de parler avec toi de ma relation avec Valdar.

Un éclair de colère passa dans le regard d'Ash qui serra les poings. Kara, l'estomac noué, attendit que la tempête se déchaîne. Elle se querellait encore avec lui alors qu'une grande part d'elle n'aspirait qu'à être entre ses bras…

— Tu ne me comprends pas, fit-il enfin en desserrant les poings. Ton mécontentement t'aveugle. Tout cela est lié à ma longue absence. J'étais inconscient de ce qui était vraiment important, quand nous nous sommes mariés. Mais aujourd'hui, je reviens vers toi changé. J'ai mûri au cours de toutes ces années. Je prends mes responsabilités au sérieux, et j'ai compris que le bonheur se méritait, que l'on n'avait aucun droit sur lui. Je sais aussi que je suis abîmé. Je ne serai plus jamais l'homme que j'ai essayé, un jour, d'être.

— Abîmé ?

— Oui… J'ai vu des choses que personne ne devrait voir.

Une ombre passa sur son visage.

— Il n'est pas facile de voir mourir ses amis et d'entendre encore leurs cris longtemps après que la mer les a engloutis.

Il leva la main en ajoutant :

— Je ne veux pas te faire porter mes souffrances ni susciter ta pitié, mais les cris redoublent dans ma tête quand je me couche dans le confort d'un lit.

— Je veux que tu me dises comment cela s'est passé. J'ai le droit de savoir.

Ash resta longuement silencieux avant de répondre :

— Je ne suis pas prêt à en parler. Je ne sais pas, d'ailleurs, si je le serai jamais. N'en fais pas une condition, s'il te plaît.

Kara leva les yeux vers les poutres du plafond de la chambre. Elle avait toujours souhaité partager les épreuves avec Ash, mais elle comprenait qu'il lui fallait du temps pour s'ouvrir sur des questions aussi douloureuses et personnelles.

— Lorsque tu voudras me confier ce que tu as sur le cœur, je serai là pour t'écouter. Mais jusque-là, tu es à l'épreuve. Tu ne pourras t'occuper de Rurik que le jour où tu m'auras tout raconté.

— As-tu bien réfléchi à ce que tu viens de me dire ?

— Ce sont mes conditions, répondit-elle en plissant les paupières.

— Tu as fait de ton mieux, mais je veux avoir ma part dans l'éducation de notre fils. Je veux m'assurer qu'il grandisse dans les meilleures conditions. C'est la raison pour laquelle je t'attendais ici, ce soir. Il serait souhaitable que nous nous mettions d'accord avant la chute de la nuit. N'est-ce pas ce que tu avais coutume de me dire lorsque tu venais me parler après que nous avions eu un différend ?

Il eut un sourire attendrissant qui aurait pu faire fondre le plus endurci des cœurs.

— Fais la moitié du chemin vers moi, Kara, comme tu le faisais avant.

Elle luttait contre l'envie d'en convenir. Elle lui en voulait de se référer au passé, d'en appeler à celle qu'elle avait été naguère. Elle essayait toujours, alors, d'arranger les choses s'il y avait eu des tensions entre eux. Lui, en revanche, n'avait jamais fait aucun effort. Sa façon de régler les problèmes avait toujours été de la prendre dans ses bras et de l'embrasser avec passion jusqu'à ce qu'elle ne soit plus qu'une poupée de son livrée à son bon plaisir.

Cette fois, cependant, elle était bien obligée d'en convenir avec lui, Rurik devait être repris en main. Pour ne pas montrer son impatience, elle reprit son souffle.

— Tu m'attendais donc ici ? fit-elle. C'était bien le dernier endroit où je t'aurais cherché. J'ai regardé partout sauf ici.

— Il m'a semblé préférable de t'attendre dans ta chambre où nous jouissons d'un minimum de discrétion. Les oreilles indiscrètes sont partout, et leurs propriétaires ont l'art de colporter tout et n'importe quoi. La cour viking est un nœud de vipères. La reine y est venimeuse.

Il inclina la tête en reprenant d'un ton plus doux :

— Y avait-il une chose en particulier pour laquelle tu voulais me voir ?

Il la regarda avec insistance dans les yeux avant de reprendre :

— Etait-ce pour me donner un autre baiser ?

Kara détourna les yeux vers la tapisserie pendue au mur.

— Je te cherchais pour deux raisons, dit-elle. La première pour te donner ce baume.

Elle lui présenta le bol.

— Tu devrais en mettre sur ta jambe chaque matin au réveil ainsi qu'avant de te coucher. C'est un baume qui agit très bien sur les chevaux lorsqu'ils boitent.

— Il en sera de même pour un homme ?

— Il devrait atténuer la souffrance que tu ressens dans la jambe si tu l'appliques quotidiennement en massant le muscle. Je ne te promets pas un miracle, mais dans quelques jours tu devrais trouver la douleur plus supportable.

Il tendit le bras et prit le bol.

— Ça sent fort, remarqua-t-il en humant le baume. Est-ce un des mélanges élaborés par ta mère ?

— Oui, mais que j'ai un peu amélioré, répondit-elle fièrement. Si tu le passes sur ta jambe en faisant de petits cercles, il devrait avoir encore plus d'effet.

— Merci pour le conseil et pour le baume. J'espère qu'il agira assez pour que je n'aie plus l'occasion de terroriser Rurik.

Il plongea son regard bleu dans le sien.

— C'est pour lui que tu m'as donné l'onguent, n'est-ce pas ? Et non pour soulager ma jambe. Tu n'as pas supporté que je crie après lui.

Kara, qui n'était pas prête à analyser toutes les raisons pour lesquelles elle lui avait apporté le baume, croisa les bras sur sa poitrine.

— Si tu connaissais les circonstances de la naissance de Rurik, tu comprendrais peut-être pourquoi je le protège autant. Nous avons failli mourir, lui et moi. En fait, sans l'aide de Gudrun, nous ne serions plus là.

Ash retint son souffle. Il n'avait pas pensé un seul instant que l'accouchement avait pu présenter des complications. La mère et l'enfant semblaient si bien, aujourd'hui, que cette éventualité ne lui avait même pas traversé l'esprit.

— Que s'est-il passé ? demanda-t-il, en proie soudain à de terribles remords. Gudrun n'est pas sage-femme, que je sache.

— Non, mais nous n'avons pas eu le temps d'en quérir une. Rurik est venu plus tôt que prévu. J'étais allée aux écuries changer un pansement sur ton cheval préféré quand j'ai été prise, soudainement, de contractions.

— Avec combien d'avance est-il né ? Dis-moi tout.

— Il n'était pas bien grand à la naissance… Mais tout cela est ma faute… Ton père m'avait interdit de me rendre dans les écuries, mais je voulais soigner Floki. Je ne doutais pas de réussir à sauver sa jambe blessée.

— C'est pour Floki que tu as pris tous ces risques.

Elle hocha la tête.

— C'était un cheval adorable, et je tenais absolument à ce qu'il soit en vie pour ton retour. Je sais combien tu l'aimais… J'ai eu tort, certainement, d'autant que je n'ai pas pu le sauver.

— Tu n'y es pour rien. Mais dis-moi comment s'est passé l'accouchement ?

— J'étais en train de soigner Floki et tout allait bien quand, tout à coup, j'ai eu un élancement dans le bas du dos. J'ai poussé un cri et cela a suffi à effrayer le cheval qui s'est mis à ruer. J'ai reculé brusquement pour éviter ses sabots et suis tombée en arrière. La douleur dans mon ventre et les reins est alors devenue insupportable et j'ai senti que mes jupons étaient tout mouillés. J'étais incapable de me relever. Aussi me suis-je mise à prier et Gudrun, par miracle, est arrivée. Je ne saurai jamais comment elle a réussi à me sortir de l'écurie.

*
* *

Horrifié, Ash écoutait le récit de Kara et se sentait de plus en plus redevable à son égard à mesure qu'elle lui exposait plus en détail les péripéties de la naissance de leur enfant. Il ne savait que trop bien, en effet, quel sort on réservait aux prématurés qui, de toute façon, étaient voués à une mort certaine dans les semaines suivant leur naissance.

Il avait envie de se jeter aux pieds de Kara et de lui baiser les mains. Il avait cru accomplir un exploit en s'enfuyant du donjon où il était retenu prisonnier, mais ce qu'avait fait Kara en réussissant à sauver Rurik était bien plus admirable.

— Rurik a dû lutter pour vivre dès les premières heures de son existence, reprit-elle. Ça a forgé son caractère.

— Qu'a dit mon père en le voyant pour la première fois ? Il t'a sans doute demandé de l'abandonner aux bêtes sauvages.

— Bien sûr. Mais je lui ai répondu que c'était à toi d'en décider, et à toi seul.

— Comment a-t-il réagi ?

— Il m'a regardée comme si j'étais un monstre à deux têtes, est devenu tout rouge et m'a dit que je n'aurais rien à manger tant que je ne me serais pas soumise à sa volonté.

Les yeux de Kara se remplirent de larmes quand elle poursuivit :

— Je lui ai répondu que jamais je n'abandonnerais mon fils. Et c'est d'ailleurs toujours ma volonté.

Ash était rempli d'admiration pour sa femme. Défier son père, un homme vieillissant, n'était peut-être pas un exploit suprême, mais de la part de Kara, qui avait très peur de lui, c'était exceptionnel.

— Il s'est incliné devant ta détermination ?

— Non, c'est Gudrun qui m'a sauvée une seconde fois. Elle s'est liguée avec moi et m'a apporté de la nourriture pour que je ne meure pas de faim et puisse allaiter mon bébé. Le but de ton père était évidemment de faire mourir l'enfant en le privant de lait maternel. Heureusement, Rurik avait bon appétit et a rapidement pris des forces. Quelques semaines plus tard, ton père s'est incliné devant ce qui apparaissait comme une évidence : l'enfant était parfaitement viable. J'ai envers Gudrun une dette que je ne pourrai jamais honorer.

— J'arrive à peine à croire que tu aies pu défier mon père aussi longtemps.

— Je l'ai fait sans peine… La vie de mon fils était en jeu. Hring a appris que si je plie sous le vent, je ne romps pas. Encore moins lorsque cela concerne des questions qui me tiennent à cœur.

Ash entendit la mise en garde dans la voix de Kara. Elle avait tenu tête à son père et elle lui tiendrait tête pareillement au sujet de Rurik. Elle avait autant de détermination que toute une armée.

— Tu aurais dû me dire la vérité dès mon arrivée.

— Je voulais que tu découvres Rurik sans aucun préjugé. J'avais trop peur que tu lui tournes le dos après l'avoir vu.

Ash se passa fébrilement la main dans les cheveux. Il avait commis tant d'erreurs, depuis la veille, qu'il ne voulait pas en commettre d'autres.

— Si toi et Rurik avez survécu, c'est grâce à ton courage et à ta ténacité, plus qu'à l'aide de Gudrun. Tu ne veux jamais reconnaître tes dons.

— C'est le passé, Ash… Je ne t'ai raconté dans quelles conditions Rurik était venu au monde que pour que tu comprennes pourquoi je veux avoir le dernier mot en ce qui concerne son éducation.

Il ne pouvait accepter de renoncer à toute autorité sur son fils. C'était son avenir qui était en jeu. Il était hors de question que Rurik passe sa vie à craindre le danger. La formation d'un guerrier était une tâche difficile et délicate. Il fallait que le petit garçon la reçoive sinon, plus tard, il perdrait Jaarlshiem.

— Il est aussi mon fils, dit-il. Il héritera un jour de toutes ces terres, et il faut qu'il soit capable de les garder. Je veux en faire un chef, un meneur d'hommes.

Il se tut, l'œil fixé sur elle.

Kara, telle un faucon apeuré, recula d'un pas.

— Je sais quel genre d'entraînement tu as subi. Rurik n'y survivra pas.

— C'est parce que je suis passé par ce genre d'épreuves que je ne les imposerai pas à mon fils, répondit-il calmement. Fais-moi confiance. Je veillerai sur lui comme un père, un père qui ne veut que le meilleur pour son fils. Donne-moi ma chance, je t'en prie.

— Il est beaucoup trop jeune. Laisse-lui le temps de grandir.

Il combla la distance qui les séparait, mais il ne voulait pas exercer de pression sur Kara et l'obliger à faire ce qu'elle ne désirait pas. Après une si longue séparation, il n'avait d'autre choix que se montrer patient avec elle.

— Tu m'as dit, autrefois, que tu avais une totale confiance en moi. C'est le moment de le prouver.

— Cherches-tu à faire naître une nouvelle querelle entre nous qui se terminera par une étreinte, nos deux corps enlacés roulant sur ce lit ?

Elle désigna du menton la couche où s'empilaient les riches et soyeuses fourrures.

— La dernière chose que je désire, c'est bien me disputer avec toi. J'aimerais, toutefois, que tu me donnes ta parole que tu feras tout pour que notre mariage ne soit pas un échec. Pourrions-nous œuvrer ensemble plutôt que l'un contre l'autre ?

*
* *

Pour une fois, Ash n'exigeait rien. Il sollicitait sa collaboration. C'était plus dur de lui résister quand il était comme ça.

— Je vais essayer, répondit-elle enfin en s'asseyant.

— J'aimerais que Rurik grandisse entre deux parents unis et non en conflit permanent. Fais en sorte que notre mariage soit un succès en me permettant de former Rurik de la façon qui convient.

Elle acquiesça de la tête d'une manière hésitante. Elle se souvenait des désaccords entre ses parents. Tout était sujet de dispute les rares fois où son père était à la maison.

— Il a l'air de bien t'aimer, dit-elle. Et il t'admire déjà. J'ai compris que son plus grand désir était de devenir un puissant guerrier comme son père.

Il écarta les propos de Kara d'un geste de la main et reprit sa place à la table.

— Rurik ne sait de moi que ce que la saga racontait. Mais donnons-lui le temps de me découvrir. Laisse-moi seulement profiter de son admiration pour lui apprendre le maniement de l'épée, à patiner sur la glace et à nager.

— Tu l'as sauvé d'une mort certaine… Pour lui, tu es d'ores et déjà un héros.

— N'importe lequel de mes hommes aurait fait la même chose pour sauver un enfant. Il s'est trouvé que j'étais le plus proche de la grange.

Kara le regarda avec étonnement. Ash, autrefois, trompetait ses succès, se faisant passer pour un plus grand guerrier qu'il n'était. Il avait changé bien plus qu'elle ne l'aurait cru possible, et elle devait convenir qu'aujourd'hui elle l'admirait.

— Ne minimise pas ce que tu as fait pour nous, hier, Ash. D'ailleurs, quoi que tu dises, le regard de Rurik ne changera pas.

— Je n'y pensais pas, répondit-il.

— La prochaine fois, souviens-t'en.

Consciente qu'elle était seule avec lui dans la chambre et pour se préserver de toute tentation, elle croisa les bras sur sa poitrine.

— Je veux m'assurer que notre fils soit correctement formé, Kara. Rassure-toi, je n'appliquerai pas les méthodes de mon père. Ce que je lui demanderai ne sera pas facile, mais il n'aura rien à faire de dangereux.

— Sais-tu vraiment l'art de transformer un jeune garçon en guerrier ?

— Je l'ai appris quand j'étais chez les Vikings. Je sais faire la différence entre un guerrier craint par ses hommes et celui qu'ils suivent librement et pour lequel ils sont prêts à verser leur sang. Un bon chef est respecté et non redouté. Celui qui terrorise ses hommes est voué à recevoir un coup de poignard dans le dos.

Kara, qui savait qu'Ash avait raison, laissa échapper un soupir. Il fallait que Rurik soit formé par quelqu'un qu'il respectait. C'était d'ailleurs l'une des raisons, et non la moindre, pour lesquelles elle avait accepté d'épouser Valdar. Elle n'avait plus qu'à faire confiance aux promesses d'Ash et croire qu'il serait là jusqu'à la fin de l'entraînement de Rurik. Ne serait-ce pas une raison suffisante pour lui de rester à Jaarlshiem ?

— Souviens-toi que Rurik n'a que six ans. Il est toujours prêt à prendre des risques inconsidérés, mais sa résistance est limitée…

— Tu pourras assister à tous nos entraînements et les arrêter si tu considères qu'ils présentent un danger pour lui, mais il importe qu'il apprenne à faire face aux situations difficiles et ne se laisse pas pousser à faire n'importe quoi par des ignorants comme Virvir. Est-ce que ça te convient ?

Elle baissa les yeux sur le jeu de tafl et, tendant la main, redressa une pièce couchée sur le côté. Le contact de la pierre était froid sous ses doigts. Elle s'étonnait de la proposition d'Ash, car Hring lui avait toujours interdit l'accès au champ d'exercices.

— Tu me permettrais de le regarder manier les armes avec toi ?

— Oui… Mais je ne prétends pas que je serai un instructeur parfait dans la mesure où je ne me suis jamais chargé de former un enfant de son âge. Je suis, par contre, tout à fait décidé à essayer.

Elle se mordit la lèvre inférieure en se disant qu'elle aurait dû écouter Ash plus tôt et lui faire confiance. Ses hommes ne faisaient-ils pas preuve d'une discipline irréprochable ? Aucune femme ne s'était plainte de leur comportement depuis leur arrivée à Jaarlshiem. D'habitude, quand des guerriers séjournaient sur le domaine, elle était toujours assaillie de récriminations dès les premières heures suivant leur arrivée.

— Je suis certaine que tu viendras me trouver si tu es dans le doute.

— Bien sûr… J'ai beaucoup à apprendre pour devenir père. Tu as une bonne avance sur moi dans l'art d'être parent.

— Fais de ton mieux… Tu sais, mon expérience ne me préserve pas de commettre des erreurs fréquentes.

Elle leva de nouveau les yeux vers les poutres du plafond, comme pour y chercher une réponse à ses questions.

— Est-ce que tu m'aideras, Kara ? demanda-t-il en lui prenant la main. Je veux être un meilleur père pour Rurik que le mien ne l'a été pour moi.

Il y avait longtemps qu'Ash n'avait pas sollicité son aide… Elle fouilla sa mémoire et ne trouva que le jour où son faucon s'était brisé l'aile.

— Si je puis t'aider, je le ferai, répondit-elle en serrant sa main dans la sienne. Mais le moyen le plus sûr de gagner son cœur et d'obtenir son adhésion, c'est de l'aimer.

Il se leva sans lâcher la main de Kara qui était consciente de sa carrure et de la force de son bras.

— Je voudrais prendre un nouveau départ avec toi, Kara, mais pour ça, j'ai besoin de mieux te connaître.

— Tu me connais déjà très bien.

— Je connais la femme d'autrefois. Pas celle que tu es devenue. Celle qui a administré toute seule ce domaine et qui ose prendre la parole devant le grand conseil de Sand.

— Qui t'a dit ça ?

— Rurik. Il est très fier de sa mère. Protecteur, aussi. Il m'a mis en garde contre toute attitude de ma part qui te ferait pleurer. Il me regardait droit dans les yeux pour me l'expliquer. Notre fils est tout sauf un peureux. Je ne crois pas que j'aurais osé parler ainsi à mon père.

— Je pleurais à chaque anniversaire de ta mort… Je suis étonnée que Rurik s'en soit aperçu.

— Je regrette sincèrement de t'avoir fait pleurer.

Il la tira doucement par la main et le corps de Kara vint à la rencontre du sien. A la différence de leur précédent baiser, celui qu'ils échangèrent, loin de la rendre furieuse, lui donna envie de le voir se prolonger indéfiniment. Sous la pression insistante de ses lèvres, elle entrouvrit la bouche et leur baiser devint beaucoup plus intime et enivrant… Il était cent fois plus exquis que celui dont elle avait rêvé la nuit précédente.

Mais à peine l'eut-il embrassée qu'il détacha les lèvres des siennes et recula d'un pas.

— Bonne nuit, dit-il.

— Bonne nuit ?

Elle posa la main sur sa poitrine et sentit les battements rapides de son cœur. Il était aussi affecté qu'elle par le baiser qu'ils venaient d'échanger. Alors pourquoi était-il si pressé de la quitter ? Pourquoi la rejetait-il ?

— Pourquoi ? Je ne comprends pas…

— Si je reste, nous dormirons ensemble et ce sera

merveilleux, répondit-il en lui passant doucement la main sur la joue. Mais ce n'est pas vraiment ce que tu désires, ni moi non plus, d'ailleurs.

Elle éprouvait un indicible plaisir au contact de sa main vers laquelle elle avait envie de tourner les lèvres mais, comme il le disait fort justement, elle se détesterait, demain matin, si elle se donnait à lui maintenant.

— Merveilleux..., répéta-t-elle dans un murmure.

Chaque fibre de son être était torturée par le désir. Elle aurait voulu s'abandonner à lui, le laisser jouer avec son corps comme avec une harpe. Elle voulait n'être que sensations et tout oublier. N'était-il pas venu dans sa chambre pour ça ? Pour lui faire l'amour ?

— Je veux que tu ne te donnes à moi que le jour où tu seras prête, reprit-il. Je ne supporterais pas que tu m'accuses, le lendemain, de t'avoir forcée à faire ce que tu ne voulais pas. Demain, nous ferons une partie de tafl assortie d'une gageure entre amis et non entre amants. J'entends rcdevenir ton mari lorsque tu seras prête. Je veux que notre mariage soit vrai en profondeur et non en apparence.

Il tendit la main et prit le bol contenant le baume.

— Merci, ajouta-t-il. Je vais m'en servir.

— Et si je ne suis pas disposée à soutenir la gageure ? demanda-t-elle.

— Qu'importe ! Nous jouerons seulement pour le plaisir de jouer. Ce sera une occasion de découvrir la nouvelle Kara. Ce que j'ai vu d'elle, jusqu'à maintenant, m'enchante.

Kara, qui buvait ses paroles, ferma les yeux. Elle pourrait essayer de découvrir ce qu'Ash était devenu plutôt que d'attendre de lui qu'il se comporte comme sept ans auparavant.

— Je suppose que nous pouvons nous passer de pari, reconnut-elle. Nous avons dépassé ce genre de choses.

— Tu as peur ? fit-il avec un sourire malicieux. Ne me demanderas-tu pas de quelle nature était le gage ?

Elle inclina la tête de côté en essayant de contrôler les battements de son cœur. Son corps la trahissait. Elle aurait voulu connaître ce gage et savoir s'il incluait le contact de la peau d'Ash contre la sienne. Il serait si facile de s'abandonner entre ses bras, particulièrement si elle n'avait pas le choix et ne faisait qu'exécuter un gage.

— En quoi ai-je peur ? demanda-t-elle en redressant le menton.

— Tu me défies et puis tu te sauves, tu esquives. Et ensuite, tu diras au monde entier que je t'ai prise au piège et que c'est pour ça que tu t'es rendue.

— Est-il si facile de lire dans mes pensées ? s'enquit-elle en rougissant.

— Non, mais je veux que tu sois totalement avec moi, corps et âme. Je ne veux pas d'une seule nuit de plaisirs sans lendemain.

Sur ces mots, il se retira sans attendre sa réaction ni même lui lancer un dernier regard.

Elle plongea le visage entre ses mains et resta un moment prostrée. Elle ne voulait pas se laisser submerger par l'émotion. Il fallait écouter la raison et elle seule. Ce qui impliquait d'oublier le dessin de ses lèvres et le goût qu'elles avaient sur les siennes.

Ce qui importait, c'était que Rurik ait un père qui puisse lui donner la formation appropriée.

Elle comprenait, maintenant, que ce qu'elle attendait de son mari était très différent de ce qu'elle avait désiré jeune fille. Il fallait, cependant, donner sa chance à Ash. Or, elle avait besoin de savoir si ce qu'elle éprouvait pour lui était plus fort que le simple désir ou le souvenir de ce qui, naguère, avait existé entre eux.

Pourquoi tout était-il devenu si compliqué depuis le retour d'Ash ?

Chapitre 11

— Tiens ! fit Kara en posant le jeu de tafl sur la table d'honneur où était assis Ash, en grande conversation avec l'un de ses hommes. Je voudrais faire une partie avec toi comme prévu.

Elle ne savait même pas si Ash avait remarqué, quelques instants plus tôt, qu'elle avait quitté la salle du banquet. Il était tellement engagé dans une discussion au sujet du gréement de son bateau qu'il ne l'avait sans doute pas vue se lever de table. C'était bien la preuve qu'il n'avait aucune intention de rester à Jaarlshiem.

Il comptait sur elle pour régir le domaine en son absence, mais ça ne se passerait pas comme ça. Elle avait rejeté plusieurs prétendants, au cours de l'année, pour les mêmes raisons. Elle savait très bien ce qu'elle voulait. Aussi n'avait-elle qu'à suivre scrupuleusement son projet et laisser son cœur en dehors de toutes ces considérations.

En constatant qu'elle était de retour, Ash interrompit sa conversation et se tourna vers elle.

— Te voilà, Kara, fit-il, le regard éclairé par une joie secrète. J'ai cru que nous allions devoir partir à ta recherche.

Son compagnon d'armes éclata de rire.

— Vous ne pourriez vous figurer à quel point messire

Ash était inquiet à votre sujet, ma dame, dit-il. Je ne l'avais jamais vu aussi perturbé. Il n'arrêtait pas de tourner la tête à droite, à gauche, et de vous chercher des yeux, même s'il prétendait le contraire. Jusque-là, il ne faisait pas attention aux femmes. Nous nous en étonnions, d'ailleurs, mais maintenant que nous sommes ici, nous en connaissons la raison : il avait laissé une trop belle épouse à la maison.

— Assez, Saxi ! s'exclama Ash en frappant la table du poing.

Ash ne se serait intéressé à aucune autre femme ? s'interrogea Kara qui avait retenu son souffle en écoutant le dénommé Saxi. Elle reprit sa respiration et passa en revue les noms de toutes les maîtresses qu'il avait eues avant leur mariage. Hring avait pris un malin plaisir à les lui apprendre.

N'aurait-il connu personne d'autre après elle ? Elle essaya de juguler l'espoir qui grandissait dans son cœur. La veille, elle s'était promis d'être réaliste. S'il s'était abstenu, c'était bien plus pour se consacrer à sa tâche et recouvrer son honneur que par amour pour elle. Elle ne pouvait faire taire, toutefois, la petite voix qui ne cessait de murmurer au fond de son cœur : « Il a l'air, maintenant, de bien t'aimer. »

— Tu m'as dit que tu voulais faire une partie de tafl, dit-elle en s'asseyant à la table alors que les battements de son cœur redoublaient. C'est le moment parfait.

Elle avait eu une vision claire de la situation et s'était crue absolument maîtresse d'elle-même quand elle s'était retirée dans les cuisines sous prétexte de vérifier le bon déroulement du service. Elle avait commencé, en fait, par s'assurer que Rurik était bien couché et n'observait pas le banquet d'un endroit secret. Puis elle était retournée auprès d'Ash pour lui proposer de jouer cette partie de tafl en public où il n'y aurait pas la tentation de demander de gage. En jouant dans sa chambre, elle aurait été certaine de finir avec Ash entre ses draps. Or, même si c'était ce que son corps réclamait haut et fort, elle n'était pas certaine que ce soit souhaitable pour l'avenir de leur couple.

Confiance et respect mutuel étaient les ingrédients nécessaires d'un mariage heureux. Elle en avait fait la liste après la mort de Hring et rien ne s'était produit, depuis, pour changer l'ordre de ces priorités. Elle ne reviendrait pas sur le constat que la fusion passionnelle des corps n'était qu'un feu de joie éphémère.

— La perfection est relative, reprit-il, ses yeux bleus s'assombrissant d'une mystérieuse manière. J'avais espéré jouer avec toi plus tard, mais nous pouvons faire une partie maintenant. Nous allons tester nos capacités et voir si nous nous accordons comme joueurs.

— Le barde pourrait chanter pendant que nous jouons, suggéra-t-elle en souriant tandis qu'une douce chaleur naissait en elle.

Elle gardait un souvenir très précis du plaisir qu'elle avait connu entre les bras d'Ash. Il ne faisait aucun doute qu'ils s'accordaient à merveille dans l'intimité de l'alcôve.

— Nous pourrions susciter un tournoi et entraîner d'autres convives à jouer, suggéra-t-elle. Nous en avons organisé un avec ton père, il y a trois ans, et il a beaucoup apprécié.

Un léger sourire se dessina sur les lèvres d'Ash.

— Et qui a été le champion du tournoi ? De nouveau mon père, sans doute. Il ne supportait pas que quelqu'un d'autre le soit à sa place.

— C'est moi qui l'ai été, au grand dam de ton oncle alors que ton père s'en est amusé.

— Mon oncle et mon père se ressemblaient sous bien des aspects. Tous deux avaient horreur de perdre.

Baissant les yeux sur le plateau du jeu de tafl, Kara se remémora la fameuse partie.

— Ton oncle, toutefois, sait reconnaître quand il est battu alors que ton père ne s'avouait jamais vaincu. Sauf, peut-être, en cette occasion.

— Oncle Harald est d'une nature réaliste. S'il a perdu, il l'accepte. Du moins au jeu. Espérons qu'il en soit de même dans la vie réelle.

Posant la main sur la sienne, il ajouta :

— J'aime particulièrement jouer lorsque la partie est assortie d'un défi.

Elle retira sa main. Si elle voulait montrer à Ash ses capacités au jeu de tafl, elle avait intérêt à ne pas se laisser charmer par lui.

— Alors, tu es d'accord ? Nous allons jouer ici, devant tout le monde.

— Où pourrions-nous jouer, sinon ici ? demanda-t-il avec une expression feinte d'innocence. Il faudra me montrer un jour, ma tendre épouse, où nous pourrions jouer cette partie.

— Tu me taquines pour me déconcentrer, fit-elle en levant les yeux sur son grand regard bleu dans lequel elle eut aussitôt l'impression de se noyer. Je connais toutes tes ruses, Ash.

— J'espère que non, murmura-t-il. Commençons la partie. Nous verrons si je fais le poids.

Dès les premiers déplacements de pièces, Kara comprit qu'Ash était un excellent joueur, meilleur même que son père, mais elle n'était pas inquiète. Elle avait passé des heures, au cours des derniers hivers, à s'exercer contre Hring et d'autres joueurs. Au moins, lorsqu'elle disputait une partie, oubliait-elle les soucis de la vie quotidienne. La mort de Hring l'avait privée de son meilleur adversaire, et elle l'avait beaucoup regretté.

Elle avait joué à deux reprises avec Valdar et gagné chaque fois. Comme le faisait remarquer Ash, il y avait plus de plaisir à lutter âprement pour remporter la victoire qu'à l'obtenir aisément.

Elle concentra son attention sur la partie. La stratégie suivie par Ash était calquée sur celle de son père avec laquelle elle était plus que familière. Elle déplaça une pièce et lui en prit une.

— As-tu souvent joué au tafl au cours de tes déplacements ?

— J'ai réussi, un jour, à sauver la vie d'un homme grâce à une partie de tafl.

— Etait-ce un homme qui méritait de vivre ? demanda Kara, avide de mieux connaître la vie aventureuse d'Ash.

— Il le méritait bien plus que moi.

— Pourquoi ? En quoi était-il meilleur que toi ?

— Il n'avait eu que de la malchance. D'aucune manière, il n'était responsable de la mort d'autrui.

— Qui était-ce, par rapport à toi ?

— Mon seigneur lige. Il m'avait distingué.

— Pourquoi jouais-tu à sa place ?

— Il avait été blessé à la tête. Je l'avais heurté involontairement de mon bouclier pendant une bataille. Il n'était pas en état de jouer au tafl, et je savais que si je gagnais la partie, je pourrais marchander notre liberté. Si je perdais, en revanche, nous étions tous morts.

— Et tu as gagné, n'est-ce pas ?

A son expression, elle comprit que c'était le cas.

— Est-ce qu'il t'a pardonné ? Tu lui as sauvé la vie.

— Sa femme et ses deux enfants m'ont pardonné lorsque je l'ai reconduit chez lui, mais j'ai dû trouver un autre maître.

Il haussa les épaules comme si c'était sans importance.

— Gudrun ne s'est pas jointe à nous ? fit-il en promenant son regard sur la salle.

— Non… elle a quitté la maison dans l'après-midi, répondit Kara qui n'était pas dupe et espérait qu'un jour il lui ferait suffisamment confiance pour lui dire la vérité sur son passé. Je lui ai donné un cottage. Elle m'a beaucoup remerciée et est partie avec Virvir.

— Tu l'as éloignée à cause de son neveu.

— Oui… Il m'a semblé préférable de les envoyer vivre ailleurs plutôt que de bannir l'enfant. Il a commis beaucoup de mauvaises actions depuis son arrivée, il y a dix mois, à la suite de la mort de ses parents. Il est à plaindre, mais sa dernière invention est impardonnable.

— Le bannissement n'est jamais très efficace, répondit Ash en déplaçant son roi. Le changement d'habitation fera qu'il passera moins de temps en compagnie de Rurik, mais ne les empêchera pas de se voir. Je pense que ça ne servira à rien.

— Je croyais que tes conseils se limiteraient à la formation guerrière de Rurik, fit Kara en reposant la pièce qu'elle avait à la main pour en déplacer promptement une autre. Tu plaisantes, sans doute. Tu sais à quel genre de folie conduisent les remarques méchantes de cet enfant. Si je l'ai éloigné de Rurik, c'est pour qu'il ne le voie plus. Je ne veux pas qu'il gâche la vie de mon petit.

— Notre fils, fit Ash en levant la main pour obtenir l'attention de sa femme. Ecoute-moi, s'il te plaît. Et, ensuite, c'est toi qui décideras.

Kara acquiesça à contrecœur.

— Tout ce que tu réussiras à faire, reprit-il, c'est créer une tentation par une interdiction. Et Rurik prendra l'habitude de te tenir tête. Virvir, quels que soient ses défauts, est pour le moment son meilleur ami. Je sais comment fonctionnent les jeunes garçons. Je défiais mon père, quand j'étais un enfant, pour voir les amis avec lesquels il m'interdisait de jouer.

Kara secoua la tête d'un air exaspéré.

— Tu dis n'importe quoi.

Il lui recouvrit la main avec la sienne. Une onde de chaleur monta dans le bras et l'épaule de Kara.

— Je parle d'expérience. Il faudra du temps à Rurik pour se forger un nouveau dieu. Et, chemin faisant, il découvrira le vrai visage de Virvir qui est certainement tout sauf un ami sincère. Mais il importe que tu le laisses s'en apercevoir tout seul.

— Tu voudrais être son nouveau dieu ? demanda Kara en se raidissant.

Elle ne devait pas laisser son attirance pour Ash fausser son jugement. Elle savait ce que c'était de l'avoir pour idole et de se laisser détruire par son insouciance.

— Eprouves-tu toujours le besoin d'être vénéré ?

— Pas vraiment, répondit-il en haussant les épaules avant de déplacer un autre pion. Il vaudrait mieux que Rurik choisisse l'un de mes hommes pour idole. Un guerrier sans reproche, et non son père qui présente tant de défauts.

— Et voilà que tu te dénigres… Toi qui viens de m'apprendre que tu avais sauvé la vie d'un homme en remportant, simplement, un tournoi de tafl.

— Saxi ferait l'affaire, dit Ash en guise de réponse. Il a eu des enfants ; il sait s'occuper des jeunes. Rurik rapporte toutes sortes de choses au sujet de Virvir qui lui dit ceci ou cela quand il juge qu'il ne tient pas bien son épée ou son arc. Il nous en a dit plus d'une ce matin pendant que, accompagné d'une de tes servantes, il nous regardait à l'entraînement. Je lui ai posé quelques questions, et je te fais grâce des réponses.

Kara plissa son petit nez d'un air mécontent. Thora était censée surveiller Rurik du coin de l'œil, mais elle n'avait pas résisté à l'envie de regarder les hommes d'armes se livrer à des assauts les uns contre les autres.

— Rurik ne sait pas tenir un arc, reconnut-elle.

— En effet… S'il continue comme ça, il ne sera jamais capable de chasser pour se nourrir ni de se défendre contre un ennemi. Il affirme cependant que Virvir lui a montré l'art et la manière de tirer à l'arc.

Kara se tut et déplaça l'une de ses pièces. Elle ne connaissait que trop bien les insuffisances de son fils. Il avait utilisé un arc et une flèche sans son autorisation. Il avait escaladé la grange sans permission. Quelles autres sottises allait-il encore faire ?

— Tu comprends pourquoi il a besoin de recevoir une bonne instruction, reprit Ash. Il doit apprendre, surtout, à ne pointer son arc sur personne sinon sur un ennemi à la guerre.

Tout en parlant, il s'empara d'une pièce de Kara.

Elle fronça les sourcils. Cette partie n'allait pas se terminer de la manière qu'elle avait imaginée.

— Il est trop jeune pour apprendre à tirer à l'arc, répondit-elle.

— Mais il veut désespérément devenir un guerrier, et il n'est encore qu'un jeune garçon. Il lui faut un héros auquel il puisse s'identifier. Je ne parle pas de l'envoyer participer à une bataille ni à un raid au-delà des mers, mais de lui donner les moyens de survivre.

— D'où vient que tu saches tant de choses sur les jeunes garçons ?

Il se mit à rire, de ce rire chaud et sonore qui réchauffait l'âme de Kara.

— Parce que j'en ai été un moi aussi.

— Comment as-tu réagi lorsque tes héros se sont révélés inférieurs à ce que tu croyais ? demanda-t-elle en oubliant le jeu de tafl pour concentrer toute son attention sur Ash. Lorsqu'ils t'ont abandonné ?

Elle voulait qu'il comprenne à quel point la déception était grande et douloureuse lorsque celui qu'on a adoré, idolâtré, se révélait un homme ordinaire. Elle en avait fait l'expérience.

— Me poses-tu cette question pour Rurik ou pour toi-même ? fit-il en lui posant la main sur la joue.

— Je voulais savoir si tu gardais le souvenir de ce qu'on éprouve dans ces moments-là, dit-elle en résistant à la tentation de tourner les lèvres vers sa main.

— Ça fait mal, reconnut-il avec un long soupir en

retirant sa main. Mais tu ne peux pas protéger Rurik contre toutes les déceptions. Tu te rendrais malade. Il faut que tu prennes du recul et fasses confiance au jugement de ton fils. Il est intelligent, mais il n'est pas parfait. Personne ne l'est. C'est une erreur de faire un héros d'un homme puis de le mépriser lorsqu'il se révèle tel qu'il est réellement.

Il se pencha sur le jeu en se frottant les mains.

— Et maintenant, à toi de jouer.

La main de Kara tremblait sur le roi… C'était facile pour Ash de critiquer. Il ne connaissait Rurik que depuis qu'il était en meilleure santé et qu'il avait gagné en force. Elle l'avait vu lutter pour respirer chaque fois qu'il prenait froid l'hiver. Elle l'avait soigné, chaque fois, jusqu'à ce qu'il soit guéri, au détriment de son sommeil.

— J'en ai assez de cette partie ! lança-t-elle soudain en reposant son roi. J'ai encore mille choses à faire avant d'aller me coucher. Peut-être vaudrait-il mieux que nous l'arrêtions maintenant.

— Ce n'est pas en fuyant la vérité que tu y échapperas. J'ai appris cette leçon il y a longtemps.

S'adossant à son siège, Ash noua les mains derrière la nuque.

— Abandonnes-tu si facilement ? Je ne t'ai jamais prise pour une femme qui renonce devant les premières difficultés. C'est l'une des raisons pour lesquelles j'ai souhaité t'épouser. Tu allais toujours jusqu'au bout. Aurais-tu changé à ce point ?

Kara concentra son attention sur le plateau de tafl. Elle pouvait encore gagner. Par ailleurs, Ash avait raison : elle n'admettait pas facilement la défaite.

— Je commence tout juste à entrer dans la partie, marmonna-t-elle.

Et, pour confirmer qu'elle était capable de l'emporter, elle lui prit une pièce au coup suivant.

— Très bien, fit-il. Essayons cela…

Il se pencha sur le jeu et ajouta :

— Laisse-moi suivre mon instinct avec Rurik. Tu sais très bien que je le fais avec cœur. Permets-moi de me battre pour notre fils.

Comme cela lui ressemblait ! Si on donnait la main à Ash, tout le bras y passait. Mais, du moins, lui demandait-il son autorisation.

— La dernière fois que je t'ai laissé suivre ton instinct, je ne t'ai pas vu pendant sept ans.

— Je n'étais pas maître de mon destin, fit-il en levant les bras dans un geste d'impuissance. Si j'avais su que tant de devoirs et de bonheur m'attendaient, j'aurais fait un effort pour rentrer plus tôt.

Quelque chose en elle s'attendrit. Ash lui présentait en quelque sorte des excuses, et il semblait se plaire ici…

— J'en tiendrai compte.

Les flammes qui dansaient dans la grande cheminée éclairèrent les traits de son visage, soulignant ses pommettes. Ses yeux avaient pris la nuance de la mer en été et leur expression était exactement celle du regard de Rurik lorsqu'il l'avait suppliée de le laisser apprendre le maniement des armes.

— Je t'en prie, Kara.

Elle ne supportait pas qu'Ash ait raison au sujet de Virvir, mais elle se voyait obligée de se ranger à son avis.

— Entendu, répondit-elle. Je n'interdirai pas à Rurik de voir Virvir, mais c'est à toi de t'arranger pour qu'il soit trop occupé pour chercher sa compagnie.

— Parfait…

Il déplaça une pièce et enleva le roi de Kara.

— J'ai remporté la partie.

Elle regarda le jeu d'un air consterné.

— Comment as-tu réussi ce coup ?

Un sourire s'esquissa sur les lèvres d'Ash.

— Mon père t'a appris à bien jouer, mais je connaissais la manœuvre que tu avais entreprise. Tu es bien trop prudente et tu te crois en sécurité alors qu'elle n'est qu'illusoire. J'attendais que tu commettes une erreur. Je ne renonce jamais, même quand la situation semble désespérée.

— Tu n'as aucune idée de la façon dont je joue, rétorqua-t-elle en le fusillant du regard.

Il la considéra d'un air attendri.

— Je t'observe attentivement depuis trois jours, Kara, et je puis dire que tu es fascinante. Absolument fascinante.

Elle mourait d'envie qu'il l'embrasse. Pour cacher son désir, elle garda les yeux baissés sur le jeu de tafl.

— Est-ce que tu joues franc jeu ? demanda-t-elle.

— Oui et non… J'ai pour habitude de tirer parti de toutes les occasions que m'offre mon adversaire et j'ai assez de patience pour attendre celle qui sera décisive.

Il eut un petit sourire espiègle.

— Ça rend la vie plus facile.

— Cherches-tu à me dire quelque chose ? demanda-t-elle d'un ton irrité.

Elle ne supportait pas qu'il trouve facile de deviner ses intentions.

— Si c'est le cas, reprit-elle, je sais aussi tirer des conclusions de mes erreurs. J'ai tendance à ne pas les répéter.

— Suis-je une erreur pour toi ?

— Je ne sais pas encore…

Elle lut dans l'expression d'Ash qu'elle l'avait blessé et en éprouva aussitôt du remords.

— Tu m'as donné Rurik, cependant, ajouta-t-elle. Et il ne saurait d'aucune manière représenter une erreur pour moi.

— Alors tu acceptes de jouer une autre partie avec moi, demain soir, pour me montrer à quel point tu auras grandi en sagesse d'une nuit à l'autre.

Kara, qui avait eu l'intention de trouver une excuse pour décliner l'invitation, fit la grimace.

— Euh… Oui… Oui, je veux bien.

— Je m'en réjouis et suis impatient de tester ta résistance jusqu'à ses dernières limites. Nous sommes bien assortis, même si tu refuses de le voir.

Il prit le pichet de bière et en remplit son gobelet.

— Le barde devrait continuer de chanter, reprit-il. Quelque chant agréable à l'oreille.

Il mentionna l'une des sagas que Kara aimait entendre.

Elle fit non de la tête.

— Il est tard, et la chanson est longue. J'ai besoin d'aller dormir.

— Alors je te souhaite de faire de beaux rêves. Souviens-toi que c'est à toi de décider où nous jouerons notre prochaine partie.

Elle sentait l'insistance de son regard sur ses lèvres et en éprouvait des picotements.

— Ici, ce sera très bien. Il n'est pas nécessaire de prévoir un gage. Je sais comment tu joues.

— Si j'avais vraiment voulu te faire douter, il y avait d'autres moyens… Mais, pour le moment, je te laisse tes illusions.

La voix grave et chaude d'Ash l'accompagna jusqu'à ce qu'elle soit sortie de la salle.

Une fois dans sa chambre, elle se laissa tomber sur le lit. Elle était écœurée par la façon dont son corps vibrait de désir à la pensée du contact des mains d'Ash, de ses lèvres… C'était de la folie ! Elle ne pouvait prendre le risque de tomber de nouveau amoureuse de lui. Il lui était quasiment impossible de nier l'attirance qu'elle avait pour lui mais, du moins, pouvait-elle préserver son cœur d'être encore une fois broyé.

Elle ne pouvait se fier à lui ou, du moins, elle s'y refusait. Et, pour ce faire, elle passa en revue dans sa tête la liste de tous ses manquements. Elle leur trouvait, cependant, toujours une excuse.

Elle laissa échapper un soupir… Elle savait qu'elle passerait la nuit à rêver de lui et à imaginer comme il serait bon d'être ensemble.

Un matin, plusieurs jours plus tard, Thora entra en hâte dans la cuisine où Kara surveillait la préparation du pain.

— Maîtresse ! Ils ont commencé l'entraînement plus tôt, aujourd'hui. Votre fils a une épée entre les mains, une longue épée.

— Ah bon ? fit Kara en levant les yeux de la pâte à pain. Hier, il ne s'exerçait encore qu'avec un bâton.

Ash aurait dû lui en parler avant de mettre une lame entre les mains de Rurik. Il aurait pu aborder cette question pendant l'une de leurs parties de tafl. Encore une preuve qu'il n'accordait pas ses actes à ses paroles.

Elle frappa la table du plat de la main dans un geste d'exaspération. Il ne s'était pas écoulé une semaine depuis qu'elle avait accepté qu'il s'occupe de la formation de Rurik, et il n'en faisait déjà qu'à sa tête. Apprendrait-elle jamais à le connaître ? Ce n'était qu'un beau parleur qui ne faisait que très rarement ce qu'il disait. S'il avait commencé l'entraînement plus tôt aujourd'hui, c'était évidemment pour garder secret l'emploi de l'épée.

— J'ai pensé que vous voudriez savoir, reprit Thora. C'est un bonheur de voir s'exercer les hommes d'armes. La façon dont leurs muscles se gonflent et se rétractent quand ils frappent… C'est vraiment impressionnant.

Kara se lava rapidement les mains.

— Oui, c'est vrai. Prends ma place, s'il te plaît.

Elle releva ses jupes et courut jusqu'au champ d'entraînement. Les hommes d'Ash s'y exerçaient sous les regards émerveillés de plusieurs servantes. Kara frappa dans les mains pour les rappeler à l'ordre, et elles s'égaillèrent pour retourner à leurs occupations.

Au centre du champ se trouvaient Ash et Rurik, ce dernier essayant de brandir au-dessus de sa tête une épée presque aussi grande que lui. Sa lame acérée brillait dans la lumière du soleil. Un faux mouvement, et il pouvait être sérieusement blessé.

D'un geste affolé, elle fit signe à Ash d'arrêter l'entraînement.

— Ash ! Rurik est trop petit ! Arrête ça tout de suite !

— Regarde-nous avant de t'emporter.

— Mais…

— Tu m'as promis de me donner ma chance. C'est le moment de passer à l'acte.

Du coin de l'œil, Ash vit Kara, furieuse, s'asseoir dans l'herbe. Il était tendu. Il voulait poursuivre l'entraînement de Rurik non seulement dans l'intérêt de l'enfant, mais pour montrer à Kara qu'elle pouvait lui faire confiance. Si elle ne pouvait la lui accorder pour l'éducation de leur fils, comment pourrait-il obtenir d'elle qu'elle croie en leur mariage ?

Il était important que Rurik comprenne qu'il avait besoin de grandir avant d'être capable de manier une épée. Ce matin, en effet, Ash l'avait trouvé avec à la main une arme dont il menaçait des marmitons en vociférant des menaces. Il ignorait où Rurik avait trouvé l'épée, mais la façon dont il l'employait montrait à quel point il était urgent de lui apprendre que les armes n'étaient pas des jouets et qu'elles devaient être traitées avec respect.

— Il faut brandir ton épée comme ça, dit Ash en

montrant pour la énième fois le mouvement approprié à l'enfant. Sinon, tu l'auras perdue avant même que la bataille ne débute vraiment.

Après avoir répété plusieurs fois la manière dont un assaut devait se conduire, Ash se tourna de nouveau vers Rurik.

— Tu voulais faire l'exercice, aujourd'hui, avec une véritable épée. Montre-moi ce que tu sais faire.

Le petit garçon se concentra et s'efforça de reproduire fidèlement les mouvements qu'Ash venait d'accomplir devant lui. Chaque fois qu'il y réussissait, tout son être se mettait à irradier de bonheur.

Kara observait Rurik avec une très grande attention, mais chaque fois qu'Ash croisait son regard, son expression lui paraissait plus fermée. Elle était belle mais froide et critique. Il en avait le cœur serré. Ne voyait-elle pas ce qu'il faisait ? Qu'il tentait de faire comprendre à leur fils qu'une épée était une arme dangereuse qu'il fallait respecter. Il savait, au fond de son cœur, que c'était le meilleur moyen d'éviter à Rurik de se blesser avec une lame ou de blesser autrui.

— Quand je pourrai me battre pour de vrai ? demanda l'enfant en essuyant la sueur de son front. Les guerriers combattent d'autres guerriers. Ils s'affrontent jusqu'à ce que le sang coule.

— Qui t'a dit ça ? demanda Ash qui connaissait déjà la réponse.

— Virvir. Il dit que je serai jamais un vrai guerrier à moins de me battre. Et les blessures sont les marques des vrais guerriers.

— Quand t'a-t-il dit ça ?

Rurik rentra la tête entre les épaules.

— Hier soir. Je voulais lui montrer ce que j'avais appris et il s'est moqué de moi.

Ash ne fut pas surpris que Rurik ait trouvé un moyen de voir son ami. Il espérait, cependant, qu'après quelques semaines d'entraînement, il découvrirait sa véritable nature et s'apercevrait qu'il n'était qu'un vantard et un couard. Les progrès, cependant, ne pouvaient se faire que lentement.

— Est-ce que Virvir est un guerrier ?

— Non, répondit Rurik après un instant de réflexion. Mais il en sait beaucoup sur les armes et la guerre. Il écoute les conversations des grands. Et il dit que les vrais guerriers utilisent que des épées en acier.

— Comment est-il entré dans la maison ?

— Il est passé par la cuisine. Il m'a dit où je pourrais trouver les armes de grand-père.

Heureux de la confiance que lui témoignait Rurik, Ash mit un genou à terre près de lui. Il veillerait à ce que les armes en question soient rangées ailleurs, dans un endroit inaccessible aux enfants. Si Virvir savait où elles étaient, d'autres enfants le savaient probablement aussi.

— La prochaine fois qu'il te fera une remarque sur ta façon de manier ton épée en bois, viens me voir. Je te dirai s'il a raison ou non.

Il posa la main sur l'épaule de son fils avant de reprendre :

— J'ai livré assez souvent bataille pour être capable d'émettre un jugement sur ta manière de faire.

— Tu n'es pas fâché parce que j'ai vu Virvir ? demanda Rurik d'une voix mal assurée. Maman va l'être. Je devais en parler à personne. C'est Virvir qui me l'a dit. Ça devait être notre secret, et j'ai pas su le garder.

Ash lança un regard par-dessus son épaule vers Kara, toujours assise à la même place, dont l'expression était plus que courroucée. Ses deux grands chiens étaient couchés à ses pieds. Le soleil d'automne rehaussait l'éclat de ses cheveux dorés ainsi que de son teint.

L'attirance qu'il éprouvait pour elle s'en trouva aussitôt décuplée. Comment une femme pouvait-elle être à la fois aussi séduisante et exaspérante ? Que pouvait-il faire de plus pour lui prouver qu'il avait sa place auprès d'elle ? Chaque fois qu'il se rapprochait d'elle, elle semblait esquiver et se mettre hors d'atteinte. Il devait trouver la formule pour libérer son cœur, mais il n'avait plus aucune idée. Sans doute la solution était-elle toute simple…

Baissant les yeux sur Rurik, il lui demanda :

— Si tu sais qu'en faisant certaines choses tu vas rendre ta mère malheureuse, pourquoi les fais-tu ?

— Je suis plus un bébé et Virvir sait tout ce qui est bien.

— Pour être un vrai guerrier, il ne suffit pas de courir après la gloire et de raconter ses exploits dans une saga. Un bon soldat utilise sa tête autant que sa force. Soulève cette épée et ne discute pas ce que je te dis. Je t'ai promis de faire de toi un guerrier mais, pour y arriver, tu dois me faire confiance.

Rurik acquiesça d'un hochement de tête et souleva de nouveau l'épée. A peine eut-il amorcé le geste que ses frêles bras se mirent à trembler ; il laissa retomber l'arme.

— Je… euh…

— Recommence, dit Ash avec autorité.

L'exercice serait de plus courte durée que d'habitude pour que l'enfant ne soit pas complètement épuisé, mais il fallait s'y prendre de telle manière qu'il n'ait pas l'impression d'être trop faible pour le maniement de l'épée. Rurik se hérissait quand quelqu'un suggérait qu'il était maladif ou de trop faible constitution. Ash avait décelé chez son fils un tempérament combatif, mais il fallait canaliser intelligemment cette agressivité. Il avait vu trop de combattants commettre des erreurs sous l'impulsion de la colère.

— Il est fatigué, dit Kara en voyant son fils échouer pour la troisième fois dans sa tentative de soulever l'épée au-dessus de sa tête. Il est temps qu'il rentre à la maison pour se reposer.

Rurik secoua énergiquement la tête.

— Je suis plus un bébé comme le croit maman.

— Il faut qu'il fasse un dernier effort, répondit Ash. Vas-y, Rurik ! Brandis-moi cette épée ! Montre à ta mère que tu es fort.

Redoublant d'efforts, les jambes écartées pour augmenter sa stabilité, le petit garçon parvint à élever l'épée dans l'air un court instant.

— Bravo, Rurik ! fit Ash aussitôt, autorisant ainsi l'enfant à baisser les bras après son exploit. Notre entraînement se termine là pour aujourd'hui. J'ai beaucoup d'autres choses à faire, ce matin. Et il faut aussi que je m'exerce. D'ailleurs, comme un bon guerrier obéit à son chef, tu dois obéir à ta mère que tu as l'obligation de respecter.

— Vous avez fini ? demanda Kara qui venait de les rejoindre.

— Pourquoi ne resterais-tu pas un peu ici, s'empressa de dire Ash en s'adressant à l'enfant avant que sa mère ne le ramène à la maison. Tu regarderais mes hommes s'exercer, et tu verrais que les vrais guerriers s'entraînent avec des épées en bois.

— Je peux rester, maman ? demanda Rurik, le regard brillant d'excitation. Je t'en prie !

Kara acquiesça d'un signe de tête, mais son regard était noir de colère.

Ash contenait mal son dépit. Kara avait accepté qu'il forme Rurik, mais elle était impatiente de le lui retirer. Il fallait toutefois que l'enfant apprenne que si quelque chose était difficile à obtenir, il ne devait pas y renoncer sans avoir d'abord fait tous les efforts possibles.

— Tu peux lui faire plaisir, dit-il en s'adressant à sa femme. C'est toi qui as décidé que son entraînement était fini pour la journée.

Il avait le regard arrêté sur l'arc délicat de ses sourcils. Chaque fois qu'il la regardait, il se demandait comment il avait pu être aussi aveugle. Mais peut-être n'avait-il pas voulu voir les qualités de sa femme ni sa beauté.

Elle lissa nerveusement les plis de son tablier. Elle portait, ce matin, les broches qu'il lui avait offertes le lendemain de leur mariage. Il revoyait encore la façon dont le regard de Kara s'était illuminé quand, en s'éveillant dans le lit nuptial, il les lui avait données. Il s'était dit, alors, qu'il aimerait qu'elle le regarde toujours avec cette expression.

Il s'en voulait terriblement, maintenant, de l'avoir blessée en la quittant pour tant d'années. Et quoi qu'il arrive avec son oncle, il faisait le vœu qu'elle soit épargnée, ainsi que Rurik.

— Il peut rester, répondit-elle en soupirant. Comment pourrais-je le priver de ce plaisir alors qu'il a l'air de tant y tenir ?

Ash se pencha sur son fils et le regarda droit dans les yeux.

— Ta mère, tu le vois, t'autorise certaines choses quand tu les lui demandes. Vas-y. Parle avec Saxi. Essaie d'en apprendre auprès de ce vieux guerrier. Il ne se lasse jamais d'évoquer les combats auxquels il a pris part.

Il passa la main dans les cheveux de l'enfant et le poussa vers ses hommes. Rurik ne se fit pas prier. Il courut vers les hommes d'armes et commença de parler à plusieurs d'entre eux, dont Saxi.

Ash le regardait de loin d'un air satisfait. Il recevrait du vieux guerrier des conseils avisés au milieu de beaux récits de batailles. Et il ne tarderait pas à oublier Virvir et ses histoires idiotes.

— Peut-on le laisser seul avec eux ? demanda Kara qui s'inquiétait pour leur fils. Tu m'as dit qu'ils étaient prêts à tout.

— Dans certaines circonstances, mais ils le sont beaucoup moins lorsqu'ils sont bien nourris et logés.

— Ils n'en restent pas moins des guerriers. Ce ne seront jamais des paysans.

Ash inclina la tête de côté en considérant sa femme.

— Les guerriers ont aussi leur place ici.

— Mais je veux quelqu'un qui connaisse la terre.

— Comme toi.

Elle eut une moue désapprobatrice.

— Je n'ai pas eu le choix.

— Ça lui fera du bien d'observer de vrais guerriers en action et de leur parler. Il apprendra beaucoup à leur contact.

Il s'interrompit un instant, pensif. Il savait qu'il devait parler à Kara de la confidence que lui avait faite Rurik.

— Il a vu Virvir, hier soir. C'est lui qui lui a dit où trouver l'épée de mon père.

— Virvir ! s'exclama Kara avec colère. Pourquoi Rurik persiste-t-il à me désobéir ? Je n'aurais jamais dû accueillir cet enfant. Depuis qu'il est là, il ne nous a causé que des ennuis.

— Il n'est pas différent des autres garçons de son âge. Laisse-moi m'en occuper, Kara.

Portant son attention sur Rurik, il reprit :

— Regarde comme il a l'air heureux. Mes hommes veilleront sur lui comme sur leur propre enfant, et il apprendra, grâce à eux, que les guerriers valeureux respectent les femmes.

— Même les mercenaires ?

— Ceux qui connaissent les règles du combat, et non les brutes épaisses qui ne se repaissent que de feu et de sang.

— Très bien, fit Kara en se mordant la lèvre inférieure. Je crois que je devrais te laisser et aller voir où en sont les couturières. Quoi qu'en pensent bon nombre des servantes, il importe davantage d'être prêts pour l'hiver que de regarder se battre des hommes d'armes. Avant que tes hommes ne partent, je crains que plus d'une de mes filles n'aient le ventre rond.

— Reste, s'il te plaît, pour me regarder à l'entraînement, demanda-t-il doucement. Comme autrefois.

Elle rougit légèrement en tournant la tête vers les chiens.

— Pourquoi ? Je n'ai pas besoin d'apprendre à me battre à l'épée. Je n'ai aucune envie de me retrouver au milieu d'une bataille, et il y a mille tâches qui m'attendent.

— Je m'exerce bien mieux lorsque je sais que tu me regardes.

— Crâneur !

— Non, je ne fais que montrer mon talent.

— Les arts guerriers n'ont rien à faire dans une cour de ferme. Pourquoi ne donnes-tu pas la preuve de ton talent en t'occupant des bêtes ou en rentrant le grain ?

Ash serra les dents. Kara était manifestement décidée à contrecarrer toutes ses initiatives et toutes ses attentes. Et il ne pouvait pas lui expliquer quel était son plan, car elle prendrait Rurik avec elle et quitterait Jaarlshiem. Un jour, il arriverait à lui prouver qu'elle avait besoin de lui et de ses talents de guerrier.

— Mes hommes assurent la protection de la ferme. Tu as assez de valets pour se charger des autres tâches. Reconnais que ce domaine n'est pas très bien défendu.

Il se tut devant l'expression choquée de Kara.

— Voudrais-tu le nier ?

Elle releva le menton d'un air hautain. Elle était si belle dans cette attitude altière qu'il dut se retenir pour ne pas la prendre dans ses bras et l'embrasser avec passion.

— Si je te regarde, ce ne sera que pour être capable de répondre aux questions que Rurik, ce soir, ne manquera pas de me poser, répliqua-t-elle avec un sourire triomphant. Quel genre de mère serais-je si je n'étais pas capable de donner des explications aux interrogations de mon fils ?

— Je suis sûr qu'il est heureux que tu t'intéresses à sa formation.

Puis, baissant le ton, il ajouta pour elle seule :

— Et moi, je suis au comble du bonheur si tu t'intéresses à mon entraînement.

— Arrête, je t'en prie ! dit-elle en se penchant pour secouer la poussière du bas de sa jupe. Tu en fais trop.

Il lui prit la main et la porta à ses lèvres.

— Si je t'ai offensée, je t'en demande pardon.

Elle retira la main, mais ses yeux brillaient.

— J'accepte tes excuses, fit-elle en plissant le nez.

Elle était exquise quand elle faisait cela. Il se souvenait que, naguère, il essayait de la provoquer pour qu'à son plus grand ravissement elle le fasse.

— A vrai dire, reprit-elle, j'aime te voir combattre. C'est très excitant de regarder deux guerriers à l'entraînement. Mais si je reste, c'est essentiellement pour Rurik.

— Lorsque je savais que tu me regardais, je faisais toujours des prouesses pour t'offrir un plus beau spectacle. Généralement, je devinais ta présence même quand tu étais cachée derrière les buissons pour m'observer.

— Je ne l'ai jamais fait… Sauf une fois… Le jour où je t'ai rapporté ton faucon…

Elle écarquilla les yeux.

— Tu t'en souviens !

— Je n'y avais plus pensé depuis longtemps, mais c'était quelque part au fond de ma mémoire. C'est un souvenir important, car c'est l'une des raisons pour lesquelles j'ai donné ton nom à mon père quand il m'a demandé qui je voulais épouser. Il m'a semblé alors que je faisais le bon choix, et j'en suis toujours convaincu.

— A part que ton esprit a été occupé pendant sept ans par des pensées beaucoup plus importantes que moi, repartit-elle d'un ton indigné. Souviens-toi, toutefois, que je ne te permettrai pas d'oublier ou d'ignorer notre fils comme tu l'as fait avec moi. Il n'est pas question, non plus, de l'humilier.

Ash se maîtrisa pour ne pas laisser éclater sa colère. Kara venait de déformer ses paroles d'une manière éhontée. Il n'avait pas oublié les moments qu'ils venaient d'évoquer, mais les avait délibérément chassés de son esprit. A quoi bon rappeler à sa mémoire les souvenirs heureux quand on est prisonnier d'une guerre sans fin ?

— J'entends encore mon père crier après moi dans ce même champ d'entraînement pour que je devienne un homme et ne montre jamais la faiblesse d'une femme. Sache que jamais je n'humilierai Rurik de la sorte.

Le regard de Kara s'éclaira.

— Je te crois.

— Mon fils est mon avenir… Je veux que sa vie soit couronnée de succès et, s'il part comme moi à l'aventure, qu'il sache qu'il aura toujours sa place à la maison et qu'il y est attendu.

— Parfait… Tu es dans le bon état d'esprit… Mais, parfois, tu sembles plus préoccupé de te mettre en valeur que de le former…

Elle leva la main pour l'empêcher de protester.

— Ce n'est qu'une impression, Ash… C'est ce que je ressentais de l'endroit où je me tenais.

— Tes observations sont toujours les bienvenues, fit-il d'un air dépité.

— Je t'en remercie… J'avoue que je ne m'attendais pas à cette réponse.

— Ce n'est que la vérité, dit-il en lui prenant la main. Je vais m'occuper de Rurik avec beaucoup d'attention, Kara. Je t'en fais la promesse. Il ne m'est pas moins précieux que toi. Je ne le connais, hélas ! que depuis peu, mais je l'aime déjà. C'est un garçon que tout homme serait fier d'appeler son fils, et jamais je ne pourrai te dédommager de tous les sacrifices que tu as faits pour le garder en vie.

— Merci, murmura-t-elle en refermant la main sur la sienne.

— De quoi as-tu peur ? demanda-t-il avec la même douceur, le regard posé sur ses lèvres.

Elle détourna les yeux et lui retira sa main. Le souffle froid et humide de l'automne s'engouffra entre eux en les séparant. La familiarité qui venait de naître dans leur relation se dissipa plus vite que les brumes matinales.

— Je ne me suis que trop attardée, éluda-t-elle en s'éloignant de lui.

— Dommage… J'espère que la prochaine fois tu resteras.

— J'y réfléchirai.

Elle fit le vœu, en son for intérieur, de trouver un moyen d'observer discrètement Rurik à l'entraînement. Elle ne voulait pas, en effet, qu'Ash tire des conclusions hâtives de sa présence.

Mais son analyse n'était-elle pas juste ?

Elle refoula cette pensée dès qu'elle l'eut formulée.

Ash quitterait de nouveau Jaarlshiem à la fonte des neiges. Comme le disait son fidèle compagnon d'armes qui le connaissait bien mieux qu'elle, il avait la mer et l'aventure dans le sang. C'était bien pour repartir en raid qu'il entraînait ses hommes avec une telle exigence. Il les préparait à de prochains combats.

Mais cette fois, quand il partirait, il n'emporterait pas son cœur…

Elle savait néanmoins qu'elle se mentait. Chaque fois qu'elle voyait Ash, elle avait bien conscience qu'il s'en emparait un peu plus.

Pressant le pas, elle s'éloigna rapidement. Elle ne pouvait pas se fier à lui.

— Je me rends ! fit Saxi en levant son bouclier. Tu as gagné.

Ash baissa son épée. La sueur coulait de son front. Il se sentait bien, l'exercice l'avait détendu.

— Tu es un peu lent, aujourd'hui, Saxi.

— Tu te bats avec trop d'ardeur, mon vieux. Tu vas finir par réveiller ta douleur à la jambe.

Machinalement, Ash se pencha et se frotta la cuisse. Maintenant qu'il avait arrêté de bouger, ses muscles commençaient en effet à lui faire mal, mais il préférait combattre avec fougue au risque d'en pâtir plutôt que passer son temps à rêver au corps de Kara.

— Je sais ce que je fais.

Saxi fit la moue et ne répondit rien.

— Est-ce que tu resteras avec moi ? demanda Ash.

Il avait conscience du danger qui s'approchait de jour en jour. Son oncle pouvait frapper d'un instant à l'autre, et ce serait alors un combat à mort. S'il devait y laisser sa vie, il avait besoin de savoir que quelqu'un en qui il avait confiance veillerait sur sa famille.

Saxi traça une ligne dans la terre de la pointe de son épée.

— Tu sais que je te dois plus que la vie.

— Et tu aimes Jaarlshiem ? Ou les femmes qui y vivent ?

— Evidemment… Je n'arrive pas à comprendre pourquoi tu as attendu aussi longtemps pour y revenir.

— J'avais mes raisons, marmonna Ash en laissant son regard errer jusqu'au vénérable grand chêne. Si tu avais connu mon père, tu me comprendrais mieux.

— Faut-il inclure ta femme parmi ces raisons ?

— Ça ne te regarde pas.

— Bien au contraire… Je suis particulièrement intéressé par ta réponse, car elle pourrait expliquer pourquoi tu nous entraînes autant. Si c'est pour être tellement épuisé à la fin de la journée que tu ne rêveras pas d'elle, j'aime autant le savoir. Il y a plus d'une semaine que tu es de retour chez toi, Ash, et tu dors toujours à l'extérieur. Ce n'est pas normal.

— Tu t'attendris, Saxi. Trop de bière et de festins. Et de femmes aussi. Je veux que toi et tes hommes restiez dans la meilleure des conditions.

Ash porta le regard vers la rivière, au loin.

— Mon oncle ne va pas tarder à nous assaillir. Nous devons être prêts à le recevoir.

— Tu crois vraiment qu'il viendra te chercher ici ?

— Nous avons réussi à quitter Sand trop facilement.

— Ta femme sait-elle que c'était une fuite ? Elle semble plus occupée à remplir ses greniers à blé qu'à se préparer à un assaut.

— Non… Elle a cru pendant tout le trajet que nous nous dépêchions autant parce que j'étais impatient de voir enfin mon fils. Je n'ai pas pris le temps de l'éclairer sur mes craintes. Ma seule préoccupation était d'arriver le premier à Jaarlshiem. Je voulais en avoir pris possession avant que mon oncle passe à l'offensive.

— Il faut le lui dire, mon ami. Dès maintenant. Les femmes préfèrent se préparer à la guerre plutôt que la subir sans avoir pris leurs précautions.

— Je ne veux pas tabler sur des troubles, dont je ne suis même pas certain qu'ils surviennent, pour me rapprocher de ma femme. Mon instinct me trompe peut-être… Dans mon enfance, mon oncle s'est toujours révélé un ami.

— Quand as-tu dit que notre drakkar arriverait ? J'ai laissé mon meilleur bouclier à bord.

Ash se protégea les yeux contre la lumière du soleil et regarda vers la rivière.

— J'espérais qu'il serait là aujourd'hui, mais il n'y a encore rien d'inquiétant. Je ne crois pas Helgi le Bref capable de me jouer. Il me doit trop, et il sait que je le poursuivrais jusqu'en enfer s'il me trahissait.

— Tu peux être impitoyable quand tu le veux.

— Je préfère penser que tout est normal. Je ne m'inquiéterai vraiment que s'il n'est pas arrivé au milieu de la semaine prochaine. Il sera encore temps d'avertir Kara.

Il adressa une petite prière aux dieux pour que, d'ici là, il ait découvert la formule qui lui ouvrirait le cœur de sa femme.

— Ma femme préférait être prévenue de ce genre de choses, répondit le guerrier grisonnant avec un haussement d'épaules. Tu aggraves ta situation. Fais confiance à ton épouse, au lieu de la regarder comme si tu voulais la dévorer.

— Si je lui fais part de mes inquiétudes, elle va quitter Jaarlshiem avec Rurik. Or, je pense qu'ils sont plus en sécurité ici qu'ailleurs.

— Tu veux dire qu'ils sont plus en sécurité auprès de toi.

— Tant que je serai en vie, rien ne leur arrivera. Ils vont rester ici. C'est pour ça que je vous ai tous fait venir.

Un muscle frémit sur la joue d'Ash, révélant son degré de détermination. Il savait ce qu'il faisait. Il avait déjà joué ce genre de partie chez les Vikings, mais jamais avec des personnes qui lui étaient aussi chères.

— Es-tu prêt à reprendre l'entraînement ? demanda-t-il à Saxi.

— Couche avec elle, lui répondit ce dernier, et dis-lui la vérité juste après, quand elle se sentira bien. Les femmes aiment savoir qu'on veille sur elles. Ma femme était heureuse quand elle se sentait protégée.

Et il faudrait que tu lui fasses d'autres enfants. Votre fils vous grandit l'un et l'autre.

Le guerrier remit son casque en place avant de poursuivre :

— Et si tu couchais avec elle, nous aurions une chance de récupérer de nos efforts. Pense que tu nous ferais une faveur.

Ash poussa un soupir exaspéré. Il avait été bien naïf de croire que les habitants de Jaarlshiem ignoraient qu'il dormait dehors. Mais la dernière chose qu'il désirait, c'était recevoir des conseils de l'un de ses hommes sur la façon de courtiser sa femme.

— Elle a besoin de temps… Elle ne m'a pas vu pendant sept ans.

— Elle vaut la peine que tu te battes pour elle, Ash. Il ne faut pas perdre une femme comme elle.

— Lorsque j'aurai besoin de conseils, je ne manquerai pas de m'adresser à toi.

Sur ces mots, il leva son épée. S'il s'épuisait à force d'exercices, peut-être ses rêves ne seraient-ils plus hantés par une belle jeune femme blonde dont les yeux bleus étaient deux grands lacs dans lesquels il voulait se noyer.

— Est-ce qu'on reprend l'entraînement ou te considères-tu trop vieux ?

Chapitre 12

Kara respirait avec bonheur l'odeur des écuries alors que les chevaux autour d'elle frappaient le sol de leurs sabots. Pour une fois, elle était seule avec eux.

Elle aimait la compagnie des animaux ; elle se sentait bien en leur présence. Ses facultés d'analyse et de compréhension s'en trouvaient décuplées.

Ses deux chiens l'attendaient devant la stalle tandis qu'elle finissait de bouchonner un cheval. Quand elle eut terminé, elle passa dans la stalle voisine et répéta les mêmes gestes. Le travail manuel et la proximité des bêtes contribuaient à éclaircir sa pensée. Aussi comptait-elle bien que, lorsqu'elle sortirait de l'écurie, elle aurait trouvé une solution concernant son désir croissant de se jeter dans les bras d'Ash.

— Pourquoi n'es-tu jamais là où l'on croit te trouver ? fit la voix de ce dernier dans son dos.

Elle sursauta. Le cheval, près d'elle, souffla mais resta immobile.

— Je vais attendre que tu aies fini, reprit Ash. Je voudrais te parler.

Kara, qui s'évertuait à brosser la crinière du cheval en en chassant les bogues qui s'y étaient emmêlées, ne prit pas le temps de tourner les yeux vers Ash.

Lorsqu'elle en eut fini avec l'animal, elle dut passer à côté de lui pour sortir de la stalle.

— J'aime travailler avec les chevaux, dit-elle. Tu me trouveras souvent ici. Si tu avais demandé à Thora où j'étais, elle t'aurait répondu que j'étais dans les écuries.

— Je n'ai pas pensé à l'interroger.

— Est-ce que je dois t'informer chaque fois que je change d'occupation ?

— Non, c'est juste que... Tu me manquais, et je voulais te dire que tu avais raison. Ton baume fait des merveilles. J'attendais d'en être certain avant de te le dire et de te remercier encore.

Le cœur de Kara fit un bond. Ash venait de lui faire l'aveu qu'il s'était ennuyé d'elle !

— J'en suis très heureuse. Peux-tu me montrer ta jambe ?

Il releva ses braies. Une grande cicatrice courait le long de son mollet. Le muscle y avait cicatrisé, noué et tordu.

— Tu vois pourquoi je t'ai dit que rien n'y ferait... Et j'ai eu aussi le genou blessé.

— Si tu me permets...

Elle s'agenouilla près de lui et passa les doigts sur sa cicatrice. Elle la massa délicatement, insistant sur les nœuds qu'elle rencontrait.

— Avec un massage régulier, on pourrait améliorer ton état.

— Tu as vraiment un don de guérisseuse. Tu veux bien me masser ?

— Pourquoi pas...

— J'accepte bien volontiers.

Le temps sembla se suspendre. Une atmosphère douce et paisible les enveloppait. La tentation de se blottir contre Ash et de tendre les lèvres vers les siennes était si forte qu'elle en perdit presque l'équilibre. Se reprenant grâce à un effort de volonté, elle se releva et reprit l'étrille qu'elle avait en main un peu plus tôt.

— Comment as-tu su que j'étais là ?

— Tu venais toujours aux écuries, autrefois, quand tu étais bouleversée.

Il redescendit ses braies et lui sourit comme s'il n'avait pas remarqué qu'elle battait déjà en retraite.

— Nous avons fait l'amour sur la paille, un jour où tu t'étais réfugiée ici après que mon père avait été odieux avec toi. Je me souviens que ça t'avait remonté le moral. C'est pour ça que je t'ai cherchée ici. Je voulais m'assurer que tu n'étais pas malheureuse.

La main tremblante, elle reposa l'étrille. Elle aurait préféré qu'il n'évoque pas ce souvenir. Elle avait pleuré contre son épaule jusqu'au moment où il l'avait embrassée. Mais faire l'amour, même si cela avait été plus qu'agréable, n'avait pas résolu le problème qu'elle avait avec son beau-père. En outre, Ash était parti cinq jours plus tard, la laissant seule avec Hring alors qu'elle avait besoin qu'il la protège contre lui.

— Je suis heureuse, répondit-elle. Rurik fait des progrès avec toi, et l'exploitation est prospère. Que pourrais-je demander de mieux ?

— Tu n'as pas dit si mon retour t'avait fait plaisir. Il reste beaucoup d'incertitudes entre nous.

Elle reprit l'étrille avec laquelle elle joua.

— Rurik est très heureux d'avoir un père, son vrai père, de surcroît. Il s'est vraiment épanoui en huit jours.

— Mais je ne veux pas seulement être un père, fit-il en posant les mains sur les épaules de Kara afin de l'attirer contre lui. Je veux d'abord et avant tout être un mari.

Il s'empara de ses lèvres et, du bout de la langue, les titilla, la conduisant à accueillir un baiser plus sensuel et profond.

Laissant échapper un soupir, elle s'abandonna et glissa les doigts dans sa chevelure pour le maintenir tout près d'elle dans cette communion tendre et voluptueuse. Il lui semblait qu'un feu dévorant la consumait tandis qu'ils échangeaient ce baiser passionné.

Il sema un chemin de baisers le long de sa joue jusqu'au lobe de son oreille qu'il prit entre ses lèvres tandis qu'il pressait les mains contre le creux de ses reins, la rapprochant de lui et de son érection. Il la désirait autant qu'elle le désirait.

Il souleva sa robe et passa la main sur sa cuisse blanche et douce comme la soie alors que ses doigts avançaient vers le centre incandescent de son désir.

— Ash…, fit-elle dans un murmure sans savoir si c'était une supplication pour qu'il continue ou s'arrête.

Tombant sur les genoux devant elle, il posa les mains sur ses hanches.

— Laisse-moi…

Une porte claqua à l'autre extrémité des écuries et de petits rires chargés de tendresse résonnèrent sous la voûte du bâtiment.

Kara se raidit.

— Pas ici, dit-elle à mi-voix en reculant.

Elle avait le visage cramoisi et s'en voulait déjà de son comportement. Elle se conduisait comme une fille de rien.

— Qu'y a-t-il, Kara ? demanda Ash, déconcerté, en se relevant.

— Donne-moi du temps, répondit-elle en effaçant les plis de sa jupe. Tu m'as séduite la première fois, et vois où ça nous a conduits !

— Eh bien quoi ? Au mariage… Nous avons eu du bon temps jusqu'à mon départ.

— Peut-on appeler ça un mariage ? Quelques semaines de vie commune et te voilà parti… Pour sept ans !

— Nous nous connaissions depuis des années.

— Tu veux dire que nous avions connaissance de

notre existence réciproque. J'étais la fille aux étoiles dans les yeux, et toi le garçon qui faisait tout bien.

— J'ai toujours aimé l'éclat de ton regard. Il suffisait que je te regarde dans les yeux pour me sentir bien et être content de moi.

Elle le considéra longuement en silence avant de reprendre :

— Une petite année après mon mariage, tout le monde me savait déjà veuve. Et voilà que tu arrives dans ma vie et que tu veux la bouleverser de fond en comble.

— Tu ne peux te figurer à quel point je regrette le passé, mais il est impossible, malheureusement, de le changer, dit-il en plaçant le doigt sous le menton de Kara.

— Ça ne t'a pas coûté, d'être loin de ta femme ? A moins que tu n'aies trouvé du réconfort avec d'autres, comme celui dont on entend, en ce moment, le souffle rauque ?

— Kara, fit-il en posant les mains sur ses épaules. Je serai honnête. J'ai essayé par tous les moyens de ne pas penser à Jaarlshiem et à la Raumerike, ni même à toi. Les épreuves de ma vie me semblaient ainsi moins dures à supporter. Mais ne te méprends pas. Voir mourir mes amis a été un moment atroce.

Kara, qui espérait qu'il lui en dise plus, retint son souffle.

— Revenir couvert de honte était impensable. Toi-même m'aurais rejeté ! Mais pendant tout ce temps, il n'y a pas eu d'autre femme dans ma vie. J'étais un mercenaire marié qui tentait de recouvrer son honneur, et non une brute assoiffée de sang cherchant quelques instants de paix entre les bras d'une femme de passage.

Kara, qui le regardait avec gravité, resta muette.

— Tu mérites que je te dise la vérité, poursuivit-il. J'ai essayé, en effet, de ne pas penser à toi, ça m'aurait fait trop mal. Mais depuis que je suis de retour, la mémoire me revient. A chaque détour du chemin, un nouveau souvenir surgit qui me comble de bonheur et de nostalgie. Je veux reprendre notre mariage là où nous l'avons laissé, si tu veux bien m'accorder cette grâce.

— Ash, fit-elle en plaquant les mains sur son torse pour le repousser alors qu'il s'inclinait vers elle pour l'embrasser de nouveau.

Si elle lui cédait maintenant, beaucoup trop de questions resteraient en suspens entre eux. Il semblait croire que s'ils se donnaient l'un à l'autre tout serait simplifié entre eux, mais elle craignait que ce ne soit le contraire.

— Ton père m'a parlé des autres femmes de ta vie… Il me les a même fait voir et les a invitées à me parler de toi, et des relations que vous aviez eues. J'ai eu droit à tout : tes préférences, la façon dont tu les séduisais, etc.

— Mon père a fait ça ? s'exclama-t-il, furieux. Heureusement pour lui qu'il est mort, sinon il m'aurait entendu !

Il plongea le regard dans le sien en reprenant :

— Je n'ai jamais eu l'intention d'épouser aucune de ces filles. La seule avec laquelle j'ai eu envie de me marier, c'est toi. Et je t'ai épousée. C'est auprès de toi que je suis revenu, et de personne d'autre.

— Mais ces femmes ne mentaient pas, rétorqua-t-elle en croisant les bras pour se défendre de se jeter dans les siens.

Elle avait envie de pleurer contre son épaule. Elle avait espéré qu'il nierait, qu'il dirait que son père avait soudoyé toutes ces femmes.

Sans la quitter des yeux, il la lâcha et déclara en martelant ses mots :

— A partir d'aujourd'hui, c'est toi qui me demanderas un baiser avant que je ne t'en donne un.

Interloquée, elle battit des paupières sans répondre.

— La dernière chose dont je me sente capable, c'est de te forcer, Kara. Quel qu'en soit mon désir, je ne peux pas revenir sur le passé. J'ai une immense envie de te serrer dans mes bras, mais je ne le ferai jamais si tu dois m'accuser ensuite de t'avoir séduite. L'amour ne peut être que réciproque, sinon il n'apporte pas le bonheur. Si tu as envie que je t'embrasse, tu auras à me le faire savoir.

— Je ne sais pas trop ce que tu me demandes…

L'expression d'Ash devint grave.

— Il ne s'agit plus de jouer ni d'hésiter. Arrête de te protéger. Si tu veux en finir avec le passé, modifie ton attitude comme je suis prêt à changer la mienne. Veux-tu que notre mariage ait un avenir ?

Elle releva le menton avec dignité, mais elle était toute nouée à l'intérieur. Les reproches qu'il lui faisait n'étaient pas fondés. Elle ne fuyait pas ses sentiments. Elle ne cherchait qu'à se préserver, car elle ne voulait pas qu'il lui brise le cœur une seconde fois.

— Je vais réfléchir à tout ce que tu m'as dit, répondit-elle avant de tourner les talons.

Kara s'écarta de la laine qu'elle avait enfin fini de filer et qui pendait à un écheveau. La phase la plus intéressante allait pouvoir commencer ; il s'agissait, maintenant, de tisser vêtements et couvertures pour l'hiver.

Il était temps qu'elle prenne ses responsabilités et cesse de se faire du mauvais sang au sujet d'Ash ou d'aller se réfugier auprès des bêtes.

Thora et les autres femmes travaillaient dur sur leurs rouets pour filer ce qu'il restait de la laine de l'année. Elle allait les encourager et commencer avec elles à tisser ce qu'il y avait de plus urgent. Elle n'avait que trop négligé ses devoirs pour regarder Rurik s'entraîner avec son père.

Le rêve qu'elle avait fait, la nuit précédente, où elle s'enfonçait dans un énorme amas de laine qui attendait d'être filé alors que déjà le ciel s'assombrissait sous les nuages chargés de neige, l'avait arrachée à son apathie. Il n'était pas trop tard pour redevenir le régisseur efficace de Jaarlshiem qu'elle avait été pendant trois ans.

Elle était toujours très attachée à Ash, cela ne faisait aucun doute, mais elle ne voulait pas courir le risque de tomber une nouvelle fois amoureuse de lui. Il avait suffisamment piétiné ses sentiments par le passé pour qu'elle se refuse à s'exposer de nouveau à son insouciance. Si elle décidait de demeurer sa femme, elle voulait avoir la certitude qu'elle s'épargnerait toute souffrance morale. Elle avait tout donné dans les premières semaines de leur mariage sans rien recevoir en retour. Pour retourner vers lui, elle exigerait qu'il y ait autre chose de sa part que du désir.

— Te voilà, Kara ! s'exclama Ash qui venait de paraître sur le seuil. Toujours au travail !

Ses cheveux blonds flamboyaient dans la clarté du soleil devant laquelle se découpaient son impressionnante carrure et ses hanches étroites.

— Tu me cherchais ? demanda-t-elle, troublée.

— Je ne t'ai pas vue, ce matin, à l'entraînement.

— Nous avons pris du retard dans le filage et le tissage de la laine.

— J'aurais aimé te parler d'un sujet particulier concernant Rurik… Les travaux domestiques devront attendre.

Le cœur de Kara se serra. Elle devait arrêter de croire, chaque fois qu'il la cherchait, que c'était parce qu'il avait envie de passer du temps avec elle.

— Je t'écoute.

— Dis-moi d'abord s'il y a une autre raison que l'abondance de travail justifiant ton absence ce matin.

— C'est Rurik qui m'a demandé de ne pas venir. Pendant le déjeuner, il m'a dit qu'il était un grand garçon et qu'il n'avait pas besoin d'une maman qui veillait en permanence sur lui.

Elle croisa les bras sur la poitrine en réfléchissant à l'argument qu'elle avait invoqué. C'était plus prudent de ne faire porter qu'à Rurik la responsabilité de son absence. Elle n'avait aucune envie de poursuivre leur conversation de la veille dans cette salle où leurs propos pouvaient être entendus.

— Six ans, et il n'a déjà plus de temps pour sa mère. Je l'ai écouté et me suis tenue à l'écart.

— C'est de la fanfaronnade. Il t'adore et a besoin de toi.

— Tu es gentil… Au fait, ton plan pour le détacher de Virvir semble porter ses fruits. Maintenant, au lieu de se référer à Virvir, il me cite Saxi.

— Excellente nouvelle.

— Es-tu bien certain, cependant, que ce Saxi soit le genre d'homme qu'il est souhaitable que Rurik prenne comme exemple ?

— Oui. C'est un homme bon et un brave guerrier.

Le visage d'Ash s'assombrit quand il poursuivit :

— Il avait une femme et trois enfants qui ont été tués en France. Son plus jeune fils aurait l'âge de Rurik, aujourd'hui.

Kara tourna son regard vers l'écheveau qui l'attendait. Elle n'avait jamais imaginé que le grand guerrier grisonnant ait pu avoir une autre vie avant celle-ci. Ash avait eu raison de lui confier Rurik. La relation avec l'enfant comblerait peut-être le vide qui avait dû se former dans son cœur.

— Je suis désolée pour Saxi, et aussi d'avoir douté de ton choix.

— Tu me demandes pardon ? fit-il, son regard bleu comme éclairé de l'intérieur. Je n'ai pas fini de m'étonner. Tu as fait un travail fantastique avec ton petit homme de fils. Je suis très fier, d'ailleurs, qu'il soit aussi le mien.

— Voulais-tu me voir pour une autre raison ? demanda-t-elle soudain d'un ton plus froid. Le tissage, comme tu le vois, m'attend.

— Je voudrais emmener Rurik à la chasse. Il faut qu'il apprenne à relever les traces des animaux sauvages et à manier l'arc. Saxi est d'accord avec moi. Il emmenait son fils aîné chasser avec lui au même âge.

Surprise, Kara porta la main à sa bouche. Elle n'osait imaginer son fils à la chasse avec tous les dangers qu'une telle occupation comportait. Elle en avait fait l'expérience, elle dont le père avait trouvé la mort dans un accident de chasse.

— Il est bien trop jeune ! dit-elle. Les dangers de la chasse sont sans comparaison avec ceux qu'on peut rencontrer sur un terrain d'entraînement.

— Il doit apprendre à vivre au milieu du danger. Il sait déjà très bien se servir d'un arc, mais il faut qu'il se perfectionne.

— Ne pourrait-il simplement s'entraîner à tirer sur des cibles ?

— Non, il a besoin de relever un défi. Il lui faut une occupation qui requière toute son attention et tous ses efforts.

— Il a cherché à revoir Virvir ?

— Non... Sa passion pour ce mauvais garçon semble s'être essoufflée mais, un jour ou l'autre, ils seront réunis et il faut que Rurik ait quelque chose à raconter à Virvir qui sorte de l'ordinaire et dont il puisse être fier.

Ash posa la main sur l'écheveau.

— Laisse ton ouvrage et viens avec moi, Kara. Maintenant !

— C'est un ordre ?

— Non, une requête.

— Tu peux voir, pourtant, tout ce que j'ai à faire. En l'absence de Gudrun, je me vois obligée de la remplacer. Thora forme sa nièce, mais elle n'est ni très douée ni très rapide. En fait, elle est bien plus intéressée par tes hommes à l'entraînement.

— Je ne requiers ta compagnie qu'un après-midi. Cet après-midi. Ça ne changera rien à ton organisation. De toute façon, tu as toujours détesté tisser. Tu t'en plaignais quand tu étais petite.

Comment pouvait-il se souvenir de choses aussi anodines et lointains ? Après la mort de la mère de Kara, en effet, sa tante était venue habiter à la maison pour tenir le rôle de la mère de famille, et avait insisté pour qu'elle apprenne à filer et tisser proprement plutôt que de soigner les animaux.

— As-tu une idée de tout ce qu'il me reste à faire ? L'hiver arrive, et il n'attendra pas que nous soyons prêts à lui faire face pour sévir.

— Je veux te montrer ce que j'ai l'intention de faire avec Rurik lorsque je l'emmènerai à la chasse. Ça t'évitera de te faire du mauvais sang. Tu seras plus efficace, d'ailleurs, si tu cesses de te tourmenter du matin au soir pour lui.

Il la regardait fixement et elle commit l'erreur de lever les yeux sur lui et s'abîmer dans les profondeurs bleues de son regard.

— Je veux que tu sois rassurée au sujet de la formation de Rurik plutôt que d'imaginer les pires éventualités le concernant. Je sais quelle imagination tu as. Et si tu n'es pas entièrement satisfaite, je ne dirai même pas à Rurik quelle avait été mon intention.

Kara fut touchée par les scrupules d'Ash. Elle ne s'était pas attendue à ce qu'il montre autant de délicatesse à son égard. Aussi ne pouvait-elle lui opposer un refus catégorique. Elle devait faire la moitié du chemin, au moins, dans sa direction.

— Tu voudrais que je vienne à la chasse avec toi ? Toute seule ?

— Ce serait plutôt pour relever les traces et les fumets

des animaux en vue d'une prochaine chasse. J'aimerais t'apprendre, comme je le ferai avec Rurik, à distinguer, entre plusieurs traces laissées au même endroit par les bêtes sauvages, laquelle est la plus exploitable.

Il lui sourit en reprenant :

— Tu me demandais toujours, autrefois, de t'emmener à chaque expédition que je préparais.

— Et tu prenais plaisir à me faire prendre les parcours les plus difficiles, répondit-elle, un poing sur la hanche.

— Pourtant, tu n'as jamais renoncé.

— C'est vrai.

Avant de mettre au monde Rurik, elle ne s'inquiétait de rien et ne se plaignait jamais. Elle essayait toujours de voir le meilleur dans chaque chose.

— Je suis d'une nature volontaire, reconnut-elle.

— Viens avec moi, cet après-midi. Laisse ce travail aux autres.

Il accompagna son propos d'un geste circulaire de la main désignant les écheveaux de laine et les servantes qui tissaient déjà.

— Dis-moi que tu viendras… Et que nous ne serons que nous deux, comme au bon vieux temps.

Une bouffée de joie envahit Kara devant l'insistance d'Ash à vouloir passer du temps seul avec elle.

— Est-ce que ça me permettra de savoir exactement ce que tu as l'intention de faire avec Rurik ?

— Précisément, répondit-il avec un sourire radieux. Je te promets de ne rien te faire faire que tu ne veuilles. A aucun moment je ne te demanderai de tirer une flèche sur un oiseau.

Il évoqua plusieurs autres exigences qu'il avait eues avec elle lorsqu'ils étaient tout jeunes, et qu'il lui promit de ne pas répéter.

— Je ne me suis jamais plainte, dit-elle avec fermeté.

— Tu as eu tort de ne pas le faire. Il m'est impossible de savoir ce qui te déplaît si tu ne me le dis pas.

— Il n'y a rien à regretter du passé. J'ai beaucoup aimé nos expéditions. Chacune d'elles.

— Même si, parfois, je ne t'ai pas très bien traitée ? Ma seule excuse, c'était la jeunesse.

— Ce devait être ennuyeux de traîner derrière toi une fille. Tu étais gentil, Ash. Je ne me suis jamais fait aucun mal.

— Pendant que nous serons partis, Saxi veillera sur Rurik et lui apprendra à fixer les plumes sur les flèches.

— Thora peut me remplacer et diriger les servantes, dit Kara qui avait enfin pris sa décision.

Elle voulait y aller, non seulement pour connaître les risques éventuels que pourrait courir Rurik, mais pour passer du temps avec Ash. Il y avait trop longtemps qu'elle n'avait eu tout un après-midi en sa compagnie.

Et elle n'avait aucune appréhension. Elle lui faisait totalement confiance.

— Peux-tu me dire quelles sont ces traces ? demanda Ash en s'agenouillant sur un tertre herbu auprès d'une mare. Utilise ce que je t'ai appris aujourd'hui, et non tes anciens souvenirs. Agis comme si tu étais Rurik.

Heureuse de n'être pas enfermée à la maison à tisser la laine, Kara inspira profondément l'air odorant de la forêt. C'était sans doute l'un des derniers beaux jours de l'automne. Le matin, les mares comme celle-ci étaient bordées de glace mais dans l'après-midi, sous l'action du soleil, l'atmosphère se réchauffait bien vite et l'air devenait doux. Kara avait peine à se souvenir d'un jour où elle s'était sentie aussi libre. Aucune responsabilité ne pesait sur ses épaules ; elle n'était invitée qu'à se réjouir.

— Je suis contente que tu me considères capable d'identifier des traces d'animaux, fit-elle en s'approchant de lui.

— Je n'en ai jamais douté, mais je voudrais vérifier que tu as bien compris la leçon que je t'ai donnée.

Elle s'agenouilla à son tour et observa attentivement les traces des animaux venus boire dans la mare.

— Laquelle veux-tu que j'identifie ?

— La plus proche de l'eau. C'est la plus difficile à déterminer. C'est ce genre de question que je poserai à Rurik. Es-tu capable d'y répondre ?

— Bien sûr, et je ne doute pas qu'avec un peu d'aide Rurik ne sera pas long à en faire autant.

Penchée sur les traces, Kara les examina attentivement. Elle avait oublié à quel point cela pouvait être agréable de se trouver au milieu des bois avec Ash pour seule compagnie.

— Ce sont des traces de lièvre, au plus près de l'eau. A côté, un renard a laissé son empreinte. Et, pour terminer, un chevreuil a tout écrasé sous son sabot.

Elle attendit le verdict d'Ash, mais elle était presque certaine de ne s'être pas trompée. Il était devenu un excellent professeur, bien plus patient qu'à l'époque où elle n'était qu'une petite fille qui ne cessait de le harceler. Cette fois, il avait pris tout le temps de lui donner des explications dans le détail, sans jamais s'énerver, même lorsqu'elle lui rappelait qu'il n'était guère enclin à l'éclairer, naguère.

— Parfait ! fit-il en la regardant avec un large sourire.

A cet instant, elle se demanda comment elle pourrait vivre de nouveau sans ce sourire comme elle y avait été contrainte au cours des sept dernières années.

— J'aurais cru qu'il te faudrait plusieurs après-midi d'observation avant d'être capable de démêler entre des traces aussi imbriquées les unes dans les autres. Celle du renard était particulièrement difficile à déceler.

— J'apprends vite, mais heureusement que tu m'as rappelé certains détails essentiels que j'avais oubliés.

Elle sourit à son tour avant de reprendre :

— Comment ai-je pu confondre une trace d'élan avec celle d'un cerf ? Cela me dépasse. Tu as été encore une fois très patient, Ash. Je comprends mieux, maintenant, pourquoi Rurik prend tant de plaisir à suivre tes instructions.

— Tu avais donc oublié les leçons d'antan ? Je croyais que ta mémoire était infaillible.

Kara repoussa une mèche de ses cheveux derrière son oreille. Il lui aurait suffi de se pencher un peu pour effleurer d'un baiser les lèvres d'Ash. Un simple petit baiser… Mais cela suffirait, peut-être, à enrayer leur amitié renaissante.

— Non, manifestement.

— Je ne le dirai à personne.

Elle prit appui sur les talons et posa les mains sur ses cuisses. Il était bien plus difficile qu'elle ne l'aurait cru de lutter contre le désir grandissant qui embrasait son corps.

— Ash…, fit-elle dans un murmure.

Il avança la main et replaça sous son foulard les cheveux qui s'en échappaient.

— Tu verras mieux si tu n'as pas de cheveux devant les yeux. Concentre-toi, et regarde bien si tu ne trouves pas quelques autres indices d'un quatrième animal.

Le ton de sa voix, légèrement rauque, trahissait son émotion.

Elle savait que c'était à elle de faire le premier pas, et le moment était idéal…

Sans hésiter davantage, elle lui passa le bras autour du cou, attira son visage vers le sien et pressa les lèvres contre les siennes. Elle eut envie, aussitôt, d'approfondir leur baiser, de le prolonger longuement, mais elle n'osa pas…

Redressant la tête, elle attendit qu'il ait à son tour un élan vers elle, qu'il lui montre qu'il avait lui aussi envie d'échanger un baiser.

Il la regardait intensément, mais ne bougeait pas. On aurait dit un chat face à une souris. Tout attente et immobilité.

Elle retint sa respiration et entendit battre son pouls dans ses oreilles. Avait-elle trop attendu ? Son désir pour elle s'était-il tari ?

— C'était pour te remercier de m'avoir emmenée avec toi aujourd'hui et pour tout ce que tu as fait pour Rurik, dit-elle enfin d'une voix mal assurée et le sang aux joues.

Elle avait commis une erreur en l'embrassant. Elle avait tout risqué sous le coup d'une impulsion et tout perdu.

— Les remerciements sont superflus, je t'assure. Le plaisir est pour moi.

L'émotion était palpable dans sa voix, et Kara remarqua qu'il serrait les poings comme s'il serrait la bride à son corps.

— Mais j'ai voulu ce baiser…

Elle prit une profonde inspiration. Elle devait essayer une nouvelle fois.

— Et je veux que tu m'embrasses encore… Si tu en as envie… Ici, où nous sommes seuls… Où il n'y a personne pour nous déranger…

Lui aussi aspira une grande bouffée d'air, comme s'il avait retenu longtemps sa respiration.

— Ne me dis pas de telles choses si tu ne les penses pas vraiment, dit-il d'une voix tendue. Car lorsque nous aurons commencé, Kara, tu ne pourras plus revenir en arrière. Je ne suis pas fait de bois.

En guise de réponse, elle lui prit le visage entre les mains et, plongeant le regard dans le sien, murmura :

— Je les pense.

Cette fois, au lieu de se contenter de presser les lèvres contre les siennes, elle les lui effleura du bout de la langue puis, emprisonnant sa lèvre inférieure entre ses dents, elle la mordilla délicatement.

Excité par ce jeu érotique, il l'enlaça et la serra passionnément contre lui. Dans la force de son étreinte, elle sentit son érection et n'eut plus aucun doute quant au désir qu'il éprouvait pour elle.

Elle savait qu'elle ne se contenterait pas de quelques baisers, même ardents. Elle voulait beaucoup plus, et ne se sentait pas le cœur à attendre la nuit pour satisfaire son désir. Même si c'était déjà l'automne et qu'une certaine fraîcheur régnait, elle voulait cela maintenant.

Toutes ses craintes et ses hésitations s'évanouissaient entre ces bras forts où elle se sentait en sécurité. Alors qu'elle se faisait ces réflexions, Ash écarta les lèvres à son tour et leur baiser devint bien plus intense.

Après quelques instants, cependant, alors qu'elle se sentait de mieux en mieux et que son désir était à son comble, il interrompit leur baiser et redressa la tête.

— Il faut arrêter.

— Pourquoi ?

— Ce n'est pas le lieu où je voudrais que tu te donnes à moi pour la première fois depuis notre séparation…

Il lui posa les mains sur les épaules et la regarda avec gravité.

— Si nous continuons, Kara, je ne serai pas capable de me retenir… J'ai trop envie de toi.

Elle eut un petit rire de gorge, un rire envoûtant qui ne fit qu'augmenter encore l'impatience d'Ash.

— J'en ai assez d'attendre, dit-elle dans un murmure. Je rêve de toi toutes les nuits… Fais que mes rêves deviennent réalité. Je t'en prie.

— Tu rêves de moi ? Crois-tu que tes rêves soient aussi torrides que les miens ?

— Si tu savais… Tu ne le croirais pas.

— Je t'ai dit, en arrivant, que mon sommeil était hanté par le souvenir du naufrage. Mais depuis quelques jours, je n'arrive plus à dormir à cause de toi à qui je pense tout le temps dès que je suis couché.

Il lui prit le visage entre les mains en ajoutant :

— Je rêve de dormir auprès de toi dans un lit douillet. Le sol est dur et froid, dans la cour de Jaarlshiem. Il faut être épuisé pour réussir à s'y endormir.

Le cœur de Kara se serra. S'ils attendaient d'être de retour au manoir, quelque chose les empêcherait de se retrouver. Elle voulait se donner à Ash ici et maintenant, avant qu'elle ne perde patience.

— Je croyais que tu n'aimais pas dormir sous un toit.

— Je ne souhaite pas que dormir, dans ce lit…

Il lui déposa un suave baiser sur le front et la repoussa doucement.

— Ce n'est pas le moment, Kara. Je suis désolé, mais je ne pense pas que ce soit bien.

— Comment cela ? fit-elle à mi-voix.

— Avant de te donner à moi, il faut que tu saches par où je suis passé. C'est important pour que tu puisses reprendre ta liberté si tu le désires. Pour le salut de notre mariage, il faut que tu saches toute la vérité sur ma vie.

Kara ressentit du dépit, mais elle était disposée à l'écouter. Si ces révélations étaient si importantes, elle devait les entendre. Elle espérait seulement qu'elles n'auraient aucune incidence sur leur relation.

— D'accord, dit-elle. Je t'écoute. Je suis prête à entendre ta confession d'une oreille compatissante, et avec la volonté que, quoi que tu me dises, ça ne changera rien aux sentiments que j'éprouve pour toi.

Il se lança alors dans le récit des moments les plus dramatiques de sa vie d'aventure, ceux qui pesaient par moments d'une manière insupportable sur sa vie. Lorsqu'il eut terminé, sans même attendre sa réaction, il se tourna dans la direction d'où ils étaient venus.

— Tu sais tout, maintenant, conclut-il. Retournons

à la maison. Quand tu auras pris ta décision, tu me le feras savoir.

— Elle est prise, répondit-elle avec fermeté.

Elle le saisit par le bras et l'obligea à lui faire face.

— Nous restons ici, ajouta-t-elle avant de l'embrasser sur la bouche. Il n'y a plus de secrets entre nous, et je m'en trouve très bien. Tes aveux n'ont eu d'autre effet que me rendre encore plus admirative de ce que tu es devenu. Que tu aies pu traverser autant d'épreuves sans jamais renoncer me semble absolument incroyable. Vraiment, ce que tu as vécu t'a façonné. Je m'en étais rendu compte en te regardant t'entraîner avec tes hommes et t'occuper de Rurik.

Sans lui laisser le temps de dire quoi que ce soit, elle défit l'agrafe de son manteau et l'étendit sur l'herbe.

— Nous avons toute notre vie pour nous aimer dans un lit confortable. Maintenant, nous avons la complicité de ces bois magnifiques.

En prononçant ces mots, elle désigna d'un geste ample la clairière silencieuse qui les entourait.

— Si tu n'as aucune envie de t'étendre auprès de moi ici, bien sûr, je veux bien te laisser le temps de t'habituer à moi.

Il eut un rire plein de gaieté en lui passant le bras autour des épaules.

— Si tu savais comme cela m'a coûté, surtout au cours des derniers jours, tu ne me ferais pas ce genre de proposition. Je t'ai laissé du temps, mais je n'ai pas dit que c'était facile pour moi.

— Ça ne l'a pas été pour moi non plus, avoua-t-elle.

Il lui passa la main dans le dos, déclenchant chez elle un frisson qui lui courut de la tête aux pieds.

Elle se tourna vers lui et il lui prit les mains pour les tenir au-dessus de sa tête.

— Est-ce que tu m'aurais emmenée, aujourd'hui, si je te l'avais demandé ? demanda-t-elle.

— Oui, bien sûr... Je voulais te raconter ce qu'a été ma vie au cours des sept dernières années, et j'avais envie de le faire ici, au cœur de la forêt. Je craignais terriblement de te perdre, mais il me semblait que je le supporterais plus facilement au milieu de cette nature sauvage. J'avais tout de même, malgré tout, un léger espoir que tu me pardonnerais mon passé, et il a été suffisant pour me convaincre de venir ici avec toi.

— Tu avais de l'espoir...

— Sans espoir, je n'aurais jamais survécu à mes épreuves. Heureusement, au plus profond de moi, je voulais voir de nouveau ton visage et sentir ta peau contre la mienne.

Il lui couvrit le visage d'une pluie de petits baisers qui rappelèrent à Kara les souvenirs lointains de leurs amours d'enfance.

A chaque caresse, elle prenait conscience à quel point ses rêves avaient été au-dessous de la réalité. Elle était si impatiente de se donner à lui qu'elle leva la main vers l'agrafe de son manteau, mais il la retint.

— Doucement, dit-il dans un murmure. Je veux prendre mon temps et savourer ces moments que j'ai tant attendus.

Prenant ses mains dans les siennes, il la fit s'étendre sur le dos avant de retirer lui-même son manteau et sa tunique. Le soleil d'automne donnait à son torse une teinte dorée, mais sans effacer les nombreuses cicatrices dont il était sillonné.

Elle avança une main tremblante vers la plus proche et en suivit le dessin d'un doigt léger. Elle ne supportait pas la pensée de la douleur qu'il avait dû éprouver pour chacune de ces traces cruelles.

— Je n'ai plus tout à fait le même aspect, n'est-ce pas ? fit-il en lui prenant la main. Est-ce ce que tu cherches à me faire comprendre avec ton regard grave ? Tu es déçue ?

Elle leva les yeux vers le ciel d'un bleu vif et essaya de reprendre le contrôle de ses émotions. Comment pouvait-il la croire si superficielle ?

— J'éprouve seulement de la tristesse à l'idée de la souffrance qui t'a été infligée par toutes ces blessures.

— Il n'y a pas de vie sans douleur, répondit-il en portant sa main à ses lèvres.

Il décrivit un petit cercle du bout de la langue à l'intérieur de son poignet.

— Tu as considérablement atténué ma peine, aujourd'hui, ajouta-t-il. Celle qui habitait mon âme.

Elle le regarda avec une immense tendresse et, redressant la tête, atteignit de ses lèvres la plus profonde de ses cicatrices, celle qui partait de son torse pour descendre jusqu'à sa hanche gauche. Celui qui lui avait infligé cette blessure avait tenté de l'éventrer. C'était à l'occasion de son second combat contre les Francs, lui avait-il dit. Elle passa le bout de la langue le long du sillon de la cicatrice qui contrastait avec sa peau intacte couverte d'un duvet blond.

— Je voudrais voir ton corps, murmura-t-il à son oreille. Laisse-moi m'émerveiller devant ta perfection.

— Ce n'est plus vraiment le cas. J'ai eu un enfant, depuis que tu m'as vue pour la dernière fois.

— Tu seras toujours parfaite à mes yeux.

Elle s'assit sur les talons et commença à défaire sa ceinture mais le nœud, trop serré, lui résista.

Ash vint à son secours et, après quelques efforts, réussit à dénouer la ceinture. Il lui fit ensuite passer sa robe et sa chemise par-dessus la tête. En sentant l'air frais courir sur sa peau, elle eut la chair de poule.

La voyant frissonner, Ash la prit dans ses bras et sa chaleur se communiqua à elle.

— Veux-tu que je te réchauffe ?

Sans attendre sa réponse, il s'étendit sur elle et lui couvrit le cou et les épaules de petits baisers avant de s'en prendre au lobe de son oreille qu'il titilla entre ses lèvres.

Chaque contact déclenchait des frissons voluptueux qui se propageaient le long du corps de Kara et lui rappelaient leurs étreintes de naguère qu'elle avait tant aimées.

Quand il se pencha sur sa poitrine et qu'elle sentit son haleine sur la pointe tendue de ses seins, elle cambra les reins, dans son impatience d'être prise par lui. Il enferma tour à tour entre ses lèvres ses tétons d'un rose pâle et les suça.

Elle ne put retenir un gémissement tandis qu'elle l'enlaçait et l'attirait contre elle.

— Viens, murmura-t-elle en s'ouvrant à lui.

— Oui, ma chérie…

Il avança la main entre ses jambes et glissa les doigts contre son intimité, la massant jusqu'à ce qu'elle n'en puisse plus.

— Ash… S'il te plaît…, gémit-elle.

Il glissa les mains sous ses reins et, la soulevant légèrement, vint lentement en elle, la pénétrant de toute sa force mâle.

Ils restèrent un moment immobiles, ajustant leurs corps l'un à l'autre, puis il commença d'aller et venir en elle, dans un rythme auquel elle s'accorda d'instinct.

Elle savait que ce ne serait pas comme dans ses rêves et qu'il ne disparaîtrait pas soudain, noyé dans la brume, mais elle éprouva le besoin de nouer les jambes autour de lui et de le serrer dans ses bras de toutes ses forces alors qu'elle frémissait de plaisir en s'élevant vers l'orgasme…

*
* *

Lentement, Ash se laissa rouler sur le côté et, se dressant sur un coude, se pencha sur le visage de Kara qui s'était endormie.

Enivrée de la jouissance qu'ils venaient de partager, elle avait sombré dans un sommeil paisible. Lui, au contraire, se sentait extraordinairement éveillé et vivant comme il ne l'avait plus été depuis des années. Il avait oublié que de telles sensations existaient.

Il était si heureux d'avoir enfin retrouvé Kara ! Mais il savait que leur bonheur était fragile et pouvait être détruit du jour au lendemain par ceux qui ne leur voulaient aucun bien. Il avait voulu s'assurer que rien ne puisse arriver à Kara et à leur fils, mais avait-il pris la bonne décision en ne leur confiant pas ses craintes au sujet de son oncle ?

Il passa la main le long du corps dénudé de Kara, s'émerveillant de la douceur de sa peau, et ce simple geste ranima son désir. Cependant, mieux valait ne pas s'attarder ici. La nuit ne tarderait pas à tomber, et l'on s'inquiéterait à Jaarlshiem si on ne les voyait pas revenir.

Il avait toute la vie pour témoigner de son amour à sa femme. Elle était vraiment à lui, maintenant, et il se montrerait digne d'elle. Un jour, elle comprendrait que tout ce qu'il faisait était pour son bien et celui de Rurik.

— C'est le moment de partir, Kara, murmura-t-il en lui caressant le visage.

— Vraiment ? fit-elle d'une voix ensommeillée en ouvrant les yeux.

Elle se blottit entre ses bras :

— Je suis tellement bien ici, avec toi…

— Peut-être maintenant, mais tu ne le seras plus très longtemps. Quand le soleil sera passé derrière les arbres, il va vite faire froid.

Il lui effleura l'épaule d'un baiser au lieu de la serrer dans ses bras comme il en avait envie. Ce seul contact suffit à lui faire battre le cœur. Il avait été un imbécile d'attendre aussi longtemps avant de revenir auprès d'elle !

— Et nous ne voudrions pas que Rurik s'inquiète pour nous.

En entendant le nom de leur fils, elle se redressa et tendit le bras pour prendre ses vêtements. Le sang lui monta aux joues quand elle vit leur état.

— Que va-t-il dire s'il me voit dans des vêtements aussi froissés ?

— Il sera heureux d'apprendre que nous avons essayé de lui donner un petit frère ou une petite sœur.

Elle mit la main devant sa bouche comme pour étouffer un cri.

— Je n'y avais pas pensé… Bien sûr, tu voudrais d'autres enfants.

— Pas toi ? Tu disais toujours que tu aimerais avoir une grande famille.

— C'est vrai, et je n'ai pas changé d'avis.

Elle se rhabilla puis serra nerveusement son foulard autour de sa tête.

— Mais il est vrai aussi que ça ne m'était pas venu à l'esprit. Il y a si peu de temps que tu es de retour dans ma vie…

Ash prit une mèche de ses cheveux entre ses doigts et joua avec :

— Je voudrais une petite fille avec les cheveux blonds de sa maman et le même esprit.

— Et si ce n'est pas le cas ?

— Qu'importe ! Nous aimerons tous nos enfants, quels qu'ils soient.

Il posa la main sur son épaule avant de poursuivre :

— Si tu veux que je sois un fermier, Kara, je te promets d'essayer de mon mieux. Je veux être le mari idéal pour toi.

— Ce serait bien, répondit-elle en se mordant la lèvre inférieure.

— Il y a quelque chose qui te préoccupe ?

— Non, rien du tout… Mais il est tard. Nos gens vont s'inquiéter.

Elle tendit le cou et lui mordilla le menton.

— Je dirai à quiconque m'interrogera que j'ai eu une merveilleuse leçon de chasse.

Le rire d'Ash, dont l'écho fut renvoyé par les arbres, provoqua l'envol de plusieurs pigeons ramiers.

Cette fois, il croyait en sa bonne étoile. Il vaincrait son oncle et s'efforcerait de tout son cœur de devenir l'homme que Kara souhaitait qu'il soit.

Chapitre 13

Kara laissa échapper un soupir en retirant son manteau. Elle remerciait les dieux de lui avoir permis de gagner le sanctuaire de sa chambre sans rencontrer personne. Ainsi, on ne lui avait lancé aucun regard suspicieux ni posé de questions dérangeantes.

Elle tira de ses cheveux une brindille et une aiguille de sapin qui auraient pu la trahir, puis libéra sa chevelure, la laissant tomber sur ses épaules.

Les propos d'Ash, qui lui avait dit sa volonté de devenir un fermier, résonnaient encore à ses oreilles. Elle ne s'était pas attendue à une telle déclaration et avait peine à imaginer qu'il puisse être heureux dans cet état. Il avait paru sincère, cependant. Et n'était-ce pas ce qu'elle souhaitait ? Elle voulait un mari qui soit à son côté pour partager avec lui la charge de l'exploitation. Ce serait l'époux parfait, et Ash prétendait vouloir l'être. Elle avait donc toutes les raisons de se réjouir. Pourtant, elle éprouvait un certain malaise, comme si Ash lui cachait quelque chose.

— Vous êtes enfin de retour, ma dame ! fit Thora en entrant dans la chambre sans prendre la peine de frapper. Des visiteurs vous attendent dans la grande salle.

— Leur avez-vous donné à boire et à manger ? demanda Kara en remettant de l'ordre dans ses vêtements.

Elle avait été bien inspirée de ne pas passer par la grande salle en arrivant car, si on avait vu l'état de sa tenue, ce qui s'était passé dans les bois n'aurait été un mystère pour personne. Or, il était encore beaucoup trop tôt pour faire état de sa réconciliation avec Ash.

— Oui, ma dame, répondit Thora en tordant son tablier entre ses mains.

— Qu'y a-t-il, Thora ? Tu as l'air bouleversée.

Kara lissa les plis de sa jupe avant de reprendre :

— S'agit-il de Harald Haraldson ? Ne crains pas que ses hommes se comportent mal, cette fois. Ceux d'Ash sont là. Ils veilleront à ce que la paix de Jaarlshiem ne soit pas troublée.

— Non, ma dame. C'est messire Nerison qui est là.

Le cœur de Kara se serra. Elle n'était pas prête à le revoir. La reprise de ses relations avec Ash était trop récente. Ils avaient besoin de paix et de calme pour se réhabituer l'un à l'autre.

— Valdar..., fit-elle, pensive.

— Rurik est fou de joie, mais en raison de ce qui s'est passé entre vous et du retour de votre époux, il n'est peut-être pas souhaitable que vous voyiez messire Nerison.

Kara espéra ne pas se trahir en rougissant. Elle n'était pas disposée à partager avec quiconque ce qu'elle avait vécu avec Ash dans la forêt. Elle n'avait même pas évoqué avec lui la manière dont ils passeraient la nuit prochaine. Peut-être Ash refuserait-il de dormir avec elle de crainte d'être la proie de cauchemars.

— Je n'ai pas le choix, répondit-elle enfin.

Ash entra à cet instant dans la chambre. Il regarda Thora qui rougit, puis, délibérément, s'approcha de Kara et l'embrassa sur les lèvres. La servante s'empressa de sortir en balbutiant quelques mots d'excuse. Kara sut que la nouvelle de son rapprochement avec Ash se serait répandue dans tout le domaine avant la tombée de la nuit.

— Il y a un problème ? demanda-t-il en la prenant par la taille. Quel qu'il soit, il peut attendre. J'ai envie de prendre un bain avec toi.

— Nous avons de la visite.

— Je le sais.

Kara se figea. Puisqu'il le savait, comment pouvait-il lui suggérer de prendre un bain avec lui ? Et avait-il eu connaissance de l'arrivée imminente d'une petite troupe avant de l'emmener dans les bois ?

— Comment l'as-tu su ?

— Il faudrait être aveugle pour ne pas remarquer la présence d'une demi-douzaine de chevaux en plus dans les écuries, répondit-il en riant.

Elle se détendit. Il ne semblait pas avoir été informé de la venue de Valdar.

— Oui, en effet… Je n'ai pas fait attention… Mais il est hors de question de prendre un bain maintenant, Ash. Ce serait grossier.

— Je pensais qu'il te serait agréable de recevoir ces visiteurs après t'être lavée et avoir changé de vêtements, mais si ça ne te dérange pas d'avoir une tenue un peu désordonnée…

— Je… Euh… C'est mon devoir de recevoir les visiteurs et de ne pas les faire attendre.

Il haussa les épaules.

— Tu as toujours eu un sens aigu du devoir, Kara, n'est-ce pas ?

— C'est notre honneur qui est en jeu.

— Qu'as-tu l'intention de lui dire ?

Il aurait fallu être sourd pour ne pas percevoir la pointe de jalousie dans la voix d'Ash. Son attitude la déconcertait. Après tout ce qu'ils avaient partagé dans l'après-midi, il aurait dû savoir pour qui, de lui ou de Valdar, son cœur battait.

— Je vais l'accueillir chaleureusement, comme chaque fois. Il a toujours été un excellent ami. Je dis bien un ami. Rien qu'un ami.

Elle se dirigea vers la porte d'un pas rapide. La dernière chose dont elle avait envie, c'était de voir une sorte de compétition dont elle serait le prix s'établir entre Ash et Valdar.

En insistant pour qu'elle prenne un bain avec lui, Ash ne cherchait rien d'autre que montrer à Valdar qu'ils avaient repris une vie intime. Elle avait trop de sympathie et d'estime pour Valdar pour lui faire cette peine.

— Kara !

— Oui ? fit-elle en se retournant.

— Il me semble que tu oublies quelque chose.

— Ah bon ?

— Ton mari. Tu ne peux jamais avoir la certitude que tes visiteurs seront aimables. Il se pourrait, un jour, que tu te félicites que mes années d'errance aient fait de moi un guerrier.

— Certes. Mais, en l'occurrence, je ne pense pas qu'il y ait le moindre danger. Valdar est le bienvenu à Jaarlshiem, et il le sera toujours. Je sais déjà que Rurik lui a fait la fête. Il est au comble de la joie de revoir son vieil ami.

— Sans aucun doute… Il faudra que je lui dise de montrer à Valdar certaines bottes que je lui ai apprises.

— Oui, c'est une bonne idée…, répondit Kara, angoissée. Rurik l'aime bien, parce que Valdar s'est toujours intéressé à lui. Il lui apporte quelque chose chaque fois qu'il vient, et il nous rendait souvent visite quand il me faisait la cour. Une amie m'a un jour fait remarquer en plaisantant qu'il cherchait à me plaire à travers mon fils, mais je crois qu'il a une réelle affection pour Rurik.

— Sais-tu pourquoi il est là, ce soir ?

— Non, je ne sais pas. Je n'ai jamais été une très bonne devineresse, Ash.

— Moi, j'ai mon idée.

Kara secoua la tête d'un air consterné. Il était flatteur, d'une certaine manière, qu'Ash se montre aussi jaloux, mais elle redoutait que les deux guerriers n'en viennent aux mains. Valdar avait pourtant été naguère l'ami d'Ash. Pourquoi ne le redeviendrait-il pas ?

— Nous n'aurons qu'à le lui demander, dit-elle. Il peut être ici pour diverses raisons dont, tout simplement, une visite de voisinage. N'oublie pas que Jaarlshiem n'est pas éloigné de son domaine. Il pourrait même te donner quelques conseils pour la ferme.

— Parce que tu écoutes ses conseils ?

— Ils ne sont pas dépourvus d'intérêt. Ils sont même, souvent, très bons.

— Et écouteras-tu mes suggestions ?

Kara inclina la tête de côté d'un air ennuyé.

— Je t'ai écouté au sujet de Rurik. Cela ne te suffit-il pas ?

— Tu sais très bien que Valdar est ici pour vérifier comment tu vas et te proposer, de nouveau, sa protection. Lui diras-tu où nous en sommes ?

Elle haussa les épaules, les yeux baissés vers le sol.

— Autant que je sache, il n'avait aucun projet de venir nous voir. En tout cas, je ne l'ai pas encouragé dans ce sens. Je suis très étonnée qu'il soit venu.

— Comme tu es innocente, Kara ! Pour ma part, je ne suis aucunement étonné. Je me suis toujours attendu à le voir venir.

D'un geste possessif, il lui passa le bras autour de la taille.

— Allons le voir ensemble. Il faut qu'il comprenne que s'il est le bienvenu en tant qu'ami, il doit aller voir ailleurs pour trouver une femme.

— Je ne suis pas un os que des chiens se disputent ! répliqua-t-elle en s'écartant de lui.

— N'oublie pas que j'ai renoncé à me battre toute ma vie. A ta demande, je serai un fermier.

Kara fut envahie par la mauvaise conscience. Ash renonçait à sa vocation de guerrier pour la satisfaire, de même que, sept ans plus tôt, il l'était devenu toujours pour répondre à ses attentes.

— Tu n'as pas à te pavaner devant Valdar en me tenant par la taille ! Je suis ta femme et l'ai toujours été avec humilité et dignité. Si nous jouons aux amants débridés devant tout le monde, l'entière Raumerike le saura en quelques jours. Nous serons la source de tous les commérages.

— Je ne me battrai pas avec Valdar. Je t'en donne l'assurance.

Le regard d'Ash s'illumina quand il ajouta :

— Je sais que tu es mienne et que tu le lui feras savoir.

— J'espère que tu seras fidèle à ta parole, car je t'ai vu faire mordre la poussière à tous ceux qui s'opposaient à toi.

— Je ne suis ni mon père ni mon oncle.

La porte s'ouvrit soudain, et Rurik parut.

— Maman ! Papa ! Venez ! Je veux vous montrer ce que Valdar m'a apporté. Une épée ! Rien que pour moi. Et elle est acérée.

Ash ne cacha pas sa surprise, mais Kara le rassura aussitôt.

— Je savais qu'il faisait forger une épée pour Rurik. Il devait la lui offrir en devenant son beau-père. Et il était prévu qu'elle aurait la taille d'une vraie épée.

— Rurik a déjà un père, dit Ash. Il n'a pas besoin d'en avoir un second. Prends soin de bien le préciser à Valdar quand tu le salueras.

Kara ne prit pas la peine de répondre. Précédée de Rurik, elle se dirigea vers la grande salle où elle trouva

Valdar, le dos tourné à l'âtre, solidement campé sur ses jambes écartées. Son visage s'éclaira quand il la vit entrer.

Le cœur de Kara, en revanche, se serra. Il n'était pas vêtu comme un simple visiteur. Sa grande épée au côté, son couteau et sa hache à la ceinture, il semblait sur le pied de guerre.

— Valdar ! fit-elle. Quelle bonne surprise ! Qu'est-ce qui vous amène à Jaarlshiem ?

— C'est loin d'être une visite amicale, ma dame.

A peine eut-il prononcé ces mots qu'il posa la main sur le pommeau de son épée. Kara ne prit pas la peine de se retourner pour vérifier qu'Ash venait d'entrer dans la salle derrière elle. Au piétinement qu'elle entendit, elle comprit qu'il était entouré de ses hommes, lesquels n'attendaient qu'un signal de sa part pour fondre sur Valdar. Aurait-il préparé un guet-apens sans l'en avertir ? Lui qui disait vouloir devenir fermier ! Ce n'était, encore une fois, que des mots !

— Qu'on ne répande pas le sang, dit entre ses dents Kara quand Ash l'eut rejointe.

— S'il tire son épée, je ne promets pas de pouvoir contenir mes hommes, répondit Ash à mi-voix. Ils me sont totalement dévoués.

— Ordonne-leur de garder leurs distances, ou je te tiendrai pour un mauvais capitaine.

— Ma dame a parlé…, répondit Ash non sans ironie. Certains jours, je me dis qu'elle n'a que faire d'un fermier.

S'adressant à Valdar, Kara reprit :

— Vous êtes et serez toujours le bienvenu ici, Valdar Nerison.

Ignorant Ash qui, près d'elle, toisait son rival, elle s'avança vers ce dernier.

— Je vous remercie, ma dame, répondit le guerrier en s'inclinant mais sans retirer la main de la poignée de son épée.

— Je suis désolé, Valdar, de t'avoir fait attendre, mais nous étions allés reconnaître des traces dans la forêt en vue d'une prochaine chasse, dit Ash en se campant entre le guerrier et Kara.

— Je vois, répondit Valdar en retirant la main de son épée.

— Ash a pris en charge la formation de Rurik, et je voulais m'assurer que ce qu'il se proposait de lui faire faire n'était pas trop difficile.

Kara avait rougi en parlant, créant une gêne chez Valdar qui commençait de s'interroger sur la nature de cette sortie dans les bois.

— Heureusement, ma tendre épouse a reconnu que l'instruction que je donne à notre fils ne met pas sa vie en péril, intervint Ash. Il semble même que cet enfant apprécie de travailler avec son père. Mais quoi de plus naturel ?

— Tout homme serait fier d'avoir Rurik pour fils, dit Valdar. Je me réjouis que dame Kara ait fini par accepter qu'il reçoive une éducation appropriée. J'avais espéré qu'elle consentirait à utiliser mes services, mais c'est encore mieux qu'il apprenne le métier des armes avec son père.

— Une immense responsabilité que je suis plus que désireux d'assumer.

Valdar se tourna vers Kara d'un air interrogateur.

— Ash a pris la décision de ne pas repartir, annonça-t-elle, devinant le sens de son expression.

— Je comprends.

Kara était désolée, mais Valdar ne pouvait pas ignorer que sa vie avec Ash allait recommencer comme avant. Elle formula le vœu qu'il ne soit pas venu en espérant les trouver en mauvais termes.

— Rurik m'a longuement parlé de son entraînement, reprit Valdar en passant la main dans les cheveux de l'enfant. Nous avons là un futur valeureux guerrier. J'espère qu'on le verra, cet hiver, patiner sur la glace.

— Cela dépendra de bien des choses, dit Kara en s'efforçant de ne pas montrer sa déception que Valdar laisse entendre qu'elle protégeait trop Rurik.

— Rurik a compris pourquoi sa mère se montrait aussi prudente en ce qui le concernait, remarqua Ash.

— Elle m'a eu pour que je m'occupe d'elle, dit le petit garçon. Mais c'est différent, maintenant que mon père est de retour.

— Qui lui a appris celle-ci ? fit Kara dans un murmure en lançant à Ash un regard en biais.

Il ne parut nullement repentant.

— Il me semblait qu'il y avait du vrai dans cette remarque ! s'exclama-t-il en riant.

— Certainement, fit Kara entre ses dents.

— Es-tu venu simplement pour Rurik et pour savoir où il en est, ou avais-tu quelque autre intérêt caché ? demanda Ash.

— Je suis venu pour toi, Ash. En raison d'un problème grave.

Valdar plongea dans le sac de cuir accroché à sa ceinture et en sortit une tablette en bois.

— Le roi m'a chargé de te remettre ça. Tu es censé retourner sur-le-champ à Sand et te soumettre à une enquête. J'ai reçu l'ordre de te ramener enchaîné, dans le cas où tu refuserais de me suivre.

Kara eut l'impression qu'elle allait défaillir. Le roi avait pris le parti de l'oncle d'Ash ! Elle avait cru, pourtant, que tout était réglé avant qu'ils quittent Sand pour Jaarlshiem.

— Mais pourquoi ? s'exclama-t-elle quand elle se fut remise de son émotion.

— Mon oncle prétend que les hommes à bord de mon drakkar ont tenté d'aborder le sien en remontant la rivière. Il estime que c'était un acte d'agression contre le royaume de la Raumerike. Mais ses déclarations sont sans fondement. J'avais donné l'ordre à mes hommes de venir directement ici. Le roi veut faire toute la lumière sur cette affaire. Je craignais que nous n'en arrivions là.

— Tu le savais déjà ? demanda Kara, stupéfaite.

Comment avait-il pu lui cacher quelque chose d'aussi important alors qu'ils s'étaient fait la promesse de n'avoir pas de secrets l'un pour l'autre ? Si l'oncle d'Ash réussissait à prouver qu'il était la victime dans cet incident, il aurait le droit de demander tout l'héritage de son neveu, le domaine de Jaarlshiem compris.

— Ne voyant pas arriver notre bateau que j'attends depuis trois jours, je redoutais que quelque chose de cet ordre se soit passé avec mon perfide d'oncle. Même si je déplore de m'être fait prendre mon drakkar et que mes hommes soient prisonniers, je préfère les savoir en vie plutôt que noyés ou agonisants.

Se tournant vers Valdar, il ajouta :

— Je te remercie pour ta promptitude. Tu m'as soulagé d'un poids sur la conscience.

— Il m'a semblé de mon devoir de t'informer au plus vite ainsi que Kara… Tu n'es pas le seul concerné par la requête royale, Ash le Déloyal.

— Je connais bien ce surnom. Mon père me l'a attribué injustement après m'avoir trouvé endormi auprès de mes moutons alors que je n'avais que dix ans et que j'étais resté éveillé toute la nuit. Mais il y a de nombreuses années qu'on ne m'a pas appelé ainsi.

Ash s'interrompit avant de reprendre :

— Tu as l'air fatigué du voyage. Tu devrais prendre un bain et te détendre avant que nous ne poursuivions notre conversation. Nous partirons demain matin. Ce sera bien assez tôt.

— Seras-tu vraiment disposé à nous suivre ?

— Comment refuserais-je d'obéir à mon roi ? Je

suis un de ses loyaux sujets, quoi qu'en pense Harald Haraldson.

Il eut un léger sourire, mais son regard resta grave.

— Il se fait tard. Nous partons demain à l'aube !

Il donna quelques instructions à un serviteur pour que les affaires de Valdar soient portées dans sa chambre et que ses hommes soient traités avec respect.

— Tu aurais dû m'en faire part, quand tu as eu le soupçon que les choses tournaient mal, dit Kara quand Rurik eut conduit Valdar hors de la grande salle. Tu ne m'as pas fait confiance.

— Non, il ne s'agit pas de ça. Mais pourquoi s'inquiéter d'un danger qui ne nous menacera peut-être pas ?

— Il faut s'en inquiéter, bien au contraire. Imagine que Harald Haraldson veuille prendre d'assaut le manoir. Nous ne sommes pas du tout prêts à lui résister. Ni le grain ni la laine n'ont été mis en sécurité dans des greniers.

Elle joignit les mains et les serra très fort pour les empêcher de trembler en ajoutant :

— Tu as eu tort.

Ash laissa échapper un soupir.

— Mon oncle ne frappera pas ici. Il n'osera pas. La présence de mes hommes est assez dissuasive pour le tenir à distance. En outre, dans la mesure où il convoite ce domaine, il n'a aucune raison de le dévaster.

— Comment peux-tu en être sûr ? répondit Kara en lançant instinctivement un regard vers la lourde porte donnant sur l'extérieur comme si elle craignait de la voir s'ouvrir tout à coup. Il pourrait être en chemin vers Jaarlshiem à l'instant même où nous parlons. Il faut mettre à l'abri le produit de notre moisson et stocker des vivres au cas où il nous assiégerait.

— Réfléchis, Kara, au lieu de céder à la panique, fit Ash en frappant la table du poing. Mon oncle veut ce manoir plus que tout et croit qu'il l'obtiendra du roi en personne. Il n'y aurait aucun sens à ce qu'il essaie de s'en emparer par la force alors qu'il s'est déjà saisi de mon drakkar. De plus, s'il veut exercer une influence utile sur le roi, il a tout intérêt à rester auprès de lui à Sand.

Ash avait raison, pensa Kara, mais elle ne lui pardonnait pas de lui avoir caché ses appréhensions.

— C'est bien parce que tu redoutais d'être attaqué par ton oncle que tu as fait venir tes hommes ici et que tu les entraînes du matin au soir. Tu t'attends au pire.

— On ne sait jamais quand la guerre va éclater. La sagesse veut qu'on s'y prépare tout le temps.

Ash baissa les yeux sur le jeu de tafl et commença à disposer les pièces sur le plateau comme s'il avait l'intention de faire une partie avec Kara. Il sentait qu'elle s'éloignait de lui alors que, quelques heures plus tôt, ils avaient été si proches…

Il souffrait de voir qu'elle refusait de comprendre qu'il n'agissait que dans le but de la protéger.

— Parfois, reprit-il, il faut attendre, au jeu de tafl, que ton adversaire ait fait son premier mouvement offensif avant de l'attaquer.

— Contre qui crois-tu jouer cette partie ? Contre le roi lui-même ?

— Non, contre mon oncle, répondit-il en posant le roi sur le plateau.

Kara avait le droit de savoir la vérité, maintenant que Harald Haraldson avait frappé, pensa-t-il. Quand elle connaîtrait tous les tenants et aboutissants de l'affaire, elle s'apercevrait qu'il avait agi comme il convenait.

— Il me veut mort ou banni du royaume, dit-il. Tout ce qu'il désire, c'est la possession de Jaarlshiem, et il manipule le roi pour arriver à ses fins.

Le visage de Kara exprima le désarroi dans lequel cette révélation la plongeait.

— Tu m'as dit que tout était résolu et que le roi t'autorisait à quitter Sand. Moi, je t'ai cru. C'est la raison pour laquelle je suis revenue à Jaarlshiem avec toi. Tu m'as dupée, Ash. C'est impardonnable. Tu aurais dû me faire confiance. A quoi bon le mariage, s'il n'est pas fondé sur la confiance ? Ta promesse de devenir fermier n'est-elle pas un autre mensonge ?

Ash était en proie à une profonde émotion. Il craignait, en cherchant à protéger Kara, de ne l'avoir perdue.

— Je veux être avec toi et Rurik, et tenir mon rôle de fermier. Mais il faut d'abord que j'écarte la menace qui pèse sur nous. Il se trouve que j'ai pris l'habitude d'agir seul.

— La dernière fois que tu as voulu agir seul, comme tu dis, nous ne t'avons pas vu pendant sept ans.

— La situation n'est pas la même, et j'ai pris mes précautions. Le roi m'a donné la permission de venir ici. Cependant, même si je savais que mon oncle me voulait du mal, je ne pouvais rien faire contre lui tant qu'il n'avait pas agi.

Il s'efforça de sourire bien qu'il sût que cela ne suffirait pas à la rassurer.

— Tu sais que je suis un bon joueur de tafl. Or, j'ai la ferme intention de remporter la partie.

— Tu aurais dû m'en parler tout de suite quand tu as eu des soupçons.

— Qu'aurais-tu fait ? demanda-t-il en posant les mains sur ses épaules. Ne t'inquiète pas, Kara, je ne suis pas fou. J'ai vécu dans le danger pendant sept ans. Laisse-moi te prouver que je suis digne de toi.

Elle se dégagea avec humeur.

— Tu pars demain à l'aube. Tu ne seras pas là pour me protéger, ni ton fils.

— Mes hommes n'ont jamais été aussi bien préparés.

Ils repousseront tout agresseur. Et je reviendrai le plus tôt possible. Il ne vous arrivera rien.

— Il arrive qu'on se croie en sécurité et qu'on ne le soit pas. J'en ai eu la preuve avec Rurik qui, sans toi, serait mort.

Elle baissa la tête, ne laissant voir que ses tresses blondes placées en couronne, et repensa à la terrible scène.

— Je croyais Rurik en sécurité avec Gudrun, et regarde ce qui s'est passé.

— Comme toi, je donnerais ma vie pour notre fils…

Alors qu'elle le regardait avec attendrissement, il reprit :

— Valdar avait l'intention de me ramener à Sand enchaîné, mais je crois qu'il m'a épargné cette humiliation par égard pour toi et Rurik. Je devrais, sans doute, lui être reconnaissant d'avoir noué des liens d'amitié avec notre fils. Il n'aurait pas été bon pour lui de voir son père partir sous escorte et enchaîné.

— Valdar ne t'aurait jamais fait ça, dit Kara en triturant la chaîne qu'elle portait à la taille. Il est ton ami. Nous sommes devenus proches pour cette raison. Quand il venait nous voir, il parlait de toi à Rurik.

— Il a été mon ami, autrefois, c'est vrai. Mais depuis, il est tombé amoureux de ma femme. Il éprouvera de la satisfaction en me voyant humilié. C'est pour ça que mon oncle a convaincu le roi qu'il serait la personne idéale pour accomplir cette basse besogne. Cela explique son absence à la cour le matin de notre départ pour Jaarlshiem. Depuis ce jour, il est à la solde de mon oncle.

— Ton oncle va-t-il triompher si personne ne plaide en ta faveur ? demanda Kara qui s'était mise à aller et venir dans la grande salle.

Sa jupe virevoltait, révélant ses chevilles fines, mais Ash admirait surtout sa volonté qui s'affirmait en cet instant.

— Mon oncle m'accusera d'être un espion à la solde du Viken.

Elle s'arrêta soudain et se tourna vers lui.

— En es-tu un ?

— J'ai été un mercenaire, qui ne se cachait pas d'être au service des Vikings, mais jamais un espion. Ce n'est pas dans ma nature d'observer les autres sans être vu d'eux. En tout cas, je n'ai certainement jamais trahi ma patrie. A aucun moment, je ne me suis emparé d'un navire arborant le pavillon de la Raumerike. Cela m'aurait été, d'ailleurs, impossible.

Il attendit sa réaction en espérant qu'elle le comprendrait.

— Je te crois, Ash, mon mari, répondit-elle enfin.

La tension qui s'était accumulée dans ses épaules et son cou disparut comme par enchantement. Il avait retrouvé la confiance de Kara !

— C'est un début, dit-il en la prenant dans ses bras.

— Mais peux-tu prouver que tu n'es pas au service du Viken ?

— Si c'est nécessaire, je crois que j'y arriverai. Mes hommes témoigneront en ma faveur.

— Mais qui croira la parole de mercenaires ? Tout le monde sait qu'ils sont disposés à prêter n'importe quel serment pour de l'argent. Je suis désolée, Ash, mais tu auras besoin d'autres soutiens. Tu ne t'en sortiras pas seul.

— Mon oncle commettra une erreur, j'en suis certain. Il faut seulement l'y inciter.

— Est-ce que tu désavouerais tes hommes s'il s'avérait que ton oncle a dit la vérité et qu'il a réellement été attaqué par eux ?

Ash se représenta Helgi le Bref, le chef de ses rameurs, un homme d'une si grande prudence qu'il fallait le pousser pour agir. Il ne passait à l'attaque que s'il était assuré de la supériorité. Or, le drakkar n'avait pas son compte de rameurs et ne pouvait remonter que difficilement la rivière. Il était impensable, dans ces conditions, qu'il ait tenté d'aborder un autre drakkar. Helgi et ses hommes ne pouvaient en aucun cas être les agresseurs. Il en avait l'intime conviction.

— Ce n'est pas dans la nature de Helgi le Bref d'attaquer.

— Ce n'est pas ce que je t'ai demandé ! Serais-tu du genre à le tuer s'il se retournait contre toi ? Il ne fait aucun doute que le roi te posera cette question. Si tu hésites à répondre, tu ajouteras foi aux accusations de nos ennemis.

Il inclina la tête de côté.

— Nos ennemis ? Depuis quand mes ennemis sont-ils aussi les tiens ? Un homme qui se respecte n'abandonne pas ses amis ou ceux qui lui font confiance. Je sais que Helgi n'a pas fait ce qu'on lui reproche.

— Tu en es absolument sûr ?

— Oui. Je prouverai l'innocence de Helgi et la mienne par la même occasion.

— L'accusation que ton oncle porte contre tes hommes prouve que l'héritage de Rurik est en danger. Je ne peux pas l'accepter. Promets-moi de ne pas faire passer ton ami avant ton fils.

— S'il s'avère que Helgi m'a désobéi, je serai le premier à lui trancher la tête. Mais tant que sa culpabilité n'aura pas été prouvée, pour moi il sera innocent. Et je le défendrai avec toute la vigueur nécessaire.

Il espérait que Kara le croyait car s'il n'arrivait pas à la convaincre, comment parviendrait-il à persuader le roi de l'innocence de ses hommes ?

Il invoqua les dieux pour qu'il réussisse à prouver que Helgi n'avait pas pu s'en prendre au drakkar de son oncle. Il devait trop à Helgi pour pouvoir imaginer qu'il devrait en venir à lui ôter la vie.

Après un instant de silence, il plongea le regard dans celui de Kara.

— Je partirai, demain, à l'aube, avec Valdar.

— Pourquoi ? Pour ne plus jamais revenir ?

— Non. Pour me battre. J'irai défendre notre bonheur. Le nôtre et celui de Rurik.

— Je viens avec toi, fit Kara en le saisissant par le bras. Tu me dois bien cela, Ash.

Il resta un moment confondu. N'avait-elle donc pas écouté un mot de ce qu'il s'évertuait à lui dire ? Il avait pris des dispositions pour sa protection ici, sur le domaine.

— Le mieux est que tu restes ici. La seule présence de Rurik à Jaarlshiem montrera qu'il en revendique la possession. Et moi, à Sand, je ferai en sorte qu'il la conserve. De toute façon, tu seras bien plus en sécurité ici et, après le dernier incident que nous avons vécu, il est préférable que tu ne confies la garde de Rurik à personne.

— Il viendra avec nous à Sand. Nous partons tous les trois ou nous restons tous ici.

Il la regarda bouche bée.

— Tu exposerais la vie de Rurik en l'emmenant à Sand ? Pourquoi ? Il est bien plus en sécurité sur le domaine !

— C'est auprès de toi qu'il le sera, et non en restant ici. Je viens avec toi et il n'y a personne à qui je puisse confier Rurik. Il nous accompagnera donc. Nous formerons une famille unie contre tous ceux qui veulent notre perte.

Ash avala sa salive pour chasser la boule qui s'était formée dans sa gorge. Il avait rêvé d'entendre ce que Kara venait de lui dire. Pourtant, à présent, cela lui faisait mal. Jusque-là, il avait devancé son oncle, mais il ne pourrait plus agir aussi efficacement contre lui s'il devait, simultanément, veiller sur sa femme et son fils. En les laissant à Jaarlshiem, sous la protection de ses hommes, il avait de fortes chances d'assurer leur sécurité, mais ce serait très différent à Sand où n'importe quoi pourrait leur arriver.

Au cours des sept dernières années, il n'avait eu à se préoccuper que de lui-même. Maintenant, il était terrifié à la pensée des dangers qui pesaient sur Kara et Rurik. Et il voulait les protéger non seulement parce qu'il avait un devoir vis-à-vis d'eux, mais surtout parce qu'il les aimait.

— Je ne m'attendais pas à cette proposition, dit-il en se passant la main dans les cheveux d'un air indécis.

Il se demandait comment il pourrait dissuader Kara de l'accompagner sans détruire le fragile lien qui s'était noué entre eux au cours des derniers jours. En même temps, il avait très envie de la garder près de lui, ce qui était l'expression d'un profond égoïsme. Il en avait bien conscience et se reprochait cette inclination. S'il était vraiment l'homme qu'il voulait être, il aurait assez d'autorité pour la forcer à rester là où sa sécurité était le mieux assurée.

— Est-elle inattendue ou malvenue ? demanda-t-elle froidement.

— Il est vrai que je suis habitué à être seul. Je n'ai à m'inquiéter que de ma propre survie et de personne d'autre.

Glissant le bras sous le sien, elle lui répondit d'une voix douce :

— Tu n'es plus seul, Ash. Ta vie n'est plus la même.

Le cœur d'Ash se serra. Cette déclaration de Kara aggravait encore son état. Il eut l'impression que les murs allaient l'écraser alors que sa respiration devenait difficile. Il avait tout prévu au cas où son oncle frapperait. Kara était censée rester hors d'atteinte. Il n'avait jamais envisagé qu'elle se proposerait de partager son destin et encore moins avec Rurik.

— Mon oncle nous tend peut-être un piège en nous faisant venir à Sand. Il se pourrait qu'il s'en prenne indirectement à moi en vous choisissant pour cibles. Imagine quelle souffrance j'éprouverais s'il y parvenait !

— Tu m'as dit que tu avais tout en main…

Elle fit la moue avant de reprendre :

— S'il n'y a pas de danger pour toi, il n'y en a pas non plus pour Rurik.

— Dans mon cas, c'est différent. Je connais les risques que je cours.

Il la considéra un instant avec une gravité mêlée de tendresse puis ajouta :

— Reste ici, Kara. Je laisserai mes hommes pour vous garder, toi et Rurik.

Il lui passa la main le long du bras.

— J'ai besoin de savoir que tu es hors de tout danger. Fais cela pour moi, s'il te plaît.

Elle baissa les yeux, ses longs cils dessinant une ombre sur ses joues.

— Tu m'as dit que tu as changé… Prouve-le-moi en me laissant venir avec Rurik.

Ash lui effleura les lèvres d'un baiser dans l'espoir de dissiper la peur croissante qui l'envahissait. Il n'était pas du tout devenu meilleur. Il sentait confusément au fond de lui-même qu'il restait égoïste et qu'il était prêt à accepter la proposition de Kara pour l'avoir auprès de lui ainsi que son fils alors qu'il serait exposé aux plus grands dangers.

— Après les moments que nous avons vécus aujourd'hui, je n'ai pas envie de me séparer de toi, avoua-t-il.

Un sourire éclaira le visage de Kara.

— Alors tu acceptes ? Je viens avec toi ?

Il hocha la tête.

— Comment te le refuserais-je ?

Mais l'oppression qu'il ressentait se fit plus forte encore. Il lui revenait en mémoire sa responsabilité dans la mort de ses compagnons mais, cette fois, ce qu'il risquait de perdre avait encore beaucoup plus de prix à ses yeux.

— Je vais aller voir mes hommes, reprit-il, et faire préparer un attelage pour toi et Rurik.

Kara allait et venait dans sa chambre. Elle s'y était retirée pour la nuit après avoir attendu longuement Ash en vain dans la grande salle. Les questions tournaient dans sa tête. Trop d'incertitude planait sur leur avenir.

Mais alors qu'elle était en proie à ses tourments, on frappa doucement à la porte.

— Valdar et ses hommes sont couchés, dit Ash en entrant dans la pièce sans attendre sa réponse. Et tout est prêt pour demain. Nous partirons comme prévu aux premières lueurs de l'aube.

— Il est tard… Etait-ce si compliqué de tout organiser ?

— Ce n'était pas très facile, en effet, et plus long que je ne l'aurais pensé…

Ash se passa la main dans les cheveux en reprenant :

— Valdar ne sait pas encore que tu viens.

Elle le regarda droit dans les yeux.

— Si tu crois pouvoir me faire changer d'avis, tu perds ton temps. Ma décision est prise. Je pars avec toi.

Il fit non de la tête.

— Je te connais assez pour ne pas essayer de contrarier ton choix. J'aurai moins de mal à convaincre Valdar de t'emmener. Je n'ai pas tenté de le faire, ce soir, car j'avais envie de te rejoindre au plus vite. Je me suis contenté de lui montrer les fortifications que nous avons consolidées pour qu'il comprenne que tu serais en sécurité ici.

— Mais alors, il n'est pas l'agent de ton oncle comme tu le sous-entendais ?

— Très juste, Kara. Tu es perspicace…

Il la regarda de telle manière qu'elle eut l'impression qu'il souhaitait reprendre avec elle ce qu'ils avaient vécu dans l'après-midi, mais elle n'allait pas se laisser séduire avant que tout soit bien éclairci entre eux.

— Je suis certaine que Valdar ne posera pas de problème. Il comprendra la nécessité dans laquelle je me trouve de t'accompagner à Sand pour t'apporter mon soutien, et il préférera que je fasse le chemin avec vous plutôt que seule.

— Déterminée… Telle que je t'aime…

Il s'approcha d'elle et lui prit le visage entre les mains.

— Tu verras, Kara. Je te montrerai que je suis digne de toi. Dans quelques semaines, nous serons de retour à Jaarlshiem et tout sera réglé.

Elle eut un pincement au cœur. Les paroles d'Ash faisaient écho à ce qu'il lui avait dit, sept ans plus tôt, au moment de partir.

— Cela prendra le temps qu'il faudra, répondit-elle d'une voix déformée par l'émotion. Je le sais, Ash. Et je l'accepte.

— Je n'aime plus faire de projets d'avenir, Kara, dit-il en repoussant les cheveux qui lui barraient le front. J'ai appris à vivre au jour le jour.

Un frisson courut sous la peau de Kara qui était plus consciente que jamais de la proximité d'Ash et du désir qu'exprimait son regard. Elle avait envie de revivre ce qu'ils avaient partagé quelques heures plus tôt.

— Peux-tu en faire autant ? demanda-t-il en lui effleurant la tempe d'un baiser.

Elle brûlait du désir de se jeter dans ses bras. Elle se sentait extraordinairement vivante et réceptive. Il l'attirait comme la lumière attire le papillon.

Elle savait qu'il était impossible d'exprimer par des

mots les sentiments qu'elle nourrissait pour lui, mais elle pouvait le faire avec son corps.

— J'essaierai, murmura-t-elle en nouant les bras autour de son cou. Mais d'abord, je veux ressentir… J'ai assez réfléchi pour la soirée.

Chapitre 14

La brume crépusculaire, qui s'élevait du lac alors que les premières lueurs de l'aube naissaient à peine, planait au-dessus de la vallée.

Ash leva les yeux vers la demeure qui dressait sa masse sombre contre le ciel où brillaient encore quelques étoiles. Il y avait laissé Kara endormie. Ils n'avaient pas connu la même harmonie que lorsqu'ils s'étaient donnés l'un à l'autre, la veille dans les bois. Il y avait eu une sorte d'affolement dans leur comportement et quelque chose de forcé, comme s'ils pressentaient que c'était la dernière fois qu'ils étaient réunis ainsi.

Etendu près d'elle, il s'était senti de nouveau oppressé et la douleur dans sa jambe avait commencé à se réveiller. Sachant qu'il ne pourrait pas trouver le sommeil, il avait déposé un baiser sur l'épaule nue de sa femme et s'était glissé doucement hors du lit.

Après s'être rapidement habillé, il était sorti et s'était dirigé vers le lac avec l'intention d'y nager et de soulager sa jambe. En passant devant le grand chêne aux branches maintenant dénudées, il était tombé sur les genoux et avait enfoui son visage entre ses mains. Il devait trouver, coûte que coûte, un moyen de garder de tout danger ceux qu'il aimait.

Cela n'aurait pas dû être aussi compliqué de rentrer

chez soi mais, quelle que soit la direction dans laquelle il regardait, il trouvait des obstacles plus élevés les uns que les autres…

— Je te trouve enfin, Ash !

La voix rude de Valdar résonna au-dessus du lac, provoquant le réveil de plusieurs oies qui dressèrent le cou en battant des ailes.

— Tu envisageais de nous fausser compagnie ?

Ash, qui était assis au bord de l'eau, se leva lentement et fit face au guerrier qui, naguère, avait été son ami.

— Je t'ai donné ma parole. Je retournerai à Sand avec toi. De mon plein gré et non entravé. J'ai donné des ordres à mes hommes. Ils les suivront. Ça devrait suffire à te rassurer.

— Ça te déplaît que je sois venu te chercher ?

— Pas le moins du monde…

Ash observa Valdar en se demandant dans quelles batailles il avait été engagé et s'il lui était arrivé de douter ou d'avoir peur. S'il échouait, Kara aurait besoin d'un bras solide pour la protéger.

Il invoqua le soutien des dieux. Le moment était venu de jeter le doute dans l'esprit de Valdar et de l'arracher à l'influence de son oncle.

— Kara veut se rendre à Sand avec Rurik. Les laisseras-tu faire le trajet avec nous ou seront-ils obligés de voyager seuls ?

Regardant Valdar dans les yeux, il ajouta :

— J'ai besoin de le savoir pour déployer mes hommes en fonction de ta décision.

Le guerrier secoua la tête.

— Il faut que Kara reste ici ! Est-ce une de tes folles idées de vouloir la faire venir avec toi ?

— Pas du tout. C'est sa proprc volonté. Je te souhaite d'avoir plus de chance que moi pour la persuader de ne pas quitter Jaarlshiem. C'est ce que j'ai essayé de faire sans succès toute la soirée.

— Elle ne t'écoute pas ? fit Valdar avec un sourire ironique.

— Ne t'es-tu pas aperçu qu'elle a un caractère bien trempé ?

— Certes… Mais je ne peux croire qu'elle veuille venir à Sand avec Rurik alors qu'elle craint tant pour sa vie. J'ai l'impression désagréable que tu me racontes une histoire, Ash. Je sais que tu as de nombreux défauts, mais je ne te savais pas menteur.

Ash prit sur lui pour ne pas laisser libre cours à son exaspération. Il ne lui servirait à rien de se battre maintenant avec Valdar, même s'il présentait toutes les caractéristiques d'un rival.

Faisant mine de ne pas voir que le guerrier avait posé préventivement la main sur le pommeau de son épée, il se baissa et prit une pierre plate qu'il lança sur l'eau pour obtenir une série de ricochets. Il avait toujours excellé dans ce jeu et, encore une fois, son lancer fut parfait.

— Tu es libre de penser ce que tu veux de moi, Valdar, mais si tu interroges Kara, tu verras qu'elle est bien déterminée à aller à Sand avec ou sans nous. Je me suis assez disputé avec elle à ce sujet pour le savoir.

Il attendit un instant avant de poursuivre :

— Je veux m'assurer qu'elle sera en sécurité quoi qu'il arrive. Peux-tu me faire la promesse d'y veiller ?

— Oui, bien sûr, dit Valdar non sans avoir fait d'abord la moue. La raison pour laquelle je suis ici n'a rien à voir avec Kara. C'est à cause de tes marins qui ont abordé le drakkar de Harald Haraldson, violant les lois de la Raumerike. Ton oncle a été très clair sur le sujet. Quant à Kara, il a dit explicitement qu'il était souhaitable qu'elle reste à Jaarlshiem.

Ash éprouva une certaine satisfaction. Son oncle redoutait certainement que Valdar ait quelque peine à soutenir sa cause s'il déclenchait une attaque contre lui et Kara.

— Tu crois à la parole de mon oncle ?

L'air embarrassé, Valdar ne répondit pas.

— S'il m'arrive quelque chose en chemin, je t'en prie, Valdar, ramène Kara et Rurik ici où mes hommes feront le nécessaire pour assurer leur sécurité.

— Tu l'aimes, n'est-ce pas ?

— Je pense que nous l'aimons tous les deux.

— Assurément, fit Valdar en se tournant vers la maison.

Il fit quelques pas avant de s'arrêter.

— Comment as-tu fait pour la reconquérir ? demanda-t-il en lançant à Ash un regard par-dessus son épaule. Tu t'absentes pendant sept ans, et elle tombe dans tes bras dès que tu parais. Qu'y a-t-il en toi qui lui plaît tellement plus ?

— D'abord, elle ne m'a pas accueilli avec un tel enthousiasme, et puis après… Je pense qu'elle veut le meilleur pour son fils et il est logique qu'elle choisisse son père de sang.

Valdar acquiesça de la tête.

— Elle n'a commencé à me voir, en effet, qu'à partir du moment où j'ai fait attention à Rurik. Il est gentil, mais il est un peu trop bavard et pas très solide. Je doute qu'il devienne un jour un guerrier. C'est d'ailleurs ce que j'ai dit à ton père.

— Pour faire un bon guerrier, il n'y a pas que la force. Donne-lui du temps. Je suis sûr qu'il se montrera très habile et rusé.

— Si tu sens ces qualités en lui, c'est heureux que tu sois revenu pour te charger de son éducation.

— J'aime à le croire, répondit Ash avant de se baisser et de ramasser encore une fois une pierre qu'il envoya ricocher sur l'eau.

Valdar, qui s'était approché, fit de même.

— Tu as eu toujours beaucoup de chance, Ash.

Ce dernier se passa la main sur la nuque. Le mal de

tête qu'il avait commencé à ressentir dans la nuit ne cessait de croître.

— On dit qu'on a la chance qu'on mérite... Maintenant, c'est surtout l'espoir qui me fait vivre.

— Tu as incontestablement de la chance d'être aimé de Kara. Je la trouvais très belle, mais froide comme une statue jusqu'à ce que je la voie s'animer auprès de toi, dans le temple, le jour de ton retour. On dirait qu'elle s'embrase en ta présence. Ça se voit à l'expression de son regard et à sa façon de bouger. Elle devient radieuse et plus belle encore. Tu la fais vivre.

Se forçant à la pudeur, Ash prit ses genoux dans ses mains et s'interdit de fanfaronner, comme il l'aurait fait autrefois, au sujet des charmes cachés de sa femme. Ces questions étaient privées et devaient le rester.

— Je ne l'aime pas seulement pour sa beauté, répondit-il. Je me rends compte, aujourd'hui, que je l'ai sous-estimée pendant des années. Or, je découvre maintenant sa véritable force. Ce qu'elle a fait à Jaarlshiem est admirable. Et elle m'a donné un merveilleux petit garçon dont je suis très fier.

Valdar leva les yeux vers le lac dont les eaux se teintaient de rose avec les premières lueurs de l'aube.

— Dans quel camp es-tu ? demanda brusquement Ash.

Quelques instants s'écoulèrent avant que le guerrier réponde d'une voix teintée d'émotion :

— J'aurais été dans celui de Kara, si tu n'étais pas revenu.

Il se tourna vers Ash en ajoutant :

— Mais je la porte dans mon cœur. S'il devait t'arriver quelque chose, n'aie crainte, je prendrai soin de ta famille.

Il se tut un moment avant de reprendre :

— Combien d'hommes veux-tu prendre avec toi ?

Ash laissa échapper un soupir. Il avait remporté une petite victoire.

— Je les laisse tous ici pour garder Jaarlshiem en mon absence. Saxi me doit la vie. Il tiendra cette place jusqu'à son dernier souffle. S'il faut ramener Kara et Rurik ici pour les sauver, il fera le reste du travail.

Valdar acquiesça.

— Je ne vais pas dire que la solution me satisfait entièrement. Il aurait été préférable de faire entendre raison à Kara. Sand risque d'être dangereux pour toi. Elle pourrait être mêlée à quelque événement qu'elle ne comprendrait pas.

— Maintenant que tu es avec moi devant le soleil levant, loin de mon oncle qui ne te souffle pas le mensonge à l'oreille, tu me dévoiles un peu de l'horrible mise en scène qui se prépare.

Valdar fit oui de la tête d'un air affligé.

— Mon rôle se limite à te ramener à Sand. J'ai donné ma parole au roi que je m'acquitterais de ma tâche. Ton oncle, en revanche, ne croit pas que je le ferai. Il s'attend à ce que tu me résistes. Je le comprends à présent.

— Heureusement, il ne m'a jamais vraiment compris. Il me sous-estime et c'est son erreur. Une erreur qui entraînera sa chute.

Ash était satisfait. Il avait fait ce qu'il fallait pour essayer de retourner la situation. Du moins pour autant que Valdar était concerné et qu'il puisse créer le trouble dans son esprit.

Il ne lui restait plus qu'à espérer que Kara ne commette pas quelque folie pendant le trajet et qu'ils ne soient pas assaillis par les hommes de son oncle quand ils toucheraient à leur but.

— Je dois conduire Ash directement au donjon royal en arrivant à Sand, dit Valdar en approchant son cheval du chariot où avaient pris place Kara et son fils, mais vous pourrez résider chez moi, si vous le souhaitez, jusqu'à ce que la décision royale ait été rendue.

— Vous me parlez de nouveau ? fit Kara.

— Je n'ai aucun litige avec vous, Kara.

— Ah bon ? Heureuse nouvelle.

Elle glissa un coussin derrière son dos pour faire taire une douleur naissante et, satisfaite de ce changement de position qui lui épargnait les secousses du chariot, se tourna à demi vers Valdar. Dans le mouvement, elle fit tomber l'épée de Rurik sur le plancher et l'enfant poussa un cri de contrariété avant de ramasser son arme qui n'avait été qu'une source de problèmes depuis qu'il l'avait reçue en cadeau.

— Vous ne m'avez dit que deux mots depuis notre départ de Jaarlshiem, reprit-elle. Et voilà qu'à moins d'une journée de Sand, vous daignez m'adresser la parole.

— Je voulais que vous sachiez que le roi n'a aucun reproche à vous faire.

— Il n'en a aucun non plus à faire à Ash, répliqua-t-elle en lançant un regard sévère à Valdar tandis que les paupières lourdes de sommeil de Rurik se fermaient et que l'épée, de nouveau, menaçait de lui échapper des mains. A quoi sert de l'humilier ainsi ? Quel bien en ressortira-t-il ? Ash vous a donné sa parole qu'il vous suivrait jusqu'au donjon royal. Or, vous nous avez interdit de nous faire accompagner par deux ou trois de ses hommes pour assurer notre sécurité.

Valdar avait refusé, en effet, de laisser Kara prendre avec elle une garde, de crainte que leur présence ne soit considérée comme un acte de défiance à l'égard du pouvoir royal. Et, à la surprise de Kara, Ash s'était soumis à cette décision sans même discuter. Il lui avait semblé, d'ailleurs, qu'un plus grand respect régnait entre les deux hommes bien qu'elle en ignorât la raison.

Le trajet vers Sand avait duré plus longtemps que dans l'autre sens à cause du chariot qui retardait leur allure, particulièrement quand il s'embourbait ou restait coincé dans des ornières.

— En souvenir de l'amitié que nous avons partagée, Valdar, poursuivit-elle, je vous demande de laisser à mon mari la dignité à laquelle il a droit.

— Vous l'aimez, n'est-ce pas ?

Elle réfléchit avant de répondre. Ses sentiments étaient-ils si visibles ? Elle avait espéré qu'en se comportant comme si elle n'était pas amoureuse, et en se le cachant à elle-même, personne ne devinerait quels étaient ses sentiments pour Ash. La dernière chose qu'elle souhaitait inspirer, en effet, était la pitié.

— Je sais comment préserver mon cœur, fit-elle, sibylline.

Manifestement satisfait de cette réponse, Valdar esquissa un sourire.

— Je vous assure de toute mon amitié.

— Vous n'en direz rien à Ash ?

— Je sais être muet comme une carpe... D'ailleurs, c'est mieux pour lui.

Il hésita avant de demander :

— Que pensez-vous qu'il se passera lorsque nous arriverons à Sand ?

— Je n'en sais rien. Mais je veux être là où je peux être utile.

— Croyez-vous qu'avoir Rurik avec vous vous aidera ?

Kara se pencha sur l'enfant et releva une mèche de ses cheveux qui lui barrait le front.

— Son père l'adore... Sa présence lui donnera des forces et, je l'espère, du poids aux yeux du roi.

Un cri arrêta Valdar qui ouvrait la bouche pour répondre.

Le chariot s'immobilisa brusquement, jetant sur le plancher la mère et l'enfant.

— Ne sors pas du chariot, Kara ! ordonna la voix d'Ash. Pour l'amour du ciel, reste à l'abri !

*
* *

Depuis un moment, Ash était inquiet. Il lui semblait que la nature entière retenait son souffle. Il avait aperçu des ombres se faufilant entre les arbres et entendu des bruissements suspects.

Il jura entre ses dents pour avoir commis la folie de laisser Kara et Rurik les accompagner.

— Qu'y a-t-il, Hringson ? demanda Valdar d'une voix forte en tirant sur les rênes de son grand cheval qui se mit à marteler le sol de ses sabots.

Ash indiqua du menton le bois que la route longeait.

— J'ai l'impression qu'on nous observe. Envoie quelqu'un pour vérifier qu'il n'y a personne. Je vais assurer la protection de ma femme et de mon fils.

Avec un soupir d'impatience, Valdar envoya deux de ses hommes vers les arbres.

— Nous sommes en Raumerike et non au Viken. Ton fils dort, ta femme et moi conversions. Il n'y avait aucune raison de nous interrompre.

— Je n'ai jamais eu peur, au Viken. La Raumerike, pour moi, est bien plus inquiétante.

L'un des hommes partis en reconnaissance fit un signe de la main.

— Tu vois, il n'y a pas plus de brigands que d'ours dans la forêt. Va t'expliquer avec Kara qui est tombée de son siège…

— On n'entend pas le hululement du hibou en plein jour et les bêtes sauvages se tiennent à l'écart des hommes.

Soudain, l'homme qui avait agité la main, laissa échapper un grognement et s'effondra, une flèche en plein cœur. Valdar mit aussitôt pied à terre et tira son épée tandis qu'un serviteur s'approchait et prenait son cheval par la bride.

— Ne cherche pas à t'enfuir, Hringson, dit Valdar en détachant le bouclier de sa monture.

— Si j'en avais eu l'intention, je n'aurais jamais laissé ma femme et mon fils nous accompagner.

Ash considérait Valdar avec mépris. Fallait-il qu'il soit stupide pour croire cela ! Ne voyait-il donc pas qu'il avait été trompé ? Lui aussi s'était laissé leurrer. Sa femme et son fils auraient dû rester à Jaarlshiem.

A cet instant, un important groupe d'hommes en armes surgit du bois et se dressa devant eux en se protégeant avec des boucliers. Le cœur d'Ash se serra. Il allait falloir se battre à un contre trois, et il ne faisait pas confiance à Valdar ni à ses hommes pour les défendre efficacement.

— Donnez-nous Ash Hringson ! cria leur chef qui portait sur son bouclier les couleurs de Harald Haraldson. Et nous vous laisserons passer sans vous faire aucun mal.

— Le comité d'accueil, dit à mi-voix Ash. Nous sommes encore un peu loin de Sand. Tiendras-tu ta promesse de veiller sur ma famille ?

— J'ai donné ma parole au roi de t'amener devant lui, répondit Valdar. Il est hors de question que je te livre à quiconque en dehors de notre souverain.

L'expression de Valdar devint menaçante quand il ajouta :

— Ton oncle avait d'autres intentions dont il s'est bien gardé de me parler. Je viens de perdre l'un de mes meilleurs hommes.

— Si tu me livres à eux, tu devrais t'en tirer sans dommage, dit Ash qui venait de reconnaître le capitaine de la garde de son oncle en la personne du chef. Mais il se pourrait aussi que mon oncle saisisse l'occasion de se débarrasser d'un voisin gênant qui en sait un peu trop sur lui.

— Et de l'héritier du domaine qu'il convoite. Nous avons été joués, et j'ai été un imbécile. Jamais je n'aurais dû accepter que Kara vienne avec nous !

— Il nous a dupés tous les deux. Je ne m'étais pas

attendu à cette attaque. J'ai cru que nous arriverions sains et saufs à Sand. Si j'avais su que nous tomberions dans une embuscade, je n'aurais pas emmené ma femme et mon fils avec moi.

Valdar brandit le poing.

— Nous allons nous battre ! J'ai fait le serment de te conduire devant le roi et, par Thor, je tiendrai parole !

— Je serai très honoré d'être livré par toi à notre souverain.

Ash, s'il arrivait encore à fanfaronner, était en réalité rongé par l'inquiétude. Mais, grâce au ciel, Kara semblait se cantonner dans le chariot et ne faisait rien pour se faire remarquer.

— Est-ce que j'ai droit à une arme ?

— Nous n'en avons aucune à te donner, répondit Valdar. Reste à l'écart. Tu en trouveras une bien assez tôt.

Sur ces mots, il s'élança vers leurs agresseurs.

Ash ne supportait pas de se sentir inutile et encore moins d'être sans défense. Tout ce dont il disposait, c'était d'un couteau avec lequel il tranchait son pain et sa viande. Il détestait se trouver là, à l'arrière, alors qu'on aurait eu tant besoin de lui au plus fort du combat.

— Ash !

Il reconnut la voix de Kara.

— Reste où tu es ! Ne te montre pas !

— Rurik a une épée. Tu en feras meilleur usage que lui.

Ash courut vers le chariot où Kara tenait entre ses bras leur fils dont le visage était pâle et qui avait les mains crispées sur la poignée de l'épée que lui avait offerte Valdar. Il la présenta à son père qui s'en saisit. Elle était un peu légère mais, à défaut d'une arme mieux adaptée à la force du bras d'Ash, elle ferait l'affaire.

Il sourit à son fils.

— Tu me permets de m'en servir ?

Rurik acquiesça timidement de la tête.

— Oui, papa… J'en serai très honoré.

— Gentil garçon… Reste ici avec ta mère. Protège-la et garde-toi aussi du danger. Attends que la bataille soit finie avant de sortir.

Kara fit un geste en direction des hommes d'armes qui avaient commencé à se battre avec un tumulte qui emplissait l'espace.

— Va, dit-elle. Fais ton devoir et reviens vite. Nous… Nous t'attendons.

Embrassant du regard la mère et l'enfant blottis l'un contre l'autre, Ash fit oui de la tête.

— La chance ne me quittera pas. Elle ne m'a encore jamais fait défaut.

— Tu n'en as pas besoin, répondit Kara. Tu es un grand guerrier. Ne l'oublie jamais. J'ai foi en toi !

La gorge d'Ash se serra, lui interdisant de rien répondre tandis qu'il s'éloignait.

Il s'obligeait à marcher, mais il lui était difficile de s'arracher à sa femme et à son fils qu'il n'était pas certain de réussir à sauver et pour lesquels il ne pourrait rien s'il était tué dans la lutte.

Lorsqu'il rejoignit les combattants, Valdar et ses hommes avaient réussi à contenir la vague des assaillants. Il était incontestablement un bien meilleur guerrier que dans son souvenir.

— Dans ton dos, Valdar !

Ash se jeta en avant et détourna l'épée que le capitaine des gardes de son oncle allait planter dans les reins de Valdar.

Il croisa le fer avec l'homme furieux de n'avoir pu atteindre Valdar, et qui se déchaînait maintenant contre lui. Il frappait de taille et d'estoc sans jamais faiblir, et l'on entendait les épées s'entrechoquer. Celle que Valdar avait offerte à Rurik, si elle n'était pas très lourde pour ne pas trop peser dans la main de l'enfant, était faite d'un excellent acier. Aussi supportait-elle la violence des coups.

Un mauvais pas déclencha soudain une violente douleur dans sa jambe, l'obligeant à mettre un genou à terre. Dans cette position périlleuse, qui aurait pu lui être fatale, il brandit aveuglément son épée au-dessus de sa tête pour se protéger.

Au même moment, il eut la sensation d'une brûlure à la joue et le goût du sang lui emplit la bouche. Il s'essuya le visage du revers de la main. L'élancement était tel qu'il aurait pu se laisser tomber sur les deux genoux et renoncer au combat, s'avouer vaincu. Il ne savait même plus pour quoi il se battait et avait le sentiment de n'avoir rien à prouver.

Il sentait sur ses yeux le souffle léger d'une Walkyrie venue réclamer son âme pour la conduire au Walhalla, le séjour des guerriers morts au champ d'honneur.

Kara ?

Il reprit instantanément ses esprits. C'était pour Kara qu'il combattait. Il voulait passer sa vie avec elle. Il avait toujours lutté pour la rejoindre. Ce n'était pas l'estime de son père qu'il avait craint de perdre, mais celle de sa femme. Il ne l'avait compris, hélas ! que trop tard. La seule chose qu'il désirait, c'était avoir Kara à son côté aussi longtemps qu'il arpenterait cette terre. Or, il était parti se battre sans lui dire ses sentiments ni pourquoi il voulait devenir meilleur. Il ne pouvait laisser passer la chance de lui avouer, enfin, son amour.

Rassemblant tout son courage, il se redressa et frappa violemment de taille l'épée de son adversaire. Le choc se répercuta dans tout son corps.

Pivotant sur les talons, il trouva une ouverture sur le côté gauche du capitaine des gardes de son oncle et se fendit, l'atteignant en plein cœur.

— Je te dois la vie, Ash ! cria Valdar en regardant tomber le géant blond.

Ash essuya la lame de son arme sur l'herbe et fit face à l'ennemi suivant. Survivre… C'était tout ce qu'il lui restait à faire. Survivre…

— La bataille n'est pas finie ! répondit-il.

Chapitre 15

Pétrifiée, la tête de Rurik sur les genoux, Kara ne pouvait détacher le regard de la lutte acharnée que se livraient les hommes. Elle n'arrivait pas à savoir quel camp l'emporterait ni où se trouvait Ash dans cette mêlée. Inlassablement elle priait les dieux qu'Odin ne réclame pas son âme. Pas encore ! Pas aujourd'hui…

Elle s'en voulait terriblement de ne pas lui avoir dit qu'elle l'aimait avant qu'il se jette dans la fureur du combat. Elle avait eu tort, mais elle espérait de tout son cœur que cette erreur ne serait pas irréparable.

A la faveur de ces instants dramatiques, elle mesurait d'ailleurs toutes celles qu'elle avait commises dans sa relation avec Ash. En l'épousant, elle avait voulu être la femme d'un grand guerrier et elle l'avait, plus ou moins consciemment, poussé à partir à l'aventure.

Et elle en avait encore commis une autre à son retour en insistant pour qu'il devienne fermier et reste auprès d'elle pour exploiter les terres de Jaarlshiem. En fait, tout ce qu'elle voulait, c'était vivre avec lui tel qu'il était en réalité, dans toute la complexité de sa personne, avec ses qualités et ses défauts. Elle était parfaitement capable de continuer à s'occuper du domaine, sachant qu'il serait là pour la soutenir dans les grandes décisions.

Elle voulait qu'il fasse partie de son avenir, qu'il

partage sa vie, mais qu'il reste lui-même. Elle ne voulait pas qu'il s'efforce d'être un autre pour lui plaire.

— Permettez qu'il vive ! implora-t-elle, les yeux levés vers le ciel. Donnez-moi une seconde chance avec lui !

Le silence, soudain, s'abattit sur la forêt. Il n'y avait plus le moindre bruit, à tel point que ce calme en devenait oppressant. Le cœur serré, elle tendit l'oreille en scrutant le champ de bataille. Sans le roucoulement d'un pigeon, elle aurait perdu tout espoir.

— Maman ? fit Rurik d'une voix effrayée. C'est fini ? Les Walkyries ont emmené dans le Walhalla les guerriers qui sont tombés ?

— Oui, mon chéri, répondit-elle en déposant un baiser sur le front de son fils.

Elle tremblait de tous ses membres. Elle avait été épargnée ainsi que Rurik, comme l'avait promis Ash. Mais lui, où était-il ? Il aurait dû être de retour auprès d'eux…

Elle se leva et, sans descendre du chariot, tendit le cou pour essayer de voir où il était… et s'il était encore en vie…

Beaucoup de corps jonchaient le sol, mais aucun ne semblait être celui d'Ash. Serrant les poings, elle observa le champ de bataille plus attentivement. Elle voulait qu'il vive, pouvoir lui dire qu'elle l'aimait !

— Papa a gagné ?

— Oui, je crois. Personne n'est venu nous faire de mal, n'est-ce pas ?

Se penchant sur son fils, elle le regarda dans les yeux.

— Veux-tu me faire plaisir ?

L'enfant hocha la tête.

— Reste ici et ne bouge pas. Je vais aller chercher ton père et le ramener auprès de toi. Est-ce que tu peux faire ça pour moi ? C'est très important.

Rurik acquiesça de nouveau.

— Un vrai guerrier obéit à sa mère. C'est ce que m'a dit papa.

Elle bénit en son for intérieur la prévoyance d'Ash. Il avait raison à ce sujet. Elle avait si peur de perdre Rurik qu'elle le gardait beaucoup trop dans ses jupes. Son retour, heureusement, avait changé beaucoup de choses.

— Je reviens aussi vite que possible avec ton papa. Sois un brave guerrier.

Sur ces mots, elle descendit du chariot et s'éloigna rapidement. Elle eut cependant le tort de lancer un dernier regard à son fils qui lui parut bien trop petit et misérable pour rester seul.

— S'il te plaît, maman..., fit-il. Laisse-moi venir avec toi. J'ai peur.

Ignorant ce qui était préférable pour lui, Kara hésita. Sans doute était-il plus en sécurité dans le chariot, mais elle répugnait à l'y laisser seul. Mieux valait peut-être l'avoir auprès d'elle au cas où elle serait plus longue à revenir qu'elle ne le pensait.

— Viens, si tu as peur, dit-elle enfin en lui tendant la main.

Rurik se précipita hors du chariot et courut jusqu'à elle.

Ensemble, ils passèrent entre les chevaux qui les séparaient du champ de bataille et commencèrent à inspecter les corps gisant sur le sol, baignant dans leur sang.

Kara poussa un cri devant un guerrier atrocement mutilé et détourna le regard alors que la main de Rurik se crispait dans la sienne.

— J'aime pas ça, maman.

— Personne n'aime ça.

Elle prit une profonde inspiration. S'il le fallait, elle retournerait chaque cadavre pour trouver Ash puis elle irait à Sand pour obtenir justice en son nom. Non pour garder Jaarlshielm, mais pour s'assurer que chacun avait compris qu'Ash était un homme de bien.

Sur sa droite, elle aperçut la hutte dans laquelle elle avait dormi à l'aller. C'était un endroit choisi pour conduire un assaut ou préparer une embuscade, avait dit Ash. Ses paroles résonnaient encore dans sa tête. Elle souhaitait seulement qu'en dépit de leur situation désavantageuse la chance lui ait encore une fois souri.

— Cherchons ton père, Rurik. Courage !

Elle se força à retourner le premier corps devant elle, puis reprit sa respiration… Ce n'était pas Ash.

— Ce guerrier, vois-tu, mon chéri, est parti au Walhalla.

Le petit garçon était pâle mais ne pleurait pas.

— Il faut retrouver papa.

— Et Valdar.

— Papa d'abord.

— Oui, bien sûr. Ton père en premier.

Elle espérait qu'il ne serait que blessé et qu'elle réussirait à le convaincre de ne plus partir au combat.

Un rire lui parvint tout à coup. Il y avait quelqu'un dans la hutte. Un immense espoir la gagna alors qu'elle s'élançait vers l'abri.

— Ash ? s'écria-t-elle, inconsciente du danger.

Le rire s'interrompit aussitôt.

— Kara ! Je t'avais dit de rester dans le chariot !

— Depuis quand est-ce que je t'obéis ? répliqua-t-elle, une main sur la hanche, l'autre posée sur l'épaule de Rurik.

Ash était assis devant la hutte, le visage a demi tourné dans la direction opposée à Kara, l'épée de Rurik sur les genoux. Ses braies et sa tunique étaient couvertes de sang. Valdar se tenait dans l'embrasure de la porte. Il avait retiré son casque et son épaule était bandée.

— Tu es blessé, Ash ? reprit-elle en s'approchant de lui.

— Tu aurais dû attendre que je vienne te chercher, dit-il en continuant de détourner le visage. Et tu n'aurais pas dû prendre Rurik avec toi. Nos ennemis pourraient revenir en nombre.

— Laisse-moi t'examiner, fit-elle en se penchant sur lui.

Elle retint un cri. Sa joue gauche était ouverte de haut en bas. Il aurait suffi d'un rien pour qu'il perde l'œil, et peut-être soit tué.

— Ash…

— Ça semble pire que ça n'est, assura-t-il en essuyant le sang qui continuait de couler sur son menton et son cou. Il y en a qui ont pris des coups plus méchants que moi. Je suis en vie. J'ai eu de la chance.

— Je vais te soigner, dit-elle en se penchant sur le sac en cuir qui pendait à sa ceinture et en en sortant une bande de toile qu'elle appliqua sur la plaie. Tiens ça en place pendant que je vais chercher mes onguents et tout mon matériel de soins. Il semblerait que ta blessure soit plus profonde qu'elle ne paraît.

— Je vais y aller ! s'écria Rurik. Je sais où ils sont.

— Tu es sûr ? demanda Kara, hésitante.

Elle aurait dû y aller elle-même, mais elle voulait profiter de l'éloignement de Rurik pour vérifier la gravité de la blessure d'Ash.

— Oui, maman ! Je cours plus vite que toi parce que j'ai pas de jupes.

— Alors, vas-y vite. Je te surveillerai de loin.

— Crois-tu qu'il soit raisonnable de le laisser y aller tout seul ? fit Ash. Il est bien trop petit pour être sur un champ de bataille.

— Il est bien plus capable que nous ne le pensons, répondit Kara en mettant la main en visière sur son front pour suivre des yeux l'enfant sans être gênée par le soleil. C'est toi qui m'en as apporté la preuve. Il est bon de lui donner un peu de responsabilités. Il en a l'âge, maintenant.

— Je te fais confiance.

Rurik revint bien vite et déposa la sacoche aux pieds de sa mère.

— J'ai été assez rapide ? demanda-t-il, essoufflé.

— Oui, dit Kara en ouvrant la sacoche. Tu as été plus rapide que le vent.

Dès qu'elle eut sélectionné les herbes qu'il lui fallait, elle les broya dans un mortier et les mélangea à du miel.

— Ça devrait arrêter le saignement et favoriser la cicatrisation.

Elle déposa la mixture sur un linge et en tamponna sa joue pour nettoyer la plaie.

— Quoi que je fasse, tu garderas malheureusement la trace de cette blessure, reprit-elle en continuant de débarrasser la plaie de toute saleté. Ça y est, c'est propre. Je ne pense pas qu'elle s'infectera, mais elle ne s'effacera pas complètement.

— Ton onguent me fait déjà du bien, dit Ash en se levant. Je me sens plus fort et apte au combat s'il devait reprendre. J'espère seulement que tu voudras bien d'un balafré pour mari.

— Je te veux comme tu es. Tu serais estropié que ça ne changerait rien aux sentiments que j'ai pour toi. Mais tu devrais te rasseoir et te reposer. J'ai l'impression que tu as perdu beaucoup de sang.

— Je dois d'abord rendre une épée à celui à qui elle appartient.

Se tournant vers son fils, il mit un genou à terre.

— Ton épée a prouvé ses qualités, Rurik. Elle est rougie du sang de nos adversaires. Parfaitement équilibrée, elle est d'un acier bien trempé. C'est déjà une épée de légende. Prends-en bien soin et ne l'emploie qu'à bon escient.

— Vraiment ? fit l'enfant avec un sourire rayonnant.

— Oui, vraiment, répondit Ash en posant la main sur l'épaule de son fils. Valdar l'a fait forger par un homme de talent.

— Comment va Valdar ?

— Une égratignure au poignet et une autre plus profonde à l'épaule, répondit Valdar en s'approchant de l'enfant. Veux-tu m'accompagner, Rurik ? Je voudrais faire le tour de mes hommes pour voir s'ils ont reçu de graves blessures. Tu pourras m'aider. Je suis certain que tes parents te le permettront.

Kara et Ash acquiescèrent d'un sourire, le laissant s'éloigner avec leur fils.

— Es-tu certain de n'avoir pas d'autre blessure ? demanda Kara. Tes vêtements sont couverts de sang.

— C'est celui des hommes que j'ai tués ou mis hors de combat.

— Laisse-moi vérifier quand même, fit-elle en soulevant sa tunique.

— N'aie crainte, dit-il en s'écartant. Je vais vivre.

— Tu es pire que Rurik ! Je veux seulement m'assurer que tu vas bien. Tu t'es battu sans casque et sans bouclier.

Il consentit finalement à retirer sa chemise, et elle put constater qu'il ne portait pas de nouvelle blessure sur le buste.

— Les dieux t'ont protégé, murmura-t-elle.

— Ce n'est pas la première fois… En dehors de cette égratignure, j'ai pris quelques coups. Au genou, en particulier, mais j'arrive encore à marcher. C'est Valdar qui, de nous deux, a eu la plus sévère blessure. Je lui ai bandé l'épaule, mais il ne pourra pas monter à cheval. Il devra finir le voyage dans le chariot.

— Si tu appelles égratignure l'entaille que tu as au visage, je n'ose imaginer à quoi ressemblerait une vraie blessure, dit Kara en serrant les poings.

Elle avait envie de parler d'autres choses, mais Ash lui semblait un autre homme. Il donnait l'impression d'être plus vivant et en paix avec lui-même, comme s'il aimait ce qu'il venait de vivre.

— Ton père aurait été fier de toi.

Le sourire qui flottait sur les lèvres d'Ash se dissipa alors qu'une ombre glissait sur son visage.

— Mon père était différent de moi. S'il était encore en vie, je ne ressentirais pas le besoin d'obtenir son approbation. Je sais faire mon devoir sans ses conseils.

Il prit la main de Kara, et la porta à ses lèvres.

— Je ne pensais pas que mon oncle nous attaquerait ici, même si je l'ai redouté à l'aller. C'est comme l'orage que nous avons essuyé en mer après mon départ. Je n'avais pas cru que la foudre pourrait tomber sur le navire… Si j'avais su que nous serions assaillis de la sorte, je t'aurais laissée à Jaarlshiem avec Rurik. Jamais je n'ai voulu vous mettre en danger comme ça. Me pardonneras-tu ?

— Si nous ne t'avions pas accompagné, tu n'aurais pas eu d'épée et je ne me serais jamais pardonné ta mort.

Il la dévisagea un moment.

— Tu as des réponses surprenantes. Je n'ai pas envisagé la situation sous cet angle.

Le cœur serré, elle ravala les mots d'amour qui se pressaient sur ses lèvres. En dépit de sa balafre, tout en lui irradiait le bonheur et le contentement. Comment trouverait-elle le courage de lui refuser de partir à l'aventure le jour où il en manifesterait le désir ? Mais aussi, comment supporterait-elle d'ignorer pendant de longs mois où il était et s'il était encore en vie ? Ce serait au-dessus de ses forces, elle le savait.

— C'est pourtant la stricte vérité, répondit-elle.

Il la regarda intensément pendant un instant qui parut interminable à Kara.

— Et moi qui n'osais pas revenir vers toi de crainte que tu ne sois furieuse contre moi !

— Pour avoir sauvé ma vie et celle de Rurik ? Tu me crois vraiment dure et ingrate. Tu es le héros de la journée, Ash. Je ne sais que cela.

— Non, je ne suis qu'un père de famille qui avait à

cœur de protéger ceux auxquels il tient par-dessus tout. Il n'était pas question de vous perdre, ni l'un ni l'autre. Vous êtes bien trop précieux pour moi.

— Quand je pense que c'est moi qui aurais pu te perdre…, fit Kara en mettant ses bras autour de sa taille alors qu'elle prenait pleinement conscience du drame qu'ils venaient de vivre.

Ash était passé à un doigt de la mort… Il lui sembla que le ciel s'assombrissait, tout devenait noir autour d'elle…

— Respire, Kara ! Reste avec nous ! Ne pense qu'au présent. Oublie ce que tu as vu. Tout est fini. Je suis en vie, bien en vie…

Elle rouvrit les yeux. Elle était entre les bras d'Ash. La sensation de chaleur suivie d'une sueur froide était passée.

— Ce sont les hommes de ton oncle qui nous ont attaqués ? demanda-t-elle.

— Oui. Un ou deux ont dû s'échapper… Je regrette de les avoir laissés filer. J'étais trop occupé ailleurs, et puis je n'ai pas été aussi bon que j'aurais dû l'être.

— Mais s'ils se sont échappés, ils vont aller retrouver ton oncle. Nous risquons de subir une autre attaque.

— C'est en effet à craindre… Ce qu'il fera de ces hommes, c'est une autre question. Il déteste l'échec.

— Il faut que nous nous rendions au plus vite auprès du roi. De préférence avant que ton oncle apprenne que ses hommes ont échoué. Il ne faut pas lui laisser le temps de réagir et de prendre sa vengeance.

— Tu as raison, répondit Ash en la lâchant. Repartons sans tarder. Il nous reste quelques heures avant la nuit et, ensuite, le clair de lune devrait nous permettre de poursuivre notre route.

— Il faut d'abord que je soigne mes hommes, dit Valdar qui était revenu avec Rurik. Nous ne pouvons pas partir tout de suite.

— J'ai ramassé les broches des manteaux des ennemis qui sont morts, dit l'enfant en présentant les objets aux couleurs de Harald Haraldson. C'est toi qui m'avais dit de le faire, papa. Chaque guerrier devrait savoir quel adversaire il a vaincu. Je peux les garder ?

— Oui, répondit Ash.

Rurik poussa un cri de joie et jeta les bras autour de son père qui, aussitôt, le serra dans les siens alors qu'une joie immense emplissait son cœur.

— Pourquoi devrions-nous attendre, Valdar ? demanda Kara. Nous avons l'avantage. Il faut en profiter.

— Sans doute, mais il nous faut une escorte, répondit le guerrier. Il s'agit de procéder avec prudence, particulièrement maintenant que votre oncle a frappé.

— Tes hommes peuvent se débrouiller seuls et gagner Sand à l'allure qui leur convient, dit Ash. Mais nous, nous devons nous rendre au donjon royal le plus vite possible. Je ne voudrais pas que mon oncle ait le temps de t'accuser de traîtrise devant le roi. Il va essayer de tourner à son avantage ce qui s'est passé ici.

— Je comprends ton point de vue, assura Valdar, mais il faut se montrer prudents. Pour ma part, je vous invite à rester ici jusqu'à ce que nous ayons l'assurance d'être capables de nous défendre. D'ailleurs, c'est moi qui ai la responsabilité de te conduire à Sand. Tu dois m'obéir.

Kara fulminait intérieurement. Elle n'avait pas l'expérience de la guerre, mais elle voyait bien qu'Ash avait raison. Il fallait parfois savoir prendre des risques. De toute façon, quoi qu'il arrive, elle ne doutait pas d'être plus en sécurité au côté d'Ash qu'en restant ici avec Valdar et ses hommes.

— Permets à Kara d'en décider, suggéra Ash. Je fais confiance à son jugement sur ces questions. Fais cela pour moi, Valdar, et je te remets ta dette.

Le cœur de Kara débordait de joie. Ash lui faisait confiance ! Il croyait en elle !

— Vous avez contracté une dette auprès d'Ash ? demanda-t-elle, intriguée, au guerrier.

— Il m'a sauvé la vie et a été récompensé en recevant sa blessure au visage…

Valdar laissa échapper un petit rire.

— Il n'en est que plus beau.

— Alors, Valdar ? fit Ash. T'accordes-tu à la décision de ma femme ou préfères-tu essuyer ses foudres ?

— Que voulez-vous vraiment, Kara ? demanda Valdar en se tournant vers elle. Continuer la route sans escorte ou attendre que mes hommes soient en état de repartir ?

Kara lança un regard vers les blessés que Valdar, aidé de Rurik, avait rassemblés autour de la hutte. Il était évident que la plupart d'entre eux ne pourraient pas remonter à cheval avant plusieurs jours. Or, Ash ne pouvait perdre tout ce temps. Il devait aller au plus vite plaider sa cause devant le roi.

Mais, s'ils reprenaient la route, ils s'exposeraient à un nouvel assaut des hommes de Harald Haraldson.

Elle réfléchit un moment et décida de se ranger à l'avis d'Ash, c'est-à-dire celui de l'un des meilleurs joueurs de tafl du royaume, alors que Valdar en était un piètre.

— Je fais confiance au jugement d'Ash, dit-elle enfin. C'est lui qui a la plus grande expérience. Nous soignons les blessés puis nous partons. Valdar, vous voyagerez dans le chariot, puisque vous n'êtes pas en état de monter à cheval.

— Qui prendra ma monture ?

— Moi. Je ne vous la rendrai que lorsque nous serons en vue des portes de la ville. Il y aura moins de commentaires à notre sujet si vous entrez dans Sand à cheval et moi dans le chariot. Le mieux serait de surprendre Harald Haraldson avant qu'il ait eu le temps d'organiser sa défense.

Ash effleura la joue de Kara d'un baiser, mais elle le trouva froid. Son estomac se noua devant tant de distance. Elle comprenait à travers ce geste qu'elle devrait le laisser repartir en mer, mais elle n'était pas certaine que son cœur le supporterait. Elle avait maintenant pleinement conscience du fait qu'elle voulait avant tout vivre avec lui. Elle le préférait à tout autre homme, même s'il n'avait pas une vocation de fermier.

— Je préfère monter moi-même le cheval de Valdar, intervint Ash. Et tu prendras le mien que tu connais bien.

— Entendu, répondit Kara.

— J'espère que vous savez ce que vous faites, Kara, marmonna Valdar en baissant la tête.

— Arrêtons-nous ici, dit Ash en se tournant vers Kara.

Il souffrait de sa blessure à la joue et de sa jambe. Toute la nuit, il avait lutté contre le sommeil et supporté la douleur par moments atroce. Valdar avait voyagé dans le chariot en compagnie de Rurik. Il aurait été incapable de guider son grand cheval. Heureusement, il l'avait admis et avait consenti à voyager de cette manière plus confortable.

Ash n'avait plus qu'à espérer que son plan serait un succès.

— Regarde, reprit-il. Nous avons atteint les dernières fermes qui précèdent la ville. Nous serons à ses portes avant l'aube.

— La troisième ferme devant laquelle nous passerons est celle d'Auda. Je suggère que nous nous y reposions en attendant l'ouverture des portes. Auda est la belle-sœur de Valdar. Elle ne refusera pas de nous accueillir et de nous donner de quoi nous restaurer.

La fatigue de Kara était visible sur son visage pâle et défait, mais elle témoignait d'un courage qui faisait l'admiration d'Ash. S'ils parvenaient à s'en sortir, on parlerait pendant longtemps de leur prouesse. Toutefois, si cette pensée l'aurait rendu heureux en d'autres temps, ce n'était pas le cas aujourd'hui. La gloire et la célébrité le laissaient indifférent s'il n'avait pas Kara à côté de lui pour les partager.

— Tu peux y rester si tu veux, dit-il. Attends-moi jusqu'à ce que j'aie résolu notre problème. Vous serez en sécurité chez Auda, toi et Rurik.

— Non. Je veux être avec toi.

Il la regarda intensément. Dans la faible lumière du jour à peine naissant, il distinguait son fier profil.

— Fais-moi confiance, insista-t-il. Je vais m'assurer que Rurik ne soit pas privé de son héritage, puis nous rentrerons à Jaarlshiem. Je peux m'en sortir seul, sans ton aide.

— Je ne supporterai pas de t'attendre sans savoir, répondit Kara en tirant sur les rênes de son cheval alors qu'ils arrivaient devant le chemin conduisant à la ferme d'Auda qui semblait dormir dans le petit vallon à droite de la route.

— Ce sera difficile ou impossible ? demanda Ash d'une voix douce.

Il voulait savoir ce qu'elle ressentait vraiment au fond de son cœur.

— Une fois que je saurai que la menace de mon oncle est écartée, poursuivit-il, nous pourrons parler de l'avenir.

— Difficile, répondit-elle. Mais pas pour la raison que tu crois. Je veux être avec toi, Ash. Laisse-moi t'accompagner. Je pourrais t'être utile. Ne me tiens pas à l'écart.

— C'est moi qui nous ai plongés dans la situation où nous sommes. C'est donc à moi de nous en sortir.

— Pourquoi trouves-tu si difficile d'accepter de l'aide ? Pourquoi cherches-tu toujours à être le seul héros ?

Certains jours, je voudrais pouvoir étrangler ton père. Je ne suis pas comme lui. Tu n'as rien à me prouver !

Il plongea le regard dans celui de Kara. Elle considérait peut-être qu'il n'avait rien à lui prouver, mais en ce qui le concernait, ce n'était pas certain.

— Je t'aime, Kara. Je veux surtout qu'il ne t'arrive rien de fâcheux. Ce qui compte, à mes yeux, c'est que toi et Rurik soyez en sécurité.

— Tu m'as dit un jour qu'en évitant de regarder en face les choses que l'on redoute, on n'a qu'une illusion de sécurité.

Elle désigna du menton la ferme où une fenêtre venait de s'éclairer.

— Nous faisons face ensemble à ce qui se dresse devant nous. Si tu m'aimes, comme tu le prétends, tu me garderas à ton côté et me laisseras plaider en ta faveur.

Son cœur se gonfla de joie. Il n'était plus seul. Il pouvait compter sur Kara. Il devait lui prouver, maintenant, qu'elle aussi pouvait compter sur lui. Elle avait besoin d'actes, et non de paroles.

Les portes de la ville s'ouvrirent en grinçant sur leurs gonds, et les gardes du roi surgirent pour fondre sur eux. Le cœur de Kara se serra quand elle reconnut leur capitaine, un fidèle de l'oncle d'Ash. Ils n'avaient fait tout ce chemin et essuyé un assaut meurtrier que pour tomber dans la gueule du loup et laisser gagner Harald Haraldson !

— Nous voulons être conduits devant le roi ! cria Ash aux gardes en mettant pied à terre.

— Ce ne sont pas les ordres que j'ai reçus, Ash Hringson. Je suis censé vous conduire devant votre oncle dont vous avez tué plusieurs hommes après les avoir lâchement attaqués en chemin.

— C'est faux ! Ce sont eux qui nous ont tendu un guet-apens. Ils étaient trois fois plus nombreux que nous et si nous ne nous étions pas défendus comme des lions, nous serions tous morts. Nous réclamons justice et, à ce titre, exigeons d'être conduits devant le roi. Les lois de la Raumerike ont-elles tant changé ?

Ash indiqua de la main le cavalier à côté de lui.

— Regardez ! Valdar le Constant est avec nous, et vous savez que c'est un honnête homme. Laissez-nous aller voir le roi puis nous irons chez mon oncle.

— Je veux être conduit devant le roi ! fit Valdar d'une voix forte. Je suis responsable d'Ash Hringson que je suis allé chercher chez lui. Là où je vais, il me suit.

Le capitaine des gardes parut embarrassé et se tourna vers son second. Après un petit moment de tergiversations, il revint vers eux.

— Nous allons vous mener au donjon. Nous n'avons aucun grief contre vous, Valdar le Constant. Vous pouvez conserver votre arme.

Valdar acquiesça, mais Kara remarqua qu'il vacillait sur sa selle. Le voyage l'avait épuisé.

— Valdar a besoin de prendre du repos avant de parler au roi, dit-elle. Il est mort de fatigue.

Un sourire cruel se dessina sur les lèvres du capitaine.

— Il peut aller se reposer où il veut.

— Et ma femme ? demanda Ash. Où ira-t-elle ?

— Directement chez Harald Haraldson. Il veillera sur elle. Elle fait partie de sa famille.

Kara retint un cri de protestation. Elle aurait dû penser au risque d'être prise en otage. Loin d'aider Ash, elle allait servir de monnaie d'échange à Harald Haraldson.

— Le fils de Hringson et sa femme ne font pas l'objet d'une accusation, intervint Valdar. Ils sont sous ma protection et résideront chez moi.

— Oui, confirma Ash. Je veux qu'ils aillent chez Valdar Nerison.

L'estomac de Kara se noua. La façon de parler de Valdar n'était pas habituelle. Etait-il convenu avec Ash de cet arrangement ? Ils se seraient entendus alors, à la fin de la bataille, avant qu'elle ne les retrouve devant la hutte ? Elle repensa aux paroles qu'elle avait échangées avec Ash tout au long du chemin et fut convaincue d'une triste réalité : Ash l'abandonnait ; il renonçait à elle.

— Pardonne-moi, Kara, dit-il à cet instant. Mais pour avoir l'esprit libre, il faut que j'aie l'assurance que toi et Rurik êtes sains et saufs. Valdar vous protégera s'il devait m'arriver malheur. Je vais me présenter seul devant le roi et, une fois que vous serez installés, Valdar viendra me rejoindre au donjon.

Le capitaine des gardes acquiesça.

— C'est entendu. Valdar Nerison n'est pas attendu pour être questionné. Il n'avait pour rôle que de vous amener ici.

— Je veux partager ton destin, dit Kara à voix basse alors que les gardes s'approchaient d'Ash pour l'emmener. Laisse-moi venir avec toi.

— Pense à notre fils ! Il faut qu'il lui reste un parent au cas où les choses tourneraient mal. Valdar sait ce qu'il a à faire.

Kara se mordit la lèvre avant de répondre, hésitante :

— Je croyais qu'il avait été décidé que nous ne serions pas séparés.

— Moi je pensais que tu avais compris le contraire, répondit-il en lui prenant la main qu'il porta à ses lèvres. Pour une fois, fais ce que je te demande.

— Je te fais confiance, mais sache que je suis avec toi de tout mon cœur et de tout mon esprit.

— Je craignais que mon oncle ne t'utilise. C'est pourquoi Valdar et moi avons mis au point ce plan au cas où cela se produirait. Il veillera sur toi et Rurik si tout tourne mal.

— N'est-ce pas toi qui m'as toujours dit que lorsque

la situation était au plus mal, tu accomplissais des prouesses ? Souviens-toi des parties de tafl. Tu es capable de l'emporter.

— Garde cette assurance en toi. Elle m'aidera.

Kara eut l'impression que son cœur allait s'arrêter. En dépit de son assurance initiale, Ash ne semblait plus du tout certain de gagner la partie.

— Rien de mal ne t'arrivera, Ash. Je ne le permettrai pas.

— La décision que nous avons prise est la bonne, Kara. Valdar nous a protégés pendant le voyage, et il continuera de le faire. C'est de lui que tu as besoin, Kara. Un homme solide et sage sur qui l'on peut compter.

Elle fit non de la tête.

— Tu te trompes, Ash. C'est de toi que j'ai besoin. Ne l'oublie jamais.

— Je ferai tout pour m'en souvenir.

Perclus de douleurs, Ash pénétra dans la grande salle du donjon. Il avait été roué de coups par les hommes de son oncle avant d'être traîné devant le roi, mais s'il avait les membres endoloris et le visage tuméfié, il avait au moins l'assurance que Kara n'était pas soumise au même traitement.

A côté du roi assis sur son trône se tenait Harald Haraldson, un sourire triomphant aux lèvres. Le roi paraissait avoir vieilli depuis qu'Ash l'avait vu à son retour en Raumerike. Son expression abattue donnait l'impression qu'il était rongé par les soucis. Il ne ressemblait plus au grand guerrier qu'il avait été, l'un des plus redoutables de tous les royaumes du Nord.

— Te voilà de retour, Ash Hringson, dit-il. Ton oncle craignait que tu ne refuses d'obéir.

— D'après son aspect, il n'a pas dû être très consentant, remarqua Harald Haraldson d'un ton moqueur. Regardez, sire. Ses vêtements sont déchirés et sa face tuméfiée.

Puis, s'adressant à Ash, il reprit :

— Où est l'homme qui est allé te chercher à Jaarlshiem ?

— Valdar Nerison a très bien rempli sa mission, mais il a été sévèrement blessé lors de l'attaque que nous avons subie en chemin. Il présente ses excuses à Sa Majesté, mais il a dû aller se reposer.

— Qui vous a attaqués ? demanda le roi. Il faut se saisir de ces bandits et les châtier.

— Ne croyez pas ce que raconte mon neveu, sire. Vous savez qu'il a vendu ses services aux Vikings. C'est un mercenaire sans parole. Il a le mensonge constamment à la bouche.

— La réalité, sire, reprit Ash, est que nous avons été assaillis à un jour de marche de Sand.

— Au cœur même de la Raumerike ? fit Harald Haraldson. C'est une plaisanterie ! Et qui vous a attaqués ?

— Vos hommes.

— As-tu des preuves ?

— Et vous, en avez-vous que mes hommes ont abordé votre navire ?

— J'ai la parole du capitaine de mon drakkar, un homme qui n'a jamais vendu son bras au plus offrant. Il m'est fidèle en raison de ma naissance et non de l'argent que je lui donne.

— Où est-il ? demanda Ash. Je voudrais lui parler et en savoir davantage sur cette affaire.

— Faites-le venir ici, Harald, intervint le roi. Il est normal qu'un accusé soit confronté à son accusateur. Ce sont les lois de la Raumerike. Ash est le fils de Hring le Téméraire. Je dois bien cela à feu son père.

— Ce n'est pas impossible, répondit Harald Haraldson.

Il claqua dans ses doigts et un homme approcha.

— C'est le chef de mes rameurs, reprit Harald

Haraldson en s'adressant à Ash. Tu le connais. C'est un marin honnête qui ne connaît pas le mensonge comme d'autres.

— Et le mien ? Où est-il ?

— Ne t'inquiète pas. Vous partagerez le même sort.

Le roi leva la main pour obtenir le silence.

— Je voudrais d'abord en apprendre davantage sur cette attaque que vous avez subie en chemin. Valdar Nerison était-il présent ?

— Valdar Nerison est amoureux de la femme de mon neveu, interrompit Harald Haraldson. Cela explique sans doute son absence. Kara Olofdottar est très séduisante.

Ash serrait les dents. Son oncle était encore plus perfide qu'il ne l'avait imaginé. Il aurait dû insister pour que Valdar reste avec lui. Il avait commis une grave erreur. Pourvu qu'elle ne lui soit pas fatale !

— Lorsqu'il arrivera, il se portera garant de mes déclarations.

— Il nous faudra des preuves matérielles, insista l'oncle d'Ash.

Une porte s'ouvrit et un brouhaha suivit, interrompant l'échange entre le neveu et l'oncle.

— J'ai la preuve que mon père s'est battu contre les hommes de son oncle !

Ash se retourna et vit Rurik dans l'encadrement de la porte, au côté de Kara. Les gardes de son oncle leur barraient le passage. Valdar n'était pas là, mais Kara était dans une telle colère que rien ne semblait pouvoir lui résister. Elle parvint à se dégager tandis que Rurik, qui était passé sous les bras des gardes, se précipitait vers le trône. Ash constata avec un sourire qu'il avait son épée au côté.

— Qui es-tu ? demanda le roi, déconcerté.

— Rurik Ashson. J'ai apporté les broches des manteaux des hommes qui ont attaqué mon père et qu'il a tués. Un guerrier doit toujours savoir qui il a vaincu au combat. Ma mère était d'accord avec moi quand je le lui ai rappelé. C'est pour ça que nous sommes venus au donjon.

Rurik déposa les broches devant le souverain.

— Mon grand-père disait que vous étiez un homme juste et que vous m'écouteriez si, un jour, j'avais une faveur à vous demander. Il m'a dit que vous me l'accorderiez en raison de la promesse que vous lui aviez faite sur le champ de bataille où vous avez gagné votre couronne. Il m'a dit qu'une seule requête me serait accordée, et c'est celle-ci que je dépose à vos pieds, sire : écoutez ce que mon père a à vous dire !

— Je vais l'écouter en souvenir de l'amitié que j'avais pour ton grand-père.

Ash plissa les yeux pour identifier les broches. Il avait dit à Kara qu'il n'avait pas besoin de son aide, mais elle ne lui avait pas obéi. Et cette désobéissance, en soi, lui redonnait de l'espoir. Se penchant sur les broches que Rurik avait posées au sol, il en ramassa une, celle que portait le chef de la troupe qui les avait attaqués, et l'exhiba.

— Voici la preuve que vos hommes nous ont agressés, Harald Haraldson ! s'exclama-t-il. A moins que vous n'ayez le culot de nier l'évidence. Le capitaine de vos gardes nous a attaqués sur la route. Vos armes sont très reconnaissables sur sa broche : un serpent et un corbeau entrelacés.

Harald Haraldson eut l'air décontenancé. Il promena le regard autour de lui comme pour y chercher un soutien.

— Mais alors..., fit-il. Le misérable m'aurait trompé ?

— Je croyais que vos subalternes vous obéissaient toujours.

— Je... Euh...

Le roi leva la main pour mettre un terme à la discussion et fit signe aux gardes d'approcher.

— Saisissez-vous de Harald Haraldson !

Sur le moment, aucun ne bougea puis l'un d'eux saisit l'oncle d'Ash par la manche de sa tunique et lui mit les mains dans le dos.

— Je ne vous ai jamais été que fidèle, sire ! s'écria Harald Haraldson avant que les gardes le fassent sortir de la salle.

Kara attendait Ash devant la porte de la grande salle du donjon. Elle avait confié Rurik à Auda qui était venue à Sand avec son fils. Les deux enfants jouaient ensemble, ce qui avait permis à Kara d'être un peu seule avec Ash. Le roi, cependant, avait requis ce dernier pour une audience privée qui n'en finissait plus.

Toutes les espérances d'Ash et de Kara étaient comblées. Harald Haraldson avait été confondu, et Ash rétabli dans son honneur et la possession de ses biens. Il triomphait enfin, incarnant plus que jamais la figure d'un héros aux yeux de sa femme, de son fils, et de tous les sujets du royaume de la Raumerike.

Kara était heureuse pour lui, mais elle savait qu'elle allait le perdre de nouveau. Fort de ses succès, il ne manquerait pas d'être tenté par d'autres aventures et par l'attrait de la gloire. Elle ne rêvait que de moments tels que celui, divin, qu'ils avaient passé ensemble dans les bois où ils s'étaient enfin retrouvés après tant d'années de séparation. Elle le voulait chaque jour auprès d'elle, ne désirait que partager avec lui tous les petits bonheurs et les peines de la vie. Mais elle savait qu'elle ne pourrait pas lui refuser ce qui le poussait vers l'avant depuis l'enfance : la réalisation de ses rêves.

Elle avait eu tort, à son retour, de ne pas se protéger contre l'amour irrésistible qu'elle éprouvait pour lui, et il était trop tard maintenant. Il avait reconquis son cœur si totalement qu'elle devait s'avouer vaincue et ne plus jamais essayer de le lui soustraire. Elle n'avait, cependant, qu'une envie : se pendre à son cou et le supplier de rester avec elle.

Un soupir lui échappa et elle haussa les épaules. Elle avait été incapable de le faire sept ans plus tôt, et ne l'était pas davantage aujourd'hui. En revanche, elle pouvait lui dire qu'il serait toujours le bienvenu et qu'elle l'attendrait le temps qu'il faudrait. Elle était prête à prendre des risques avec son cœur.

— Kara !

Ash venait de sortir de la grande salle et ouvrait les bras pour serrer sa femme sur son cœur.

— Dis-moi comment ça s'est passé.

Il expliqua rapidement que son oncle avait tout avoué, dont un complot pour renverser le roi. Effarée, elle écoutait avec un sentiment d'effroi de plus en plus fort alors qu'elle prenait conscience de la catastrophe qui avait failli s'abattre non seulement sur leur famille, mais aussi sur toute la Raumerike.

— Mais tout cela, à présent, est sans importance, dit-il en écartant les cheveux qui tombaient sur le front de Kara. Tu es là. C'est tout ce qui compte pour moi.

Il plongea le regard dans ses grands yeux bleus.

— Quand je pense que je t'avais demandé de rester en dehors de tout cela ! ajouta-t-il. J'étais inconscient. Sans toi et Rurik, cette effroyable mise en scène se serait certainement très mal terminée. Je serais au fond d'un cachot, maintenant, condamné à y croupir le reste de ma vie.

— Mon pauvre chéri, murmura-t-elle en lui effleurant le cou d'un baiser.

— Ma femme…, fit-il d'une voix tremblante d'émotion. Quelle joie d'être réunis enfin ! Tous les deux et notre fils.

Elle lui prit le visage entre les mains et, en le regardant intensément, dit en pesant ses mots :

— Je ne t'empêcherai pas de repartir, Ash, si tu en ressens le besoin. Et je t'attendrai… Je t'attendrai toujours, même si tu dois revenir dans cent ans.

— C'est bon de le savoir, dit-il dans un souffle en posant la joue contre sa tête.

Elle respira son odeur, savourant cet instant hors du temps.

— Je sais que tu vas repartir, reprit-elle. Ne t'en fais pas pour moi. Je survivrai.

Il relâcha son étreinte et riva son regard au sien.

— Tu me laisserais partir sans même t'y opposer ?

— Si c'est la volonté du roi, qu'ai-je à dire ? Mais si tu ne reviens pas chez nous, tu risques de me croiser en haute mer le jour où je serai partie à ta recherche.

Prête à tous les aveux, elle rejeta les épaules en arrière. Si elle ne lui disait pas maintenant ce qu'elle avait au fond de son cœur et s'il partait demain pour ne plus jamais revenir, elle regretterait son silence jusqu'à son dernier souffle.

— Je t'aime, Ash. Mais celui que j'aime n'est pas le héros, comme tu pourrais le croire, ni le guerrier ou le fermier que tu étais prêt à devenir pour me faire plaisir. Celui que j'aime, c'est toi avec toutes tes facettes, tes qualités et tes défauts, tes talents et tes contradictions. Tout ce qui fait de toi un homme… L'homme que j'aime, le seul et l'unique.

— Pourtant, tu es quand même prête à me laisser partir. On dirait même que cela te ferait plaisir. Est-ce pour t'assurer que je ne changerai pas tes façons de faire à Jaarlshiem ? Que je ne bouleverserai pas ta vie bien organisée sans moi ?

Elle fit non de la tête en souriant.

— Je préfère ton chaos à mon organisation sans faille. J'aimerais que tu restes toujours avec moi et exploites les terres, mais je ne crois pas que tu serais heureux.

Il éclata de rire.

— Réponds à ma question. Je peux toujours transformer mon épée en charrue. Je suis prêt à en faire l'essai.

Kara prit une expression plus sérieuse.

— Je voudrais que tu restes à Jaarlshiem, mais je n'arrive pas à oublier ton visage après le rude combat d'hier. Il m'est clairement apparu que tu aimais ça. Tu aimes le danger, les lendemains incertains. Tu redoubles de vie, dans ces moments-là. Je ne veux pas que tu t'imposes une existence réglée et mesurée pour m'être agréable. Tu t'ennuierais, en passant toute l'année à Jaarlshiem. Je suis capable d'assumer ma tâche de fermière si je sais que tu reviendras auprès de moi dès que tu auras assouvi ta quête d'aventures.

— Tu te trompes, Kara, dit-il en lui écartant de nouveau les cheveux du visage. Je vis pour toi. La seule raison pour laquelle je suis encore sur cette terre, c'est toi. Tu es le visage pour lequel je me bats. Je n'en ai pris pleinement conscience qu'hier, quand j'ai cru mourir après le coup que j'ai reçu. C'est pour revenir auprès de toi que j'ai trouvé la force de réagir et de tuer mon adversaire. Si je n'avais pas eu ton visage devant les yeux, il m'aurait achevé sans peine.

« Je ne me suis, en fait, jamais battu que pour toi, pour être avec toi. Et certainement pas pour m'éloigner de toi. J'ai besoin de toi dans ma vie. Je t'ai aimée égoïstement, naguère, parce que tu me regardais comme un héros et que je croyais en être un. Tu avais foi en moi et me poussais à vivre mes rêves. Mais lorsqu'ils se sont soldés par des échecs, la pensée que tu allais te détourner de moi m'a été insupportable.

« Si je veux toujours être ton héros, je ne peux supporter l'idée de te perdre si un jour je cessais de l'être. Ce que je désire, c'est faire partie de ta vie à jamais, quels que soient mes succès ou mes échecs. »

Le cœur de Kara bondit dans sa poitrine. Ash voulait avant toute chose être avec elle !

— Pourquoi le roi t'a-t-il gardé aussi longtemps ? demanda-t-elle, curieuse de savoir à quoi ressemblerait demain.

— Il m'a offert de devenir son conseiller. Il voulait confier cette fonction à une personne qui connaît bien le monde d'aujourd'hui. Il s'agit d'éveiller le goût de l'aventure chez les jeunes, et de leur expliquer où ils trouveront les meilleures terres pour assouvir leur désir de conquête. Mais je ne serai pas obligé de leur montrer le chemin. Je resterai en Raumerike.

— Tu as accepté, n'est-ce pas ? C'est une fonction taillée pour toi, Ash ! s'exclama Kara avec enthousiasme. Tu as toutes les compétences pour bien la remplir.

— J'ai voulu t'en parler avant de donner ma réponse au roi.

— Eh bien, c'est décidé, mon chéri. Tu acceptes.

Il la regarda avec attendrissement et lui prit le visage entre les mains.

— Tu sais, Kara, je n'ai plus du tout pour ambition d'être un héros à tes yeux. Tout ce que je veux, c'est être ton mari. Or, il me semble qu'un mari est bien plus qu'un homme qui fait l'admiration d'une femme. C'est celui sur lequel elle peut compter, qui est là dans toutes les circonstances de la vie, dans les moments de bonheur et ceux plus difficiles. Je veux passer toute ma vie avec toi. Acceptes-tu que je sois ce mari ?

— C'est ce que tu désires pour nous ? demanda-t-elle en le dévorant des yeux.

Elle croyait à peine ce qu'elle venait d'entendre.

— Tu veux être mon mari, et rien que mon mari ?

— Oui… Avec tout mon cœur, dit-il en mettant un genou à terre. Resteras-tu toujours avec moi pour être ma femme ? Je ne serai peut-être pas le mari parfait, mais je serai un mari qui t'aime, Kara, et qui veut t'avoir toujours à son côté.

— Je le veux, répondit-elle en lui prenant les mains

pour l'inviter à se relever. Va dire au roi que tu acceptes son offre. Nous resterons à Sand le temps qu'il faudra. Plus jamais nous ne serons séparés.

Il l'enlaça, l'attira vers lui et lui effleura les lèvres d'un baiser.

— Je ne te mérite pas, murmura-t-il.

— Ça, c'est vrai ! Mais tu m'as quand même…

Elle l'embrassa à son tour.

— Moi non plus, je ne te mérite pas. J'avais si peur de retomber amoureuse de toi que j'ai failli perdre l'occasion d'être aimée véritablement par toi ! Tu fais partie de ma vie, Ash. Sans toi, je crois que je ne pourrais plus vivre.

— Ni moi non plus, Kara.

Il s'empara de ses lèvres et l'embrassa avec passion avant de chuchoter à son oreille :

— Dès que nous serons de retour à la maison, je t'emmènerai dans les bois sous le prétexte de relever des traces de bêtes sauvages. Nous emporterons une couverture en fourrure et nous nous y blottirons tous les deux. Il n'y aura que nous, le murmure des branches de sapin et le chant des oiseaux…

Retrouvez en juin,
dans votre collection

LES HISTORIQUES

A la merci du marquis, de Christine Merrill - N°712

LES DIAMANTS DISPARUS - TOME 2/2

Bath, Régence

Margot a tout pour être heureuse : l'indépendance, le sens des affaires, et sa propre bijouterie à Bath. Sans parler des visites régulières de son client préféré, le séduisant marquis de Fanworth, qu'elle guette avec impatience. Mais tout s'écroule lorsqu'elle découvre que le collier qu'elle lui a vendu est serti de pierres volées ! A présent, le marquis est persuadé qu'elle a cherché à l'escroquer, et menace de la dénoncer… à moins qu'elle ne devienne sa maîtresse. Margot le sait : si elle veut conserver sa boutique, sa liberté, et même sa vie, elle n'a d'autre choix que d'accepter cet odieux marché.

Pour la main d'Arabella, de Terri Brisbin - N°713

AMANTS ET ENNEMIS - TOME 1/3

Ecosse, XIVe siècle

Un coup de poignard, et la vie de Brodie bascule. Alors qu'il était l'un des lairds pressentis pour prendre la tête du clan Mackintosh, il est injustement accusé de meurtre et banni de ses terres. Pire, le voilà haï de la seule femme qui ait jamais touché son âme : l'impétueuse Arabella Cameron, désormais promise à son cousin. Le cœur empli de haine, Brodie comprend qu'il a été victime d'un complot visant à décimer le clan d'Arabella. Et que, pour empêcher la funeste union qui se prépare, il n'a qu'un seul recours : enlever la jeune héritière pendant la nuit…

Les chemins de la passion, de Sarah Mallory - N°714

Angleterre, 1756

« Vous pensez être irrésistible, mais avec moi, ça ne prend pas ! »
A chacune de ces remarques impertinentes, Elyse enrage. A quoi pensait son père en désignant comme tuteur cet Andrew Baston, un homme au passé douteux qui ne cesse de la traiter comme une enfant gâtée ? Habituée aux prétendants énamourés, Elyse a bien du mal à supporter ses manières autoritaires. Heureusement, leurs chemins se sépareront dès qu'il l'aura escortée jusqu'à son fiancé, un honorable fils de vicomte. Mais son empressement à la conduire à Londres – ou plutôt à la livrer comme un colis encombrant – éveille bientôt ses soupçons…

Retrouvez en juin,
dans votre collection

LES HISTORIQUES

L'héritière de Sainte-Colombe, de Carol Townend - N°715

CHEVALIERS DES TERRES DE CHAMPAGNE - TOME 4/4

Champagne, XIIe siècle

« Sortez ma fille de ce couvent, séduisez-la et arrangez-vous pour qu'elle vous épouse. »
Lorsque le comte Faramus lui donne cet ordre scandaleux, Eric est stupéfait. Le vieil homme a-t-il perdu l'esprit ? Epouser la douce Roxane, à qui on lui défendait autrefois de parler, serait pour lui un honneur, mais pas sans son consentement ! Bien sûr, Eric sait qu'il a une dette immense envers le comte, qui l'a recueilli enfant et a fait de lui un chevalier. Il sait aussi que s'il n'épouse pas Roxane, Faramus sera contraint, pour garder son titre et ses terres, de la marier à l'intendant du château, un homme détestable qui la rendra très malheureuse. Et ça, Eric ne le permettra jamais.

L'homme venu de la mer, de Michelle Styles - N°716

Angleterre, VIIIe siècle

Alwynn est rongée par le doute. A-t-elle bien fait de sauver cet homme retrouvé sur la plage après la terrible tempête qui a sévi la veille ? Et de lui dénicher un abri dans le plus grand secret ? Si les autorités apprenaient qu'elle soigne un étranger, elle le paierait très cher ! Depuis que les hommes du Nord ont décimé la région, tous les rescapés venus de la mer doivent être exécutés. Mais Alwynn ne peut se résoudre à donner l'alerte. Valdar ne peut pas être l'une de ces brutes sanguinaires venues pour les tuer : au contraire, il a juré de protéger le foyer qui l'a recueilli. Mais pour une jeune veuve comme elle, s'exposer à un homme aussi puissant, vraisemblablement un guerrier, est très risqué. Peut-elle lui faire confiance ?

Noces d'opale, de Margaret Moore - N°717

Winchester, 1160

Bravant l'interdit familial, Anne a laissé Fiztroy lui murmurer quelques mots en secret. C'est assez pour que leurs clans respectifs, des ennemis jurés, exigent réparation. Et le verdict royal tombe : Anne et Fiztroy seront mariés de force. Si elle n'écoutait que son cœur, et son corps, Anne se réjouirait de ce coup de pouce du destin. Mais elle répugne à sceller l'avenir de Fitzroy contre son gré et à l'obliger à entrer dans un clan qu'il déteste. Alors, quand il se glisse jusqu'à elle pour lui proposer un pacte qui provoquera l'annulation de leur mariage, elle accepte. Mais quel pacte ! Rien moins que de résister au désir brûlant de consommer le mariage...

Composé et édité par HARLEQUIN

Achevé d'imprimer en mars 2016

CPI
BRODARD & TAUPIN

La Flèche
Dépôt légal : avril 2016

Pour l'éditeur, le principe est d'utiliser des papiers composés de fibres naturelles, renouvelables, recyclables, et fabriquées à partir de bois issus de forêts gérées selon un système d'aménagement durable. En outre, l'éditeur attend de ses fournisseurs de papier qu'ils s'inscrivent dans une démarche de certification environnementale reconnue.

Imprimé en France